我们活在世上，不过想生活更有趣些。

世间的盐

高军/作品

北京联合出版公司
Beijing United Publishing Co.,Ltd.

BOY
1998年
友良画

描花
友直描

炭炉吹风

梳头娘姨

洗染漂白
織補

擦背

行贩

歸亡
己卯九月文直寫

白相人
一九九七年贺友直画

逛猪猡
贺友直画

賣梔子花白蘭花
一九九八年歲尾友直畫

裱画

押宝

自序

我是一九六八年生人，高中未毕业。高一的时候因为帮一个同学打架，被学校开除了。第一份工作蛮体面的，是银行出纳，但因为数不过来钱（先大不大识数）被领导婉劝换份工作，说不然你早晚会被关到白湖农场去。后改行做野外测量（我专管看水准仪、经纬仪，另一个人记数据），一直做了五年。五年后辞职做小生意，卖过服装，开过饭店，干过装潢，摆过地摊，卖过盗版光盘，做过漆匠，摆过象棋残局，在江苏无锡、苏州一带卖过行画，杂七杂八有好几十种吧，都没有修成正果，其间没有间断画画、写字、读书。读书也没有系统，端看手边遇到的是什么书，拿起来就看，也没有起差别心，《伯罗奔尼撒战争史》《寒冬夜行人》《去年在马里昂巴德》《史记》《知音》《中国烹饪》都还能克化得动。后从事书法教学至今。

写点东西是因为学电脑打字，五笔输入法要背字根，要练，觉得枯燥，就写点有情节的东西自己看看，大约跟一个人看黄片一样，不满意老是看妖精打架，想在精神层面升华一下，于是加了一点情节和音乐在里面，终于上升为三级片了。我在豆瓣原先有一个ID，后被注销，就一直没写了。后又注册了一个ID叫“风行水上”，大约是名字起对了，就忽然写得勤快起来。这一两年来画画、写字之余就写一点，陆陆续续写到现在，一看吓一跳，怎么这么多废话！这些时间都去造假画，八大山人、石涛也能造好几十张了。

我对码字也没有什么雄心壮志，纯粹是因为自己喜欢，很单纯的喜欢，跟喝酒、抽烟、行脚、闲聊、发呆无差别。我记得过去中国有几位作家到国外去，外国的作家就问他们：“你为什么要写作？”其中一个中国作家回答：“为人民写作。”这话现在听起来很装，但也许他自己真是那么想的，我们不能诛心。外国作家又逼问一句：“人民犯错了怎么办？”这人觉得不好理解，怎么可能呢？人民怎么可能犯错呢？这是他常识里没有的事情。其实写作是一件很个人的事情，只是因为想写，并没有什么具体的目的，或者具体为哪一个人群去写，并不像致富指南之类如《老母猪产后饲养》《切花栽培》《狐狸饲养一百问》那样有具体的受众。

现在真要出书了，我有二怕：一怕对不起花钱买书的人；另外一个怕对不起树，纸是树做的。陶弘景有一首诗《诏问山中何所有赋诗以答》：“山中何所有，岭上多白云。只可自怡悦，不堪持赠君。”我写的文字大致属于只可自怡悦的性质，诸位看官，见笑见笑。

目录

鼓浪屿丐帮圆桌会

不合时宜的爱情

西瓜谱

食 四 味

一 地 鲜 花

海 匪 扛 走 了 妙 玉

鼓浪屿

丐帮圆桌会

电风扇

秦大伯本名叫秦根生。他是一个了不起的发明家。他在回忆年轻时代时，不会因为虚度时光而感到悔恨，也不会因碌碌无为而羞愧！他把他年轻时最好的时光都投入到制造电风扇的事业当中去了。他制造出本大院第一台电风扇，而且也可能是我们东市区的第一台风扇（工厂排风扇和鼓风机除外），就体积和排风量而言，至今没有哪台风扇能刷新他的纪录。

在我小的时候，电风扇还是个稀罕物儿，对我的长辈而言，这东西就更神圣了！合肥四城中除了华侨饭店和长江饭店有几台风扇之外，没有其他地方有风扇了。就这几台风扇还是饭店从上海带来的，华生牌，在饭店顶上悠悠转动着，把本城土著居民们的头都转晕了。这两家饭店都是五十年代初从上海内迁到合肥来的，一般重要会议开会住宿的客人都安排在那里住，最重要的原因——他们有风扇！一般老百姓别说看见电扇，连听也没听说过。土产日杂店里有卖铁扇公主的芭蕉扇，三河的羽毛扇、油纸扇、团扇、折扇，还有一种草编的通草扇子，软软的，扇出来的风带点植物的清香。讲究的女人有一把杭州王星记的檀香扇，晚上洗澡在盆里滴几滴花露水，洗完后换了拖鞋出来，坐在竹靠椅上，拿一把小檀香扇也不知是扇风还是看晚上天上出星星，愣怔半晌，顾盼生姿。她在等天上起凉风！可凉风老也不来，蝙蝠倒是在天上飞来飞去。坐不了一会儿，该美人的妈就喊：“妮娜！这天当真就热死人了吗？这么个大姑娘躺在外面成什么样子！你给我回来！”“我那良人啊！你躺在竹椅上，如同狐狸盘在香草山上。”小秦收回他那一双毒眼，心里暗自叹道。妮娜在盛暑中的煎熬让秦大伯——那会儿还是小秦——看得心如刀绞。他想为他暗恋的马妮娜发明一样东西，实实在在的，不玩虚的，这个东西一定是惊天地泣鬼神的，不然不干！

这个东西就是一把巨大的扇子，第一能造福马妮娜，给她一个不能不出来的理由；第二能造福我们全枪械修理所大院。小秦不缺少动手能力，他车、床、刨、铣全能。手巧，连钢精锅都能敲出来，我家有个很精巧的贮物盒就是他敲的。他先是到图书馆查书，所有和扇子有关的书都看。第一个设计思维是停留在铁扇公主的芭蕉扇子上。他想做大，在我们这个院子上空架设一条单轨，然后用根轴带动这把大扇子在院子的上空做往复运动，来搅动空气产生风力，风力朝向是马妮娜的闺房。这种风力大倒是足够大，但这涉及一个减速问题，如果这个问题不解决好，这个巨大的扇叶会不会破空而去，直接把马妮娜家的房子撞翻，把马妮娜一分为二？他一想到此处，不由得暗咬手指。这个人虽然动手能力很强，在计算上却是短板。一切科学的基础在于数学，万一计算不好，这把风扇在运行中失去控制，将会死伤无数的。

况且这个神启来源于街口“红霞日杂店”几个大妈的推陈出新。这五个大妈都胖，一个叫张风琴，一个叫许仙翠，一个叫王大芳，还有的就不说了吧，都是些村俗的名字。她们都长着两个奶，亚赛岳云的一对擂鼓瓮金锤。人胖就都怕热，在没有顾客的时候她们就把衣服下摆撩开，拿大蒲扇往里面鼓两把风。梨园行的人都知道，“武扇肚，文扇胸。媒婆扇后脖颈子”。她们学的是武行！她们拿店里的废纸箱做了一块巨大的推板，悬在屋上，用绳牵引，纸箱板在空中做往复运动，以产生风力，店内人等轮换拉绳。长夏无事，中午吃过饭，街上热成洪炉一样，除了偶尔听到一两声驴叫和蝉鸣，街上基本没了活物。店里胖大婶们横七竖八地倒成一片，跟发生了命案似的。屋顶上纸板如鬼魅一般地来来回回，一个大妈横仰在一懒凳上问：“买什么呀？”手里牵个不停。

这种风扇可以在电影《包氏父子》中看到。包国维的爹知道儿子喜欢抹发蜡，自己又买不起，只好到理发店里去讨——他儿子要抹一种叫“司丹康”的发蜡。开理发店的就有这么一具古老的风扇，一个小徒弟牵着来回鼓风。老秦这个发明思路一提出来，就遭到全院人的极力反对，认为这个东西会对人的生命造成威胁，还不如用蒲扇。谁听说过人被蒲扇扇死的？后来一个老修理工冯歪嘴说他：“你没吃过猪肉，还没见过猪跑？你到华侨饭店去看看猪是怎么跑的，看人家真正的电扇是什么样子又不犯法。等你看了，回来我们再想办法做！”旁边人都七嘴八舌地给他出主意，说华侨去得，你是国家主人怎么去不得？大不了不让人看，你回来就是了。

小秦抽了个休息天，跑到长江饭店和华侨饭店饱饱地看了风扇，回来直拍脑袋说：“鸡巴！太简单了！你说人家这脑袋怎么长的，我怎么就没想到呢？”然后指手画脚地跟人说，“电风扇就是三片叶，中间有个轴，外面有个罩罩。一转就生风，快转就风大一点，慢转就风小一点。干鸟嘛！早想到早做好了。”

过了没多久，小秦和枪械修理所几个好事之徒不知从哪儿弄来了一个教练机的螺旋桨，拿大板车拉来的。他们把这个螺旋桨拆了，一地的零件，然后对着图纸研究，小孩捧着碗在旁边看。他们对我们扬扬扳手，让我们走远点，别把小零件踢得找不到了。我们都怀着一种非常敬畏的心理看着他们，心里默默念道：做人当做这样的人！经过一冬一春的科研攻关，在小秦动念头做发明的第二年，我们全院老少爷们儿在夏天第一次用上非人力风扇了。

我一直记得第一次试风扇的那天黄昏，我会一直记着这个黄昏，记到死！全院老少爷们儿怀着敬神如神在的心情，早早从家里钻出来。有的人家为了抢主风口还争了几句。陈老六他爹是残障人士，在解放战争时受过伤，腿不好，只能拄拐走，公推他坐了首席。陈老六他妈在家里搬了一张小炕桌放在当院，分别做了青椒炒肉丝、臭干子，切了两牙咸鸭蛋，红白相间，一壶烧刀子。他们家好菜不给孩子吃，就两个老的吃。他家的口头禅是：“你们吃好的日子长着呢，小孩子要识礼知道不？”你们怎么不识礼？笑话。

天上的云彩渐渐暗下去。天黑下来，先是深蓝，然后是普鲁士蓝，最后变成一种忧郁的紫罗兰色。又过了很久，升起一轮大月亮，红得跟什么似的。大院中笑语喧哗、人欢马叫的。男孩子在院中跑来跑去，时不时打哭一个。吃了亏的，不管地上有没有鸡屎，马上就仰卧在地，踢腾着双腿，不把身上滚个稀脏不算完。女孩子从家里往外搬凳子和竹椅子，往地上泼水，从家里端绿豆汤和切成块的西瓜出来。大家怀着非常激动的心情，等待那个非同寻常的时刻——吹风扇。马妮娜也从家里出来了，坐在一把小竹椅子上，把两条腿交叠在一起，巧笑倩兮！小秦打心里说："妮娜，今天这一切，都是为你的！"他从心里伸出手来，向妮娜打了一个飞吻。

小秦他们几个把这只巨大的风扇从库房里推了出来，用大石头压在它的三角形支架上，然后高声地对乘凉的老少爷们儿说："今天晚上我们吹风扇！因为这个风比较大，大家要有思想准备，看好自己家的孩子，别让他们瞎跑，让桨叶削到可不是玩的！"陈老六他爹说："这一阵可热死了，不怕风大。扇死才痛快呢！送电吧！"彭南征合上电闸。彭南征是发明小组的成员。

这架风扇发出了巨大的轰鸣，一阵强风迎面扑来，飞沙走石，连地上的猫狗都被吹得斜飞起来，当时就把陈老六他爹的小炕桌给吹翻了，糊了他一脸辣椒丝。他正往下抓的时候，刚想骂娘，一看不好，妈的，这风扇不是要起飞了吧？这架风扇挣扎着要甩开身后的大石头，摇摇摆摆地往右边栽，似乎坐在眼前的陈老六他爹就是它不共戴天的仇人。陈老六他爹慌了神，双拐又捞摸不到，只好连滚带爬地闪避这个妖物。这架风扇一看一击不中，又转向左边。左边坐着冯歪嘴一家老少，一看风扇显灵了，端着绿豆汤就跑。坐在后面的马妮娜的布拉吉被吹起来了，两条大白腿一览无余，马妮娜半屈着身子，拼命用手往下掩，可怎么也掩不住。这个姿态后来在梦露的电影中才得以旧梦重温。全院的人以各种姿态在半空中飞行，跟夏加尔的油画似的。凡手边能抱的东西抱住，能拽的拽住，实在腾不出手的，拿嘴叼个晾衣服的绳子也成。所有的人跟东洋国鲤鱼旗一样横着飞起来了。可在当时妮娜的白腿差点把小秦的眼给晃瞎了，他正愣神的工夫，有一个凄厉的声音在喊："拉闸——"小秦才回过神来，飞奔过去拉了电闸。这风扇断了电后倒还静如处子，它的叶片懒懒转动几下停下来，全院的人才算落了地。几个发明家围在旁边用探询的眼神看着小秦问："是不是转得太快了？"

这架伟大的风扇后来经过调速后，终于发挥了它电风扇的功能。它被缚在两棵法国梧桐之间，如同普罗米修斯被缚在高加索山上。它咆哮着，摇摆着，时时想挣脱身上的束缚，时而向前，时而向后，服务着院内百米号人家。到了第三年，马妮娜出嫁了，不是嫁给发明家秦根生，而是嫁给她的一个高中同学。因为丈夫在东北的部队当连长，妮娜后来就跟着随军去了。这架伟大的风扇又转了三年，最后在一阵巨大的抽搐中冒出了黑烟，叶片又转了数下，才不转了。有人喊秦根生来修，秦根生嫌麻烦，没这个心思了。当时秦根生正在谈恋爱，女的在制钉厂当会计。坏风扇就这么扔在外面上锈，秋天下雨，冬天下雪，后来就锈得不成样子。雨淋在它身上，地上就留下一摊黄水。最后不知让哪个贪小便宜的卖给收废铁的了。那两棵法国梧桐到现在还活着，身上还留着捆风扇时绳索勒的印子。

余教授

开杂货店的蔡大妈说余教授不是正经东西。蔡大妈正经，看见余教授来买香烟，正眼都不看他一下，问一下要什么烟，然后从里面扔一包给他，打在余教授的手指上。余教授在门口撕开封皮，弹出一支点上，昂然而去。他抽不出好坏。

蔡大妈在我的画室附近开了一家杂货店，里面卖烟，主要是假烟。我在那里买了好几次假烟以后就不去了。有时画室来客人了，一次性纸杯没有了，就在她那里买上一打。纸杯质量也不好，喝着喝着就软掉了，捏不上手。有一次我在那里买纸杯，碰到余教授。余教授问我："你写书法吗？"我说："写。"他说："我写了一点词，哪天选首好的，你帮我抄一首，我拿去裱裱可好？"我说："好啊。"没想到过了几天，老杨说看到余教授了，还把他写的词拿来给我看。我一看，太雷人了——全是淫词艳赋，狗屁不通的玩意儿。

后来碰到余教授，他一个劲问我："我那个东西写得怎么样？"我只好支吾道："还好！还好！是真情实感。"余教授说他天天写，他也知道他写的东西不好，文学他没有天赋，他从小就喜欢理工，到老了没事干，找了本词书一个字一个字往里填，倒也好玩（打杀直娘贼）！余教授是工大退休老教授，据他自己说年轻时候做过几项研究，还获过国家专利，现在还能得钱。他是搞工业自动化的，常常被企业请出去出谋划策。反正杂七杂八的不少挣钱，一个月有时能弄个两三万块钱。他也没什么爱好，原来喜欢在外面疯跑，他跟我说北跑到漠河，南跑到南海诸岛，西到西藏看了布达拉宫，还去了西南云贵两省，全国的县跑了有一半多。

他还弄了个中国行踪表拿给我看，上面密密麻麻的芝麻点子，全是他跑过的地方。汶川地震一年以后，他特地跑去看看。我说你跑到那里看什么，房倒屋塌的。他说他看了，回来以后有个感慨："我七十多了还活着，幸福！另外哩，古人说得真不错，人生有酒须尽欢，莫使金樽空对月。"我问他："你给灾区捐钱了吗？你那么有钱！"他把眼翻翻说："我有病啊！除了单位集体捐的钱，我一分钱也不多掏。"

余教授不是小气人，一个月花在附近的洗脚屋有万把块钱。听余教授说他自己也是苦人，刚参加工作没多久被弄成了右派，收入也没有了，老婆在家带两个儿子苦度光阴。后来两个儿子很出息，考出国了，毕业后在国外工作。前几年老太婆也死了。他说他也没啥爱好，孤独得要死。煮一锅饭，几天吃不完，馊了。儿子接他到国外去，他待了几个月，差点没急疯掉。

他说他年轻时学的俄语，没法跟人家外国老奶奶搭讪。偶尔想出个门，还得儿子写个英语牌牌捏在手心里，捏出汗也不敢丢，怕找不到家。菜也吃不惯。他说他做梦都想喝辣糊汤，吃点生煎包子。

“你别看我七十多岁，我胃口还不错，早上小笼包子能吃一笼。白天在家睡觉睡多了，晚上睡不着，觉得浑身到处不合适。于是，就找了一副象棋自己跟自己下，弄得儿子也睡不好，赶紧把我打发回来了，怕我死在国外。一回来我就精神啦！我到洗脚屋美容店玩，一个月满打满算万把块钱够了。

“我要钱干什么？带到棺材里去吗？洗脚屋的小姐可仁义了，陪我聊天，陪我玩，从来不嫌我絮叨。我这么大岁数能干点什么？主要就是找人聊聊天。一个人在家太孤独了，人家老头子还能含饴弄孙什么的，我没孙可弄，孙子在国外。一般没文化的老头我还真跟他们说不来。在这里好，自在。她们接客了，我就在外面帮着看看门。而且这行是吃青春饭的，挣几个钱不容易，干几年就要找个好人家嫁了。她们挣那几个体己钱留着慢慢花销。何况现在城市房子那么贵，在城里买套房子也就差不多了。”

我说：“你这么大岁数可要悠着点，不要弄个‘马上风’死球了。”他听了咯咯笑着说：“我讲科学的，哪能像年轻人那样蛮干！”他说他还绘了一张表，用红蓝圆珠笔记录在高潮和低潮时心跳脉搏的变化。他从西装口袋里掏出一张表指给我看，说：“你看这个红线代表的是高潮阶段的心跳和脉搏数，下行的蓝线是退潮后的心跳和脉搏数。凡事讲个科学，你不讲科学能行？不讲科学那是蛮干。大炼钢铁你知道吗？那就叫蛮干。”他说他这个研究大学如果开课，讲个半年没问题。我说：“没想到你还是个金赛博士，在洗脚屋搞性学研究啊！”余教授说我这是在用有色眼镜看人，其实洗脚屋的小姐有些人真不错，比如他一个人在家吃饭也不香，请了一个中年妇女来给他做做饭、洗洗衣服，开一句玩笑，就骂上了天，还要满屋追着打他。我说他肯定想非礼人家来着。余教授说才没呢，他一个正经人怎么会干那种事情。但这个妇女天天死板着脸，太丧气了！弄得像个烈女似的，他就把她给辞了。他现在天天在洗脚屋吃。早上他问几个姑娘想吃什么，想吃鱼他就买条鱼，想吃鸡他就买只鸡。他光买不做，买回来她们收拾，她们做好了喊他吃。几个人在一块儿吃，说说笑笑的，多开心啊！

没事了，她们在门口做十字绣，他呢，就在旁边晒晒太阳。余教授说晒太阳好，老年人要多晒晒。这还是个老贾宝玉。他又从西装的内口袋里掏出一张纸说："你看看，我最近写的，你看可好？"因为站在杂货店墙角，我没细看，只看纸条上写了一句：山，我已成了仙！他在旁边用手抖抖，指着"山"给我解释，我说我明白，我明白。他接着追问："你看我这个东西，能写出来裱裱挂家里吗？"我一边仓皇撤退，一边说："大概行吧，啊！啊！我有个电话，我接个电话！"我边说边走。余老先生，像你这样子搞法，离成仙估计也不远了。

春风化雨

我一直很怀念我的小学老师，一个沉默而倔强的小老太太。她是数学老师，我的班主任。虽然从小学一直到工作以后，我的数学也没有好过。我数学智商之弱可以从一件小事看出来，我在银行上过班，数不过来钱，不数不错，一数就错，银行的主任想不通还有能笨到这样的人。她把我喊到办公室里拿出一沓票子让我数，那会儿还没有百元大钞，都是十块一张的，工农兵准备走入人民大会堂。

她指着钱说："数！"我抖抖索索地数了一遍说："七十！"她说再数。我又数了一遍，抬起头跟她说一百一。她叹了口气说："看来你真是个数字盲，你得换个工作了。"这就相当于梨园行常说的祖师爷不赏饭吃。在我换行当之前，她也没办法把我撵走，就天天让我坐在出纳柜台的一角点硬币，大概是本着两害相权取其轻的意思——硬币就算错还能错到哪里去？银行的女同事视我为废物，对我白眼相向，现在提到还气得我肚子一鼓一鼓的。

我上学时那真是"皮"得很。许多班级的任课老师对我都很头痛，于是我就在各个班级之间“放逐”着。甚至有时一个学期还没有结束就有老师向我下“放逐令”了：“这个学期你无论如何不能在我班上了，你不走，我走！”起因是我在下课时捉了许多蜜蜂，仔细地把翅膀揪掉，然后用一个玻璃瓶子装起来。我上课不大听课，跟几个差生被老师撵到教室的后面，这样可以尽量减少对别的同学的危害。我上课时把装蜜蜂的小瓶子打开，用一只医用的镊子把蜜蜂的头夹住，蜜蜂的屁股对着前面张红叶的脖子凑过去，然后镊子稍用力，蜜蜂就会把针刺到张红叶的脖子里，她就“哇”的一声大哭起来。我很快地把镊子收起来，装作一本正经的像没事人一样。因为我周围的同学都莫名其妙地哭过，后来被老师发现了，抓了个现行，并且拿获了凶器。放学时我被老师叫到办公室去，教体育的丁老师逮住我一顿臭揍。你妈的，他的拳头醋钵一般大。就这样，我也跟他对打。后来不知怎么的他把我衣服给撕破了，衣服的一只袖子被撕脱了，半个胳膊露在外面。

放学以后，老师在前面走，我在后面跟着。老师问我干什么？我说你得赔我衣服。傍晚的时候，老师的老婆刚把儿子从幼儿园接回来，正蓬头垢面地在搭建在屋外面的小厨房里烧饭，油锅才起呢，烟雾缭绕的，见他回来了，后面还跟着一个如同济公一样的我。我挎着黄书包靠在门口说：“你赔我衣服！我就这一件衣服，我弟弟还等着穿呢。”老师被弄得没办法，说：“小老子，算你狠！”喊他老婆过来给我缝。他老婆转身找针线的时候，他的小儿子又闯祸了，把什么东西又给摔碎了，家里弄得卷堂大乱。老师的老婆越想越气，找个由头跟老师打起来了。她把头顶在老师怀里，叫着：“给你打！

给你打！你打死我吧！”公母俩像两只山羊顶架，真是很有趣。我在旁边看着觉得好笑——老师也会打架！后来还是白老师把我拉到家里去，她说她帮我缝，让我把衣服脱了。我就穿了一件背心，抱着手站在她家堂屋里。白老师的两个女儿都长得很好看，像两朵百合花一样。她们俩走过我旁边都掩着嘴，也看不出是笑还是哭。

后来这位班主任就把我交到何老师班上来了。何老师刚从外地下放回来，她好像是河北人，一口河北梆子腔，随丈夫转业到这里，也是一大窝孩子。她个子不高，才一米五多一点，一点也不像北方人。她人还有一股狠劲，后来我总结，一般个子矮的人都比较有韧性。她天天笑眯眯地看着你，跟你耗着。她走到哪儿，我也得跟到哪儿，跟黑白无常似的。下午放学了，她不许我回家，要我跟她到办公室写作业，一路写到天黑，她什么时候把作业改完了，我什么时候才能回家。她低头用红笔飞快地判着作业，时不时用眼睛余光看我一眼，看得人心里一凛。她家住在交通厅，路上有个包子铺。在路上她买两个包子，她的那个是菜馅的，我的是肉馅的。我爹比较狠，她知道他脾气不好。一般我爹问我在学校表现怎么样，她大多数时间说：“很好，很好，比以前进步一点。”我爹脾气不好，可能是遗传的。我爷爷脾气就暴，他跟自己生气。有一回挑水把水桶不知道怎么弄翻了，他一气之下把水桶给揍个粉碎，然后扬长而去。我爹呢，更好玩。我姐小的时候是个好哭精，夜里怎么哄也哄不好。我爹把抽斗里的五四手枪拿出来，顶着她胸口说：“再哭！我一枪崩死你。”我姐更犟，崩死也哭。结果以他老人家认输拉倒。

何老师家访时总是说成绩，说这学期不错，数学考到六十五分了，比以前进步了十分，及格了。这是多么大的跨越啊！她用诗人般的语言对我爹描述，你这孩子如果好好培养，上个清华、北大也没问题啊！咱得换换方法，哪能动手就打，你在部队也不能体罚战士对不对？可能是天资拙劣，我的数学到了七十来分，就进入滞涨阶段，怎么努力也上不去了。何老师是班主任，教数学的。有人就说她，你费这么大精力带一个差生划不来，她还真红了脸，还跟人吵一架，说："你怎么能当孩子面这样说话？"晚上回去的路上，她还气呼呼的，买了两个包子，她说没胃口全给我吃了，我恬不知耻全吃了。现在想想我也够没心没肺的，怎么就不给她争个脸呢？

后来我工作了，经常还会遇见何老师。她早已退休了。她的个子更矮了，一头银发。她喜欢一边说话，一边用手择我身上的线头，我就感觉自己像个永远择不干净的毛线团子。她一边问工作好不好，一边叮嘱我要看点书。她也不说理由，就单单说："看点书总是好的！"后来她搬到外地的女儿家去，跟女儿一起过了，我就再也没有见过她了。如果她健在的话，现在也有八十多了。

江西疯子

结束了在南陵的测量工作之后，我就到黄山去了。吴老三晚上背了蛇皮口袋、被子、枕头和一应生活用具站在门口等我。他说我们一起到黄山去吧？我说那就走吧，也背了一床被子，弄了一个彩条布的大包，把一些书和画册塞在里面。吴老三叹口气说："你是孔夫子搬家！"本来想找床厚点的被子，吴老三说过两天天就热了，带床薄的吧。话说得也对，眼看着快到三月中旬。他在外面边发动车子，边按喇叭在催。

我找了一床薄被，扔到车厢里，连夜和他往黄山赶。黄山那边一条路等着放中桩。那会儿屯黄公路还没修，是翻雀岭走的。路不太好开，有许多胳膊肘弯的盘山公路。吴老三神经不大好，开着开着，把前大灯一闭，把油门轰到最大，汽车以八十迈的速度在盘山公路上狂奔。一个山头下来，耳朵因为不适应这种急骤的气压变化，嗡嗡地发涨。等方向盘归正的时候，他还来个大撒把。他用不屑的眼神左右扫我，看我会不会求他开慢点。我偏不！要死一块儿死。车子在夜里一点多钟到达黄山汤口。因为是旅游淡季，街上一个人毛也没有。晚上没找到吃的，我们没洗就睡了。

夜里冻得够呛！被子还是太薄了。我们睡成个“狗撞对”，浑身还是簌簌直抖。吴老三牙齿捉个不住地对我说：“妈的！没想到三月份还冷成这样。我们睡一被窝吧？”把两床被子合在一处，还是不行。况且吴老三的骨头硌人，脚又臭得要命。怎么睡怎么不合适。我说你这是人脚吗？他说就你这事那事的，如果搂个大姑娘睡，保险不嫌骨头硌人了，脚也不臭了。我说你不是大姑娘啊！夜里街上的狗打架，狺狺地叫。实在睡不着，我从门后摸根棍上街撵狗。活动一会儿，能有股热乎劲。

我们住在汤口的一所林业学校里。一座二层砖木混合的老楼，原来是红色的，现在油漆已斑驳得不像个样子了，破楼梯一踩一晃。楼的对面是紫云峰。早上起来，雾气蔚然蒸腾，浩浩荡荡地把远近的山峰包裹起来。楼上住了三户人家：一户是个适龄女青年，在车站卖票；一户是从茶场退休的农技师；还是一户就是我们。一楼没有住人，堆了许多松毛和柴，柴是刚从山上砍下来的，有新鲜的半月形刀痕，估计是厨房烧饭用的。早晨，我和老吴扶着栏杆野望，茶场的那个农技师已经在生炉子，烟潮水一样漫过来，吴老三喃喃地骂：“妈的！熏狐狸呢？”

农技师是个上海人，六十年代下放到黄山茶林场劳动，后来就在这里安家了。他是个王老五，瘦、沉默、话少，不爱跟人聊天。每天早晨起来生炉子，然后烧开水泡茶，坐在小竹椅子上。水开了，涮杯子，泡茶。他就跟长在竹凳上的植物似的，喝一口，回味一下，拿眼睛四处看看。他有一本翻得稀烂的《茶经》，一个人坐在那里翻看。到了中午的时候有个老太太来给他烧饭，是老头雇来的。老太太挎一只竹篮子，篮子里有从自己家菜园里拔的菜。荤菜，也方便，站在板凳上，把挂在屋檐下的一只火腿挑下来，切一块，火腿炒菜薹，一碗白米饭，细嚼慢咽的。

火腿上长了一层绿毛。当地人说这种火腿最好吃，生吃也行。切开后，瘦肉红得像玛瑙一样，肥肉像一块黄玉，把吴老三馋得不行，转着眼珠跟我说到哪里弄只火腿杀杀馋才好！我说我们到镇上买一只吧。吴老三说："买？你家财主啊！"我说不买到哪里弄呢？这个话题算是进行不下去了。

他说明天中午我叫你一定吃上火腿，你信不？夜里他扛一根竹竿到山坡下，不知从谁家的屋檐下挑了一只火腿回来，拣了一只绿毛长得最长的。半夜里他抱着半截猪腿当琵琶弹来弹去地撒疯，我没有理他。我说明天人家不骂死你。果然，第二天早晨一个农妇捧了一块砧板，一边走一边斩，且斩且骂："哪个烂肚肠的偷了我家火腿呀，吃了害烂肠瘟啊！我斩你祖宗十八代呀！"吴老三哧哧地笑，轻轻回骂道："我斩你祖宗十八代！小气！"说火腿不香，那是扯谎。出家人不打诳语，火腿香菇炒菜薹、火腿炒笋子味道都不错，但被人家咒了十八代也蛮糟心的。放中桩的工作忙了一个月，算是告一段落。三月末的时候满山的新绿，夜里屋后的猫头鹰滴溜溜地叫，门前的桃花溪开始涨水了，山上万千的竹梢迎合着过山风轻轻晃动。高山上的茶才下来，每天有背着茶叶到处卖茶的乡民。我和吴老三坐在门口的石台上，看到有卖茶人过来就问："有毛吗？"卖茶人说："有毛！有毛！"说着撮上一把。大致意思是茶尖上面有一层细细的茸毛，然后伸开手，让你看手掌上的绿毛。

农技师看我们喝茶、买茶，就过来跟我们说："别买，这些都是菜园地附近的茶。不好！"我问他怎么知道的。他说："上口一喝就知道了。喝茶要喝高山茶，还得喝阴山的，那里茶长得慢，味道才厚。阴山就是背太阳一面的。"然后就说他的茶经。后来他给我推荐买的茶，都很不错，价钱也便宜得不像话。

初夏季节来了一个疯子，天天在镇上游走。疯子穿一件白成灰色的衬衫，裤子上没有裤带，拿根绳子结起来。疯子很白净，每天早晨在桃花溪边洗脸，刷牙没看见过。这是个文疯子，饿了就站在卖馒头或卖包子的摊边，笑嘻嘻地看，非常有耐心。好心的摊主有时给他一个馒头或者包子。中午到附近饭店里，等着别人吃完了，他上去收拾残余。

我端着盆到桃花溪边洗被子。我在家里把被子泡上洗衣粉，泡透了，然后到桃花溪上游，把被子放在溪水里展平。被子就像被激活了似的，乘风破浪而下。我骑上车，赶紧跑到下游接着被子，拎上来一抖，干净了。疯子跟在我后面饶有兴趣地观看，不时指指点点的。傍晚的时候，疯子站在吴老三汽车的脚踏板上往驾驶室里张望。我问他看什么呢？疯子把两根手指头竖起来，向我示意他要找香烟。我给了他一根香烟，他拿着掉头就走，走了一段又折回来找我要火，我给他点着了，疯子吸了一大口，慢慢从嘴角放烟。我捏捏烟盒还剩几支，就全给他了。疯子走到桥边坐下，看着下面汤汤的流水，嘴里不知道叽叽咕咕在说什么。

第二天早晨听到一个惊人的消息：疯子把派出所一个警察给砍了。使的菜刀。这个警察被砍得半死，已送到屯溪市抢救去了。我问乡民，为什么要砍警察呢？乡民说可能是昨晚一个警察闲得没事干，把疯子弄进去，觉得一个疯子老是在风景点转悠不是个事儿，想把他赶走。疯子自然是疯的，也说不出个所以然。警察拍桌子，疯子也拍。警察就把他打了，而且还打得不轻。后来他也打累了，半夜把疯子给撵出来了。疯子跑到镇上摸了两把菜刀，掖在腰后面，躲在派出所附近茅房旁边的竹篁里。第二天，天麻麻亮，这个警察出来大便，疯子瞅他拉到半截的时候，冲进去挥刀就剁。一个人拖着半橛屎，裤子也没法提，跑也没法跑，只有挨剁的份儿了。你看一般警察抓人，都是把他的鞋带和裤带给解掉，让嫌疑犯双手提着。裤子松了，跑的时候，它缠腿啊。阿凡达拖着个尾巴还嫌费事，更别说还拖着一橛屎了。从这一点上来看，这个疯子虽说疯，但他在打架战术上一点也不疯。他打得非常巧妙，一个人上茅房时，就是有枪也不顶用啊！

疯子呢？没什么事。砍了就砍了，因为他是疯子。家庭地址后来被精神病专家给问出来了，他是江西人，从精神病院跑出来的，那边找了半年还没找到呢，结果在这边犯事了。当地精神病院来人，把他给弄回去了，说是回去要严加看管，实在是对不起！

这个警察呢？后来抢救过来了。但是头不像样子了，头上好些地方毛发不生，帽子下面露出的头皮，跟个老南瓜似的，一棱一棱的，口眼歪斜。

扬州乞丐

国庆长假，我去了扬州。扬州街上人山人海的，我在街上努力走路，在车站努力挤车，傍晚的时候努力找客店。我在彩衣巷茅房被一个大妈拿自来水冲了出来，努力提着裤子露着半个屁股仓皇而逃。打扫男厕所也不喊一声，真是民风淳朴，不辨雌雄。打出租车，出租车师傅也抱怨说："上海人在上海请不起客，都跑到扬州来请人吃饭了。"富春茶社里，哪儿都是人。有站着吃的，有蹲着吃的，还有半站半蹲的，还有趴着吃的。几乎没有下脚的地方，一不小心就怕踩着人的嘴。我把脚举在天上走。我从天花板往下看，每个人脸上都鼓起一个大包，吃哽住了，立刻灌一大口水，眼珠子鼓出来有半寸，拍前胸抚后背抬下去，嘴里还叼着半个蟹黄包子，呜哩呜啦的也听不清说些什么。饭店里每个人嘴里塞着一大块包子正在嚼，四周回荡着一种怕人的声音，全像饿牢里跑出来的死囚犯一样，眼睛里冒着绿光。用胳膊肘圈住一笼包子，你看他一眼，他马上瞪回来，以为你要抢他的包子。一九六〇年过粮食关的时候，人的吃相差不多就是这样吧？我老婆围着人堆钻出钻进几回，一头油汗，身上还带着几个油腻腻的手印，像被人打了血掌印一样。我说：“不吃了！什么了不起的东西。”她背着包跟在后面，一路走一路喊：“我要吃包子！我要吃包子！”

在扬州“共和春”附近遇到一个乞丐，非常像我三十年前认识的一个故人。可能就是他。这个人三十多岁的样子，穿一件灰色的中山装（现在中山装是全国乞丐服标配）。他坐在一间服装店的橱窗下。橱窗里有两个塑料模特，长手长脚，手腕上还挎着包，垂着十分爱怜的眼光看着他，似乎在说：“我的天哪！你怎么也在这里？”乞丐坐在墙脚下，一只脚屈在屁股下，一只脚伸出来。他的脚边放着一个空酒瓶子，酒瓶里插了许多草编的小工艺品，有蚂蚱、蝴蝶、水马、纺织娘等等。他很投入地在编织，似乎没有注意到我这个故人。是他！一定是他！同样的装束，同样的发型，一样的编结手法，连编的时候把舌头吐出的样子都像，左一下，右一下，编好了举在手里看看，然后插到瓶子里去。他的脚下放着一个黄色搪瓷缸子，里面有十几块钱的样子。搪瓷缸的背面一定掉了一块瓷，我绕到旁边看看，果然是掉了一块瓷，还是三十年前的那个搪瓷缸子。这贼厮在哪里得了长生术了吗？我是十岁见到他的啊！那时他就三十多岁了，按时间推算的话他应该是七十许的人了，怎么还长得跟三十多岁的一样，还是那样手脚灵敏？

我上小学的时候门口有个乞丐，有那么一两年他总在学校门口要饭，住就住在一家商店的屋檐下。下雪天他就笼起一堆火，黑黑的人影，红红的火，煮菜热酒。他在吃的问题上一点也不马虎，并不因为自己是个乞丐就在饮食上丧失自尊心。这家店里看店的人常常出来破口大骂：“×你妈！×你妈！你想烧死人啊！”这条街对面常常起火，每家店都被烧过。先是新肥商店烧过，烧死一个营业员。说是忘性大的人把电手焐子忘记从插头上拔下来，夜里起火了，里面一个看店的营业员被烧得像黑炭一样。我现在还记得那天晚上的风很大，我光着下身在外面看火，半边天都映红了，炽热的空气中不断有灰尘掉下来，被烧得失去重量的物资在半空中飘来飘去，救火车凄厉地叫着来来去去，一直忙到早晨才把火给扑灭了。没过多久马路同一侧的长淮电影院又烧了，新装修好的电影院烧个毛干爪净。电影院经理半夜从家里赶了来，还穿着拖鞋，看着大火哇哇地哭，还拿头撞树，多少人也拉不住，把个法国梧桐树剩下不多的树叶都撞下来了。装修电影院的钱是从银行借来的，本指望年节下挣一笔，谁知道就这样烧成个白地，经理岂有不大放悲声的？

这个乞丐从不到街的那一面住，他说那边店面犯了火神爷，不吉利！他惜命得很，树叶掉下来都怕打了头。不过命是穷人唯一的宝贝了，你不惜难道还要人家帮你惜不成？所以吃好、喝好、睡好就显得格外重要。

他一直要睡到日上三竿才到学校门口来，学生放学的时候他有一桩生意要做。灰色的中山装、黄裤子、黄力士鞋。那时的他三十多岁的样子，旁边放着酒瓶子，跟扬州乞丐一样插着许多草编的工艺品，一腿盘，一腿伸，脚前面放着黄色搪瓷缸子，里面放着一分二分的硬币。他的肩膀上搭着草，一边编，一边半吐着舌头，左一下，右一下，编好了，拿在手中看看，然后插到瓶子当中去，随手摆摆造型。他有日本花道般严格的审美要求，有时摆很久觉得不满意，他就把瓶子里的草编都倒出来重新摆，摆的时候连大气也不出，眯着眼睛左右相看，摆好后像完成什么大事似的长出一口气。我们都围在他身边看，把手支在膝盖上。有人问他：“这个草是哪里搞来的？”他说：“城外多的是！”又问他：“到底在哪里嘛！”他说：“想抢我饭碗啊！回家问你大（爸爸）去，想学要饭，让你大请我一顿，我教你！”大家一听，一哄而散。虽然小，我们也知道要饭是丢脸的事情，小学写作文长大后的志向当中没这一行。我到现在还记得我长大后的志向是当一个赶马车的车老板，其他人就更平常了，不过是当兵保家卫国，当医生救死扶伤之类。

中午他就睡在学校门口的阴凉地里，头旁边有一个饭店的碟子，里面有一些油汤。知道他中午饭食不错，他脸上的毛胡子有些油还没擦净，苍蝇落在脸上，他就五官挪位地耸动，直到把蝇子耸飞了为止。他睡得像个天使一样。

他睡着的时候我们好作弄他。有人就用他身边的细草挠他鼻子，或者是挠他耳朵。挠鼻子他会打个炸雷似的喷嚏，挠耳朵他会用手拨拉。忽然他醒了，随手就摸身边的一根棍。城里也没狗，为什么要带根打狗棍？这可能也是他们组织标配来的。他举着棍假意要打，我们跑的跑、爬的爬，一齐走散了。他扔下棍子，禁不住笑骂：“奶奶的！欺负到老子头上来了！”后来他很超脱，随你怎么弄，他只是翻过身睡去，实在是烦不胜烦了，他就从袋子里摸出一个格外精美的草编送给你说：“别烦老子了哦！我要睡觉了。天长了，好困哦！”看他这样惬意的态度，跟他闹下去好像也没有什么意思了，另外他只会编这十几样东西，慢慢地就不大有人买他东西了。后来看他的黄裤子破了很大一个洞，一块布搭下来甩打甩打的。再后来他就不见了。

没想到三十年后我在扬州又见到他了。我很疑惑，我这真他妈穿越了！这怎么可能嘛。我问我老婆：“哎，你给我说说这世界上有长生不老这个事情吗？或者是山中方七日，世上已千年？”“就是说这个乞丐在离开我们那里之后，遇到仙人了？”我老婆想了一会儿，说：“也许他们是一个组织，全国各地都有分舵，穿同样的衣服，以同样的手艺挣钱，自辛亥革命后就活跃在全国各地，只要这个世界上还有受苦受压迫的人，他们就一直奔忙着，奋斗着，世世代代无穷矣。”她又说，“也许是这个人离开你们那儿之后，流落到了扬州，遇到一个爱他的人，跟他结了婚，养了几个儿子，渐长渐大，现在接了他的班。人家这个是家族企业呢！那个黄色搪瓷缸是他家的传家宝。或者他的后辈故意要在搪瓷缸子背面碰掉一块漆，以示不忘先祖创业之艰辛。另外一个原因，也是最不靠谱的，是这个人在什么地方得了驻颜妙术，等一会儿你去问问他，我还想跟他讨教一二。”等我吃了两个石头蛋似的包子出门之后，他已经走了。他盘腿坐过的地方，只有一方寂寞的水泥地。我知道我与他错过了，下一回遇见又要等三十年了。

老刘和他的猫

老刘是我家附近一个美容店的老板，勉强可以划入中产阶级行列。这个勉强是他自己认定的，可见老刘同志还是比较谦虚的。他觉得在文化程度这一块儿他差那么一小点点——老刘是小学文化，所以在文凭这个问题上他觉得矮人三分。他对儿子的学习抓得很紧，希望儿子能考个名牌大学，结果却让他很失望。儿子没考上，老刘就让他去复读。儿子很听话，也是每天都去，但一年比一年考得差，这让老刘有点郁闷。后来让老刘打听到他根本就没去上学，他把老刘的钱全送到学校附近一家网吧去了。最后老刘花了一笔钱让他到乌克兰上了一所什么“野鸡大学”，也算是留学了，修成了正果。

这样他把自己心灵上这块最后的空缺也给填补上，每有人问到儿子，老刘说：“儿子在留学呀！”

老刘在郊外有一座很大的房子，每天晚上下班后他站在自己那辆标致 607 轿车门边准备拉开车门之前，总是习惯性地在锃亮的车身上端详一下自己，用手或左或右弄几下头上已经救济不过来的头发，抿一下嘴唇，心里寻思所谓成功人士也就是这样子吧。他感觉自己像站在一个山坡上，可以定心定意看看山下的景色了。以前那些苦日子在他身上所留下的烙印太深了，老刘是苦怕了，有时夜里做梦的时候想想以前的日子都会把自己给吓醒。总的来说，老刘是那种虽然诸事顺利但还能不张狂的人，充其量不过在朋友聚会时发表一点成功者的感叹。有一回他还让一个失意者给“削”了一顿。

老刘的老婆已经死了好几年了，第一年的清明老刘还到她的墓地去看过一回，那时儿子还在家，两个人一道去的。老刘和他老婆是在老家经人介绍认识的，那时的老刘穷得叮当响，女方家里看老刘这个人挺实诚的，还凑了一点钱将婚事给办了。两个人把猪圈翻翻高，就当了新房。他老婆跟他吃了不少苦，日子稍微好一点以后，脸上也有了笑影子。这样的日子也没过多长时间他的老婆却生了病，一天到晚病恹恹的，犯病的时候就狂叫，还需要请个人来照看她，一直拖了好些年。老刘也尽心尽意带她看医生，服侍她。花了许多钱最后也没有治得了，老刘就又变成了一个人了。老婆死后老刘的生活过得没有了规律，吃饭、穿衣也没个准，人有一度显得有点憔悴，后来情况有所改观，因为老刘有了一只猫。

我第一次见到这只猫是在老刘的美容店里，当时小猫蹲在美容店宽大的玻璃窗边向外望。谁见过这么瘦的猫呀！腿走路都直打晃儿。我问老刘打哪儿弄来这么个小东西，他告诉我是捡的，晚上开车回去的时候在车库里发现的，差点被车轮子轧死了。老刘把它带回家，用一个小纸箱子给它做了一个窝，在地上放一只小碟子，里面倒了一些他早上喝剩的牛奶。小猫便趴在碟子上慢慢地吃了，吃完以后小猫仰起猫脸，对着他很轻柔地叫了几声，在黑夜寂静的大房子里老刘突然觉得心里好温暖，于是老刘就决定收留它。他把它抱到卫生间洗了一个澡，好！这下看起来好多了。小猫蹑手蹑脚参观了一遍他的大房子，决定在这个地方住下来，回到它的纸箱小窝里睡下了。

店里的生意很忙。老刘一个人忙前忙后，整个白天脑子都是被占满了的。晚上闲下来后他就觉得时间特别长，有时他的儿子也给他打电话，但除了要钱再无二话。儿子只是简短地告诉他要钱干什么，久而久之老刘也懒得跟他说什么了，在感情上他就觉得在遥远的北方有那么一个债主定期要寄钱去。

这只猫才来时瘦成了个架子，整天羞怯怯地缩在墙角里，见到人来就跑。在这里待了一段时间后，好多了，它身上的毛也长光亮了，喜欢和人亲近了，老刘一回来，它就在他的腿上蹭来蹭去的，有时老刘想就它还对我有点情意。老刘先前有个情人，在他老婆没死之前就已经有了，因为老刘的朋友大部分都有，老刘的心气也挺强的，于是他也有了。关于这一点他老婆也知道，但因为自己有病多年缠绵在病榻上，想想男人嘛，老刘也没有其他嗜好，也就将那份要强的心收了，不大管他的事。老刘也过了几年浪漫的日子，后来他就发现事情的过程有点不太对，因为那个女人老管他要钱，像个无底洞似的。再后来，他发现她除了他之外还有一个相好的，她把他的钱都贴给那个男人了。

有一天他看到这两人在街上走，那个男的穿戴很整齐，一表人才的样子，走路的时候头发还一甩一甩的。他们手挽着手在街上走，满大街都是他们俩的笑声。老刘也没有什么过激的表现，况且老刘已经觉得自己有点老了，不好意思去找人打架了，他觉得知道了总比不知道好，散了就散了吧。晚上他开车回到家里，坐在沙发上，小猫爬到他的腿上伏下来，小猫的身体毛茸茸的，能感觉到它细微的呼吸，小小身躯一动一动的。这时他感到眼眶里热热的，鼻子有点酸。老刘有好多年没有哭过了，他常对儿子说："老子的一辈子什么事情都是靠自己打拼的，哭有个球用啊。"但今天老刘一个人好好地哭了一场，哭完以后觉得心里松快了许多。

小猫不解地看着他，用自己粉红色的小爪子去触他的脸。他一把把这只小猫抱在怀中，仿佛找到了彼岸。他给自己在人世的生活找到一个理由，他不再是一个人，还有一个更弱小的东西要他来照顾。他的生活必须有规律，他得给猫弄吃的，有的时候自己也吃点。老刘胖起来了，生活也正常了。每天早晨他打开家门的时候，他就想这个世界上还有两个活物。

他用鸡毛掸子掸着窗户玻璃上的尘埃，心里有一种非常闲适的快乐。他用手去擦杯子时迎着光线仔细地检查着，看到有地方不干净，他就哈一口气再去擦，直到弄得晶莹剔透了才放下来——老刘变得讲究生活品位了。他觉得是这只小猫改变了他的生活。初夏时节，他也会挑一个阳光明媚的天，很幸福地将小猫装在一只小柳条筐里挽着，约新认识的女朋友开车一起到郊外去踏青。这时老刘躺在一块草坡上，看着小猫在四处蹦蹦跳跳，他的心情就有点像四月的天上云彩一样，柔和极了。老刘觉得自己想作诗。

火烧云

我有一次问一个做房地产文案的朋友，如果你们拿到火葬场那块地，你打算怎么写楼盘销售的文案？他想了一会儿说："与灵魂起舞！"后又问他如果在铁路边呢？他说："在工业文明的吟唱中入眠！"这王八蛋的胡话张嘴就来！我觉得"与灵魂起舞"这话还是不错的，美则美矣！但从唯物这一面来说，连这点想头也不许有。死了就完了，就变成分子式了，也不化蝶，连个毛毛虫也变不了。真是令人嗒然若丧！

火葬场原来离市区很远。它的对面是农学院的种植场，还养过黑白花奶牛。里面有许多树，钻天杨、槐树、桑树。小时候我养蚕，常翻墙到里面偷桑叶。这几年随着房地产兴旺和城市的扩张，慢慢就把火葬场扩进市中心了。离火葬场较近的几个高档小区的人，每天能看到火葬场的大烟囱冒烟，遇到顺风还能闻到味——烧焦的肉体和布料的味道，所以他们比较想得开，爱开好车，爱穿名牌，胡吃海喝的。你想啊！那个大烟囱天天在默默地给你上课，所以人就容易达观起来。在这个时代还能快活起来，不比金子还宝贵呀！就凭这，房子买得值！有教育意义！还产生了许多跟火葬场有关的灵异故事，这些故事都挺拉丁美洲的。

当地父母官们老说要把火葬场迁出城去，一时还找不到合适的地点。就算是外迁，往哪里迁？周边县市不像抢其他投资项目那么热心，嫌不吉利！头头们都是学辩证唯物主义的，也知道人终究是要死的，但不想把它放在眼近前，天天提醒着自己！都不要，找各种托词，所以它到现在还在城里，一天冒很多次烟。其实火葬场放在城里也好，时时提醒：人为妇人所生，日子短少！容易提高本城居民的哲学思考水平。另外，处理腾空的土地也让人犯难，这地方哪个开发商愿意来开发呢？地是好地，绿化也好，周边生活设施齐全。如果卖不出好价钱怎么也说不过去。

后来有人建议搞个体育学校，我真他妈的拍案叫绝：妙啊！在这里训练出来的运动员，个个都能在奥运赛场上拿金夺银的，会跑得更快，跳得更高，小鬼附体一般！夏天晚上这里的草地上会飞出一大群磷火，美不死你！因为火葬场烧不掉或者烧不透的骨头渣就深埋在后面的草地里，骨灰盒里给你拣细的撮一把就行了。夏天起风，把骨头中的磷点着了，李贺不是说“鬼灯如漆点松花”吗？冷冷的火，东一点，西一点。人一跑起来，磷火随着手脚舞蹈。

火葬场有个铜管乐团，洋鼓洋号都吹得不怎么好，就是能弄出动静来。我们小区住过这么一个该团的音乐家，女的，她在这里租房住。她长得很好看，吹圆号的。天天早晨起来练哀乐，离休老干部李阿姨喃喃地骂：你娘个脚的！早晚让你给吹死！最后这个女的被他们撵走了。房主不把房子租给她了，嫌丧气！她早上站在一棵李花树下练号，嘟——嘟——嘟。老太太们伸头看看，把门一关，不敢出去打腰鼓了。所以干他们这行想练业务还真就不好找地方。那一阵我被她的音乐感染了，会不由自主地哼出来。画画的时候，我一边画一边哼着，把老陈弄得掩耳疾走。我觉得再烂的音乐，只要在你身边天天放，然后你就会下意识记住。比如一些烂电视剧的音乐，初听不好听，听久了满大街都在放，都在唱。

我有一次参加一个朋友妈妈的葬礼，是夏天的正午，天能热得死活人。我们规规矩矩地在广场上排队，一人手里执一个花圈。前导的就是这个洋鼓、洋号班子，穿得跟民国大总统黎元洪似的，头戴军帽，帽子上面还有个黄缨子，白裤子上镶着宽宽的两道黄条子。有个胖女人，烫一头的鬈发，后脖颈上都是肉。她打鼓，跟不上音乐节奏，很神经地咚的一声，身上的肉抖一抖，然后又咚的一声，又抖一抖，肉像水中的涟漪一样荡漾开来。她大概午睡没睡好，没能从瞌睡中醒过来，睡眼惺忪的，有一搭没一搭地敲。前面有个举花圈的哥们儿被她敲得一脸诡异的笑，把一头油汗的脑袋伸过来跟我说："等会儿我想把这个胖娘儿们扔到炉子里去！"孝子贤孙在前面哭得震天动地的，后面队伍跟进的人脸上都挂着一种诡异的微笑。

我们来的时候，这几个吹洋号的坐在花坛上练号，状颇闲适，脚在下面晃荡着，有一个人竟然吹起《百鸟朝凤》来。他们耳朵上都夹着丧家给的烟，左右两边都夹着，手里还夹着一根，吹几声把香烟凑到嘴上吸一口，跟×你妈的蓝调爵士小号手一样酷。那边丧家大放悲声的时候，这边响器班子里出来一个歪戴帽子的人，到树荫下把几个睡着的踢醒说："×你妈的！你们晚上做贼啦？起来干活了！"几个人从地上挣扎起来，加上那个睡不醒的胖大婶就向火化炉子进发了。

吊唁大厅里一个女的在剥毛豆，准备晚上的小菜。孝子贤孙进去后，哭声动地。那个女的一边剥毛豆一边喊："快一点啊！后面人还在等着呢。"我把写好的挽联拴在一根绳子上，然后在下面抽动绳子，挽联渐升渐高。这一回响器班奏哀乐，终于奏准了。天天演奏几十回，不可能不熟。全家亲友尽情一哭，人就被推走了。响器班子也急急地走了，赶下一场去了。外面又响起咚咚开玩笑似的鼓声。殡仪馆像个死亡流水线一样，守吊唁厅的那个女的剥了有小半碗毛豆米了，够晚饭的菜了。

我和朋友站在大雪松下抽烟。雪松亭亭如盖，有一圈圆圆的阴影。他准备等一会儿进去拿骨灰盒，脸上还有泪迹，手有点抖。他深深吸了一口烟说："这个响器班真他妈的不怎么的，早知道我带个录音机来放越剧《十八相送》，我妈爱听。"他妈原来是越剧团的，曾演过祝英台，后来胖了就不上台了，在剧场门口的小房里售票。

烧人的烟没有我想象的那么多，只有几缕就烧完了。他一边弹着烟灰一边说他妈最喜欢《十八相送》了，他爸死的时候大家从火葬场回来，晚上他妈早早就睡了。第二天早晨的时候，他妈在厨房一边择菜一边小声地唱戏："清清荷叶清水塘，鸳鸯成对又成双。梁兄啊，英台若是女红妆，梁兄愿不愿配鸳鸯？"然后又去唱男角，"配鸳鸯，配鸳鸯，可惜你英台不是女红妆——"他坐在客厅里想，今天难得老娘有这么好的心情，便走到厨房里，却看到他妈立在水池边，一边择菜，一边拭泪。老娘看到他进来，偎在他怀里，终于哭出声来，是那种撕心裂肺的哭，站也站不住。大烟囱之上极高的天空中有三两朵云彩，慈悲地停着。没有风，热浪袭人。我催他：“快进去吧！”

武功

老何我就要开始写你爹了，你不生气吧？也就是写你小的时候被你爹修理的一些事情。你想想世上哪有孩子不被爹收拾的？不是有句俗话说："小树不修，长大格就（合肥俗语，弯曲的意思）。"你说你现在教育孩子的大政方针就是给他吃好喝好，有一个健健康康的身体就行了，以后长大了就是拉上三轮车也比别人跑得快。其实你也就是说说，真拉三轮车，你不得自批老脸啊。我知道你内心还是急的，只不过嘴上不说，但想打孩子的苗头还是时时都有的，像怀里揣着一团火。这火把你烧得有时略显焦躁。我们都知道打孩子不好，何况小时候都是受害者。我现在发愿不打孩子的，做一个诚心善男子。

我俩都知道人总有个上智下愚之分吧，子女教育也得有个平常心。你爹那时打你实在是望子成龙，本来你要成虫的，结果虽然没把你打成龙，现在也不错了，在咱这小地方混个处级干部，偶尔在外面吃饭，还被人请到上席去，头也不晕，顾盼自雄，虽南面王不易也。其实我听你说你爹打你的那些刑罚都不算啥，不就是拿皮带抽吗？鸡毛掸子吗？还不蘸水，算什么呀！切！如果把你家那些个刑罚跟我家相比，你那儿顶多是少管所，我家是中美合作所，是渣滓洞，站着进去，趴着出来。你就说我爹那真是家法的发明家，家法兵器谱上都能排得上号的。跪搓衣板头上还顶碗，碗里还有半碗水，晃一晃就打。省杂技团到我们学校来挑杂技苗子，一眼就把我相中了。他们看我骨骼清奇，目露精光，一看就是棵练杂技的好苗子，非要我！我爹不让，说我们家是行伍出身，无论如何家里要出一个大学生，让我好好念书，别动其他歪脑筋。后来一次动家法中伤及我头脑，把装数理化那一边脑子给打乱了，数不清数了。也有一种说法说是吃鱼子给吃坏了，小鲫鱼有很多鱼子，我每次吃鱼时都把鱼子给挑出来吃了。

我至今算不好账，到菜市粮店买个菜买个米也是人家说多少我给多少。过去买一袋米，我扛着往回走，一毛四一斤，三十斤多少钱？扛到家账都没算清楚，一路上嘴里念念有词。我们家专打男孩，女孩法外施恩，不打！我姐小时候是个好哭精，被我爹拿五四手枪指着胸口恐吓过："再哭！一枪崩了你！"她不怕，还是哭，最后我爹投降了，抱着她在连队的大操场上晃来晃去。白天他要带兵训练，这一天他真累得够呛的。

老何问我被体罚时恨吗？我说当时是真恨。说不恨是假的，但那时咱们国情就是这样，家家都打得鬼哭狼嚎的。如果一个男孩子在家不被他爹或者他妈收拾，我们都觉得这是不正常的：这孩子太乖了，非我族类，其心必异。我们就排挤他，不带他玩。比如你认识的那个刘千里刘胖子，我们就不带他玩。他一个人在篮球场旁边捧着一只小碗喝牛奶，他妈说喝牛奶皮白。我们走过他身边的时候手上就使了暗劲拧他的脸说："哟！这小孩儿皮真白呀！"刘千里一甩腮帮子，他不敢还手，他抗击打能力不行，不能跟我们比。我们是练家子，这玩意儿讲究的练排打功自小练起，得有童子功。

老何爸爸原来在一所县重点中学当校长。我说你爹作为一所重点高中的一校之长也捶人吗？他回答说：捶，而且捶得不善（注：不善就是不轻的意思，他们当地土话）。但老人家也是阶段性的，到了某一个阶段就戛然而止，不打了。我问他还记得是什么时候不打了吗？他说记得。那是快上高中前的一个夏天，我犯了哪条不记得了，只记得我爹拎根皮带撵在后面一顿抽。那时我正在练拳击，也想小试身手。青年人嘛！火气当然大一点。于是就这么给我爹也来了一下"三皇炮捶"，也不知是左勾拳还是右勾拳，反正是一拳就把我爹放倒了。他躺在地上，直眨巴着眼睛，闹不明白，这儿子怎么突然还手了？然后一个"鲤鱼打挺"站起来，拍着屁股上的尘土。老何说我爹很纳闷，一时有点反应不过来，手拎着皮带站在院子里愣了有一两秒钟的样子，最后扔下一句："我管不了你了，你走吧！"

我爹让我滚蛋，别回家了。我就走了。十几岁的孩子那时逆反心理强得很，说不得。沿着家门口的一条小路走到县城东头一段废城墙那里坐下，再远我也不敢去了。记得是夏天，老城墙上可以听见一阵一阵的蝉叫。我坐在一个破的圆洞里，向远处可以看见非常广大的田野。田野上吹来燠热的风，风中有一股粪肥的气味，我就觉得恶心。我觉得我爹这一辈子活得真窝囊！一个中央大学的毕业生，怎么会沦落到这样一座充满粪肥味道的小县城里来呢？他凭什么打我，他自己不就混成这样吗？还觍着脸来说我！

晚上月亮升上来了。月亮才出来时是红色的，慢慢变成黄色。知了的声音没有了，天地间很静。月亮下远处的淮河发出亮光，像一匹上好的绸缎一样。城里城外有一股草木燃烧的味道。闻到这种味道我肚子感觉到一阵抽紧似的饥饿。这时候我听到城墙下面有响动，似乎是有人正在向上攀。有两个黑影子走到我的面前，一高一矮。高的是我爹，矮的是我一个同学。因为我们常在这儿玩，我同学领着我爹寻来了。我爹站在月光下，显得很虚弱。我们互相都显得有点异样。他伸出手来，想摸摸我的脑袋，但不知怎么又把手放下来，他说："回吧！"夏天晚上的老县城街道上，放着横七竖八的凉床。凉床下面点着蚊香，青烟袅袅的。我爹走在前面，后面跟着我，中间隔了有一百米。我爹头也不回地往前走，我则像个被抓回来的逃兵跟在后面。

夜里我睡在里屋的床上，怎么也睡不着。我爹坐在院子里乘凉，不时用扇子拍落到腿上的蚊子。我妈走过来劝他："你跟孩子置什么气，睡吧，明天还要上班呢。这孩子就是这么个驴脾气，过几天我说说他，让他给你赔个礼。"我爹说："今天他这一还手啊，还真是提醒我了。儿子大了，原来那套方法不行了。"最后他嘻嘻笑着说："我儿子是小伙子啦，有一句谚语怎么说来着？狗急了也跳墙。

这事赖我，把孩子逼急了。”再后来，我爹就从来没跟我动过手了。

就拿我考大学来说，我爹连填志愿这样的大事也没干涉。他说你看你喜欢什么专业，看着填好了。后来大学毕业后，我说想去读研究生，我妈说回来做一个老师就好了！也老大不小了。但我不愿意回到那座小县城，因为我永远记得那种充满粪肥味的空气。我想离它远远的，越远越好。那时我以为读的书越多，我就可以走得越远，似乎有无尽的原野正在眼前展开，有无数新鲜事情等着自己去体验。实际上什么也没有，就是自个儿心里觉得有。读研究生时是在武大，在长江边上。那是我第一次看见长江。我拿出地图用手量了一下，离老家够远了，心里很满意。我爹那时一个月给我寄十五元，学校还补贴一点。够了，还要什么呢？

老何叹一口气说：“作为儿子、女儿，总有一段那么看不起老子的光阴。其实还是年轻，不理解！”他说你看过鲁迅写的那个《在酒楼上》吗？我说看过呀。他说我现在真佩服鲁迅先生，老先生说人就像一只苍蝇，年轻时候以为飞得很远了，到了一看只不过在天上转了一个圈子，又回到起点上来了。他说，我现在想让我爹拿皮带抡我两下都不能够了。十年前春节回家，他就待我客客气气了。知道我抽烟，他把别人送给他的好烟放在我桌子上说：“来！你尝尝这个。”然后在旁边站一会儿，问问工作，问问跟单位同事能不能处得来，然后就没有什么话了。站了一会儿，他就掩上门出去，临走的时候他站在门口说：“不早了。你睡吧！”第二天我就卷入县城的酒场应酬当中去，同学朋友都在县城里，哪家不去都不好。县城里又是个人情小社会，能从年初三喝到正月十五，真正在家陪父母的时间少之又少。前年老爹走了，终年八十四岁，也算是高寿了，按说没有什么遗憾的了。现在回想起来那时回家怎么我爹待我那么客气，是不是因为小时老打我觉着不好意思？我说不会吧！老何端着茶杯想了一会儿，摇摇头。

鼓浪屿丐帮圆桌会

我到鼓浪屿还是二十年前了。那时还是蒸汽机车，火车拉着汽笛，尖细地鸣叫着穿过祁门。祁门天刚麻麻亮。被拦在铁路两边的行人，有的推着自行车，有的挑着粪桶呆着脸看火车呼啸而过。车窗外可以看到土地的颜色开始变红，山坡上的村庄刚刚醒过来，烟囱里扯出细细的白烟，似乎能闻到草木的味道。我开始脱衣服，越往南走越热了。我把头贴在车窗玻璃上往外看，山顶隐在雾气中，像被刀裁过似的，一扎扎齐。

我跟一个福建仔坐对面，夜里睡不着，两人互相敬烟，抽得嘴不能要了。我准备到卫生间接点水漱口，发现脚底下横七竖八地躺着人，没法下脚。空气中弥漫着令人恶心的臭脚丫味道，我闻着味道看过去，发现头顶衣包架上还睡着一个。夜里他被乘警叫下来好几次，瞅乘警一转屁股，他又轻舒猿臂，引身向上，钻到这个狭小空间里，很舒服地躺下来，然后叹一口气。他半睡半醒地咕哝一句：“鹰潭到了没有？”见没有人理他，他把身子拱拱又呼呼地睡起来。

进了江西山越来越多，红土地上的植物绿得发黑，山坡上能看到棕榈树，天上的云湿得似乎能掉下来。火车过了鹰潭，路上的山洞开始多起来。车进了山洞，一阵巨大的震动从铁轨传上来，耳膜被震得轰轰作响。有人大喊：“快关窗！快关窗子！”从火车头飘过来的烟粒撒了旅客一头一脸。在一个巨大的弯道上，我把头伸出车窗，能看到车头和车尾。不知道从什么时候起，车尾多了一节蒸汽机车的车头，吐着团团浓烟，正在把火车往山坡上顶。车走得很慢，我向后面指指，福建仔说翻过山就快了。车一过山果然轻快起来。两边有香蕉林，树上的香蕉是青的，但已经长得很大了，像手掌一样伸着。风中有一股好闻的香味，福建仔说是樟树花的香味。果然是南国了！我身上的衣服脱得只剩一件衬衫，还是感到热。衣包架上飘来的臭脚味更浓了，有个蚌埠人喃喃骂：“你个逼孩子，把鞋穿上。臭死人了！”躺在衣包架上的人看了看他，把鞋子穿上了。这一车厢差不多坐的都是蚌埠到厦门贩外烟的。

火车像箭一样穿过拦海大堤，拉长汽笛。我是第一次看见海，灰蓝色大海在阳光下闪着光，船在海中摇摇荡荡，悠闲自在，像一群无所事事的闲汉一样。后来我在侯孝贤的《恋恋风尘》中又重新看到这种场景。近处集美大学的旗子在海风中猎猎翻飞。风大，太阳也烈。这时我在心底里由衷地说：妈的，真好！没来由地，不知道是感叹年轻时光，还是对风物而言。

那时鼓浪屿人很少。思明南路有很多骑楼，中午大太阳下，街景荒荒，像美国西部电影中的一个场景，生怕从哪个角落会走出来一个佩着双枪的警长。骑楼这种建筑很好，走在廊下晒不到太阳，下雨天同样也是淋不到雨。厦门的女子喜欢穿拖鞋，走路有点外八字，灵巧地在骑楼下走来走去。老头走在外面喜欢戴一顶越南人那种盔帽，但很和善，用很难懂的普通话回答我的问路。到鼓浪屿的船票是几角钱，我现在记不得了。只记得鼓浪屿上人不多，猫倒是不少，蹲在门口，看到人来了就无声地滑到暗影里。岛上的房子都很老旧，看不出个所以然，只是偶尔听到里面有叮叮咚咚的琴音，不知道在捣什么鬼。音乐厅门口有一株大木棉树，倒也稀奇。我像马二先生似的，顺着树转了一回，然后就是到处找吃的。我是真饿了，不是嘴馋。站在海边，我手里拎着鞋，卷着裤脚，走来走去。浅水里有的是红男绿女，笑语喧哗。那时风气未开，女的又不穿三点式，没有看头！鼓浪屿之游对于我是无感的。只是坐在一块石头上，看潮水涨涨落落舔着自己的脚背，拿手指蘸了点尝尝，果然是咸的。晚上天上起了凉风，我看到一户人家晾在外面的衣服被风吹得沸沸扬扬的。岛的另一面对着金门岛，用望远镜能看到，但要钱，我就没看。鼓浪屿在我的印象中是一座很安静的小岛。

今年春节时老陈又到岛上去，约我一道去，说有一个朋友在岛上教钢琴，年初一去，初七回来；还说在冰箱里备了海鲜，问我馋不馋？因为我听说现在岛上人巨多，跟赶会似的，首先就丧气了，怕坏了二十年前的好印象。老陈回来说过节的时候，岛上人确实多得不堪。上岛的人多得像打死人一样。他们每天早上坐船出去，晚上回来，正好跟游客错开了，只是没有把酒喝好，说下次去无论如何不带老婆孩子去了，就跟几个酒友到岛上住着，没事就看海喝酒。把酒临风，其喜洋洋者矣！

回来老陈力邀我到岛上加入丐帮要饭，说是收入不错。他感叹鼓浪屿真乃要饭之一方宝地，冬天不冷，夏天不热。真是人生充满了选择，就说这要饭都要选对地方。他年初三早晨在岛上一个圆形花坛边，偷听了一伙要饭花子开的例会。花坛边十几个要饭的摆出一副开早会的样子，有缺胳膊断腿的，有瞎眼烂脸的。其中有个秃头说："老大，这几天生意真不错，昨天要了一千八！"被称为老大的是个刀疤脸，身上斜搭一件衣服，施施然走过来，大马金刀地往花坛边上一坐，旁边有个人给他递了一支烟，马上有人帮他点上。他问众人这几天生意都还好吧。众人都说还好，平均千把块钱吧，再多也没有了！老陈听得心扑扑跳，回来立刻请我到鼓浪屿要饭，说怕去晚了，好地方都让人家占了。白天要饭，晚上洗干净可以在教钢琴的朋友那里住。这几天他天天跟我讨论以何种造型开场才能讨得更多的钱，说是烂头好一点还是烂手好一点？还说我胖了，耳大有轮、红光满面的，怕是不好开张，要减肥！我靠！我胖我吃自己家粮食，他眼气什么？

二十年前，我离开厦门时，把口袋里的钱花个精光，口袋比砂纸打的还干净。我上了火车后除了一包烟，就什么也没有了。后来在车上遇到一个在南方要饭卖耳挖子的女子，有三十多岁的样子，安徽涡阳人。她买了一大袋面包，念在我是安徽老乡的分上，一路上请我吃了两个。在回程一天多的时间里，我全靠这两个面包撑过来的。人饿了，就无精打采的，只有看到吃的才两眼放光。我一路上就是看人吃。看人家咀嚼肌上下扯动，自己的喉结就上下活动。为什么人在旅途中就容易饿，还是因为无聊才吃东西？真让人搞不懂有的人是为旅行，还是为吃。从上车吃到下车，每列火车到了终点站都会扫下山一般的瓜果皮壳，但里面没有我的份。对于要饭这件事，我没有老陈这么乐观也是可以理解的。

留得枯荷，静听雪声

冬天的荷塘像一场盛宴之后的曲终人散，杯盘狼藉；像两军对阵后的战场，断戈荒烟，战马无主，闲啃初春发出的草芽；像夜游人的晚归，举火烧天，越走越黯然了。雪落下来，断梗残叶，不依不饶，像铁像墨，七个不服，八个不忿的。我以前写字爱看个书法理论，画画爱看个画论，其实看字看画就行了，其他究竟属于多余。我不画荷花，画不到苍凉处，真正的此身如寄。我有一个朋友画荷花画得好，可惜死了好多年了。

记得有一天晚上我到省体育场看球，看完球，心情又大坏，结果又出去喝酒，喝到夜里两点多钟，家也回不去了，因为门卫夜里一点锁门，任凭你叫破喉咙也没有用的。陪我看球的一个熟人说干脆到张疯子家凑合一夜算了。我们就顺着环城马路走到省医那边，有许多的民房和小院落。天气好得出奇，月亮悬在中天上，地上掉根针也看得见。我跟着他在小巷中蛇折而行。来到一户院落的围墙边，他抱着一棵树先上到墙头，然后示意我也上去。我们俩蹲在墙头上往下看，院子里有许多花木，阴森森的。我说不是说好来睡觉的吗，怎么翻墙越脊呢？他对我小声耳语：前面院子住着张疯子的妈，老太太爱骂人。

我们暗中飞身而下，那会儿都是身轻如燕，体重还不到一百斤，不像现在这么胖大。他大概老在张疯子这里睡觉的，熟门熟路地喊张疯子起来，然后把疯子撵到地上睡，介绍我时说“我一个朋友”。疯子掏出一包好烟来敬，莞尔一笑。疯子家祖传中医，疯子自小背《汤头歌》，据说医道不错，所以他有很多钱买闲书和好烟。他在家排行老小，跟着母亲过活，他的父亲跟人跑了。跟谁跑了，我那个朋友也不晓得。大概是跟一个相好的跑掉了。疯子的母亲怨气很大，整天骂骂咧咧的。其实人倒是好人，夏天备了凉茶给附近玩的孩子消暑，看了人喝生水必大骂。

疯子的房间里有很好闻的中药气，杂七杂八的书一直堆到天花板上，看得人心里险拎拎的。疯子话少，对足球也不感兴趣，自然是洗洗睡了。到了夜里疯子忽然一人从地铺上坐起背诗：“夕殿萤飞思悄然，孤灯挑尽未成眠。”我暗暗用脚踢另一头的朋友，他踢了回来说：“大惊小怪干什么？”我只好又睡了。一夜无话。早晨起来，疯子倒把豆浆油条备好了，新的毛巾搭在院中的铁丝上，牙膏也挤好了。吃完早饭，我跟他闲谈。他说他没有上过班，只上过两年中医学院，后来脑子不好，他用手指指自己的脑袋，退学回来，也能帮人看病了。他小的时候就学过，他说他母亲天天让他看医书，老太太说文凭不文凭的无所谓，“学会猪头风，好过扬子江”，意思是人要会个一技之长。他们家有一种膏药治无名肿毒很好，他母亲就靠这种膏药把他们几个孩子拉扯大的，有的还上了大学，家里的日子还过得很从容。

疯子买了一辆凤凰牌自行车，他对这车很爱惜，在前后轮上都扎了一撮鸡毛，车子一跑起来，自动刷前后轮的钢圈。他的车子前后轮总是锃亮的。疯子犯病的时候不理人，一个人在屋里背诗。后来这个地方拆了，疯子搬到另外一个地方去了。他们住在四楼，疯子跟他老母亲住在一起。他们家那么大的宅院怎么只分到一套房子？说是不按原有面积补偿，而是按户口来划分的，每人三十平方米。疯子没结婚，自然谈不上儿女，他的哥哥姐姐又在外地工作。结果他跟他老母亲一共只分到六十平方米，另外的面积还是花钱补的。疯子就在这个地方跳的楼。疯子荷花画得很好，尤其喜欢画枯荷。

假如明天来临

国庆兄怕死不是一天两天的了。他就是怕死，对有关死亡的消息特别敏感。你跟他一道上街，他就愿意贴着人行道里侧走，把你闪到外面贴着马路一边走。春天风大，他就走外面，怕人行道旁边的楼上掉花盆。他说还有老汉在自己家院子喝酒，让车给撞死的呢，怎么能不谨慎？他原先住三里街那边，马路旁边住着一户人家。户主姓孙，孙老爷子。孙老爷子喜欢养花，喜欢抿两口小酒。天气好的时候，孙老爷子就不在屋里喝，而是在小院里喝，一边看花一边喝酒。喝到高兴了，他就起来到花盆里挠几把，或者揪掉一两片枯的叶子，花看起来精神多了。孙老爷子高兴！喝二两，哼两句庐剧："画子画得好呀！噫呵噫呵哟——"孙老头不喝多，想喝多也没有——老伴只给二两，多喝几口，就得听她骂。

也就是很多年前一个初夏季节，孙老头养的白兰花开了。街坊邻居闻到花香，都耸耸鼻子说好香。傍晚的时候，孙老头的老伴切了两牙咸鸭蛋，蛋黄红得淌油，二两酒放在小桌上，然后喊老孙出来喝酒。老孙把挽起的裤脚放下来，恋恋不舍地看一眼暮色下的白兰花，天正在渐渐暗下去。老伴盛了一碗粥在屋里吃，一边吃一边数落小孙子的顽劣。孙老头一个人在院子里喝酒，从敞开的小铁门向街上看。天刚黑下来，路灯一闪一闪地亮起来。有两个姑娘从门口走过去，穿着白色的裙子，短，露出一大截白色的长腿。然后又跑过去一个小孩，后面有三个孩子在追，一边追一边喊："你妈×！输了就跑！""不要脸！"不要脸的那个跑得更快。有个拾破烂的老奶奶从老孙的门口经过，走过去，又回来："老孙！吃晚饭啦！"老孙从小板凳上欠身起来："没吃吧？没吃在这边吃点。"老奶奶说："媳妇烧好啦！今晚我吃现成的！"她拖着破纸箱走了。老孙看着她走了，慢慢坐下来。杯子里还有几滴酒，啜完了，就好吃饭了。

这时一辆大卡车从门前马路开过去。这是一辆很大的车，自重八吨的黄河牌载重车。车从门前的马路轰轰隆隆地开过去。汽车的一只帮胎松动了，司机一点也不知道。这只帮胎就在老孙家的门口掉下来，自由行动了！如同一个诡异的杀手。这只帮胎掉下来以后，先是随着车跑，慢慢就划了一条斜线奔马路边的人行道而来。帮胎在马路牙子上被硌了一下，差点倒下来。但这怪胎又没有倒，晃了几晃，马拉多纳一样带球又往前奔。但这一硌使这怪胎变了向，向着孙老头的院门直扑进来。老孙正端着杯子往外瞅呢，他似乎听到一点动静。一个黑家伙一下子就闯进来了，一下子就把老孙轧翻在地上，然后在院子里忽左忽右一通乱轧。所到之处，花倒盆翻，最后还干倒了一株五针松，它才不依不饶地倒下来。孙老头的老伴在屋里只听到外面一片山响，端了碗出来，发现孙老头已被不知哪里来的怪物干翻在地上，人事不省了，脚上趿的拖鞋也只剩下了一只。

国庆兄说到这里长叹一口气：“你说说这人的死活可由得了你！你就说这回日本大地震。这死的人哪个不是过得兴兴头头的，马上樱花就要开了，我估摸着有的人连赏樱花的计划都安排了，这一震全完了！所以说‘天地不仁，以万物为刍狗’这话说得一点也不错的！你就说老孙头，挺好的一个人，爱小孩，爱喝酒，遇上美女爱瞅两眼。这犯法吗？没招谁没惹谁，就犯天条啦！八吨！”他用手比了个“八”字的手势，跟过去汉奸比“八路”似的，他接着说：“八吨汽车帮胎奔面门上来，这有多少死不了的？！”

他说我觉乎着这 2012 要来，我得想个法子逃生去。老陈说：“你攒钱买飞船！”他说：“我上北京去呀！”然后他言之凿凿地说，“玛雅预言都说了！”他扳手指头给我们数，“苏联解体解了吧？”我们点头说解了；他又扳手指头说，“预言印尼海啸啸了吧？”我们说啸了。“预言汶川地震震了吧！”“震了！”“预言王胖子要偷人偷了吧！”“偷了！”王胖子是我们一个画友，在歌厅唱歌与一个小姐勾搭上了，被他老婆发现，抓个现行，打得一身胖肉皮开肉绽，晕过去，凉水泼醒了，接着打。如果换作一个瘦一点的，像我辈早打死过好几回了。我说这些都不是玛雅预言预出来的，凭什么玛雅人几千年前就预测到王胖子要偷人？再不济也预测个克林顿偷莱温斯基。玛雅祖先知道王胖子是干什么的？这有点太抬举他了。我说：“你怎么知道上北京就能活命？”他说如果全地球上按顺序死，不死都不行，那也是先死地方，再死中央啊！我跑到那边去，各种防御设施不比下面好一些呀？就凭这个，我不比你们多喘几口气？

因为国庆兄这么惜命，我就想问问他准备拿他这条贵命做些什么有意义的事情。我就问他假如 2012 来了，全世界死个毛干爪净，就活你一个，满世界的东西全是你一个人的，你最想做什么？他没有片刻迟疑地说："我到银行背钱去啊！"我们都嗤之以鼻地说："俗！"他想了一会儿："真是一个也不剩吗？好歹留个把母的，我带上诺亚方舟去造人。不然人类不绝种了吗？女娲造人还得有把黄土呢。"

米歇尔·图尔尼埃《礼拜五或太平洋上的灵薄狱》里就说过一个很另类的造人方法：闲极无聊的鲁滨孙，要在一座无人岛上解决性苦闷。他找了一个树洞，就把家伙往里攮，结果被一只毒虫咬了，弄得龟头水肿。后来他在岛上找了一块好地，鬼鬼祟祟地把精液排在里面，像种萝卜似的，结果上面长出了"曼德拉"花，风姿绰约。谁知后来被小黑鬼礼拜五横插一杠子。这黑厮也在上面播种，结果白花瓣上长出了黑条纹，把鲁滨孙气得半死。

我说就你这样的还想做人类始祖呢！你真应了鲁迅先生所说的：他但愿世界上的人全死绝了，就剩一个女的和一个卖烧饼的。

国庆又问我，如果只剩你一个，你最想做的事情是什么？我说我到博物馆运古董去呀！找个三轮车，拣好的拿。什么王羲之、王献之、张旭的字帖放在枕头旁边，想什么时候看什么时候看；顾恺之、赵佶、董其昌，有乾隆题款的全不要。画拿回来，也全堆在床头。我要过过官瘾，找个大官的办公室坐坐，没签字的文件我全给圈个"阅""请酌办！"然后画个圈。但那个时候，我估计我没多少时间能坐在那里看画写字，我得找吃的去，超市货架上的东西怕已经坏光了。米两三个月不晒，就要生米虫。第一年大街上长草，十年下来，城里已是一片荆棘丛生，灌莽无际。古诗十九首《从军行》中不是说：“兔从狗窦入，雉从梁上飞。中庭生旅谷，井上生旅葵。”再说就算是找到吃的，做得了，一个人吃着也不香，后面不是有一句：“羹饭一时熟，不知贻阿谁。”大约就是这种光景。亲友故交一个也没得了，终日草间苟活，这不是活受罪吗？估计我还得老寿星吃砒霜，想一个自我了断的方儿。

鲍照在《芜城赋》中说：“若夫藻扃黼帐，歌堂舞阁之基；璇渊碧树，弋林钓渚之馆；吴蔡齐秦之声，鱼龙爵马之玩；皆薰歇烬灭，光沉响绝。”老陈说没有人后二十年，城市里森林就长起来了。如果还剩我一个的话，我就天天在外面看楼盘。那些现在热卖的楼盘销售部门口都狐兔出没，藤子都把门长没了。我一个人围着件兽皮裙子，拿个石头斧子，从这棵树荡到那棵树上，看哪家楼盘绿化好地段好就住几天。我在楼下开荒种芋头、种菜，养只猪娃子。晚上在竹林里弹琴复长啸，明月来相照。一个楼盘住得不开心了，我一声长啸“嗷——嗷”地就走了。这只老猴儿，到底是人猿泰山，还是悟空？！

不合时宜
的爱情

不合时宜的爱情

我爸在新兵连当排长时，连长是四川人。连长的家乡出好夏布。夏布可以做帐子，下江一带的蚊帐都是从这个地方来的。现在记不清是江津人还是江油人，家里还保存有他的照片。他们那时在部队分别时流行互赠照片，慢慢就积了好多。像这种相册家里有七八本。这个人参加过抗美援朝，是一个战斗英雄。人长得极其英俊，个子高大，皮肤白净，不像川人。有一次我在家翻看相册时，笑问道："这是谁啊？"我爹说你拿来我看看。他戴上老花镜，看了半天，说："这不是滁州大营房二连连长吗！狗日的为个女人自杀了！"我问："失恋了吗？"我爸说："偷人！瞎浪漫！"

照片上的二连长斜佩着武装带，手枪横放在胸前，可能这在当时是一种很酷的佩法，相册中好像也只有他一个人是这样的佩法。其他人不是挂着，就是摆射击的姿势，唯有他这么一个好样子，吊儿郎当、漫不经心地从照片里面往外望着。这个人死了近五十年了。我问我爹这个人是怎么回事？他把照片拿起来说："这人也是倒霉蛋子，喜欢上一个女的。”然后喝茶看报，不理我了，过了一会儿呵呵笑着拍拍脑袋，“我想起来了，他关禁闭时，我在禁闭室外看守过他。”有个老片子《上海姑娘》，是中国的第一部彩色故事片。我爸说这个连长就长得像电影里的技术员。我站在旁边哦了一声，说怪不得招女的喜欢呢！我爸说这个连长为什么会浪漫呢？因为他看书——看小人书。每到星期六、星期天，他就到连队阅览室借小人书回来看。还是害在书上。

连长是有一回从老家探亲回来，在路上犯错误的。他在回程的船上认识了一个女的，这个女的老公也是部队的——女的老公当时在一个火箭炮部队当营级干部。女的在县供销社当营业员。她到部队看老公，带了很多东西，辣椒、豆瓣酱、腊肉之类。因为是军人家属，连长一路上就很照顾她，帮着她提东西扛东西上船。出川虽说是下水，但大轮终究还是慢的，而两人的感情进展却不慢，不知道怎么王八看绿豆——对了眼了。船没到湖北宜昌，两个人就都有点相见恨晚、执手相看了。船到了南京，两人下船住了几晚。后来两人也保持着书信来往，温度烧得很高。这个事情最后被女方老公知道了。

那边通过组织上找这边部队领导，这就叫通过组织处理！这种事情让这边组织也很为难，因为这个连长毕竟也是战斗英雄，而且是团里树的模范。怎么办呢？首先是关他的禁闭，派几个战士轮流看着他。晚上我爸换班，背着一支冲锋枪看守他。不是AK-47，是雷锋叔叔背的那种枪，弹鼓在枪下边，枪身上有不少散热孔的那种。枪名现在忘了。冬天夜里天很冷，看守他的一岗有两个人，两人被冻得脚像狗啃似的，只好把脚倒来倒去地跺着。我爸是新兵，自然轮不上他来数落连长。但当值的其中有一个是老兵，姓许，也是四川人，与连长是老乡。他是一个兵油子，在朝鲜战场上死了几回也没死成。有一回整车人全挂了，他却活了下来，而且毫发无伤。有时他自吹“新兵怕大炮，老兵怕机枪”，他一听子弹的声音，就知道是不是向他这边来的。

他把枪拄在地上，跟里面的连长说话：“哎，你也真是，家里不是有老婆吗？你那老婆我看着不错，漂漂亮亮的。你这龟儿还不知足，这下好了吧，害了你自己也害了我们，这大冬天的还要陪着你！”我爸说连长的老婆真不错，在当地小学当老师，到部队来过几次，穿一件黑色的列宁装，说话细声细气的，口袋里还插一支水笔。许老兵说：“你老婆那么漂亮还有文化你还图什么？真是搞不懂你这哥子。”连长在里面瓮声瓮气地说：“你懂个屁？我那叫爱情。你以为我跟你似的，是个女人就能睡觉。”许老兵在外面说：“你那个叫胡搞，女人不都差不多吗？为这事值得吗？打仗没死，别为个女人把自己弄死了。”里面不说话了，许久传来一声叹息，道：“你不懂啊！我这真是爱情！我都冤死了！”许老兵说：“冤你个妈哟！爱情未必能当饭吃？当衣穿？”过了很长时间，里面的连长说：“你不懂！就算为她死了，我也是情愿的。”许老兵这个人就不挑嘴，他在伙房买菜时跟地方上一个女的有点不清不楚的。许老兵话还在外面说，里面没有吭气，但能看到烟头的火一亮一亮的。最后还真应了许老兵的乌鸦嘴——连长自尽了。自杀得太突然了，一点前兆也没有。

本来禁闭也关了，处分也处分了，连长也写了书面保证：保证不跟那女的有任何来往。事情也只能到这步了，再说这种事情也不能怪哪一个。说破坏军婚，两人都是军人，谁破坏谁呢？加上这边部队也护犊子，给他的压力并不重，休假的时候还能到南京去逛街吃个小馆子什么的，不过后面跟一个人罢了。初春的时候部队拉出去在滁县大牛镇做射击演习，我爸的连队驻扎在一个山地上。连长忽然夜里自杀了，用五四式手枪指着自己的头脑开了一枪，子弹从他的头脑里面出来又钻进睡在远处的通信员的脑子里，两人同时死了。本来他无意伤害通信员的，特意睡远了一点。可能是子弹钻进脑壳时忽然变向了，一下子又折进通信员的脑壳里。两个人的脑浆溅了一地，跟一盆麻婆豆腐打翻了一样，红红白白。大家看着，摸着后脖颈子感觉到有点凉。临死的时候连长的两只手像大蜘蛛一样在被子上乱揪一气，把被子拉到很皱，连脚后面放的一个弹药箱也蹬翻掉了。

我说了，他就会杀人

老薛是个非常自恋的人。他原先混黑社会，结果被关了八年，放出来后，放下屠刀立地成佛了。我曾经问过他为什么放着这么有前途的职业不做，改行画画了？他说觉得岁数大了，应该实实在在做点事情。而且父母年龄也大了，老要他们为自己操心觉得挺那个的。他属于老辈子浑蛋,还讲点忠孝。在这中间也穿插着被拘留了几次，但大娄子总算没捅。他有一副杀猪匠一样的好体格，身体像一扇板门，头似冬瓜，拳如油锤，三角眼，扫帚眉，看人有煞气。他看人时是斜着眼瞅，似乎随时可能跳起来给你一攮子。第一回我遇到他，见他白眼相加，我也斜着眼瞅过去，结果瞅来瞅去发现他天生就是这么看人的，反而害得我自己眼珠子酸痛了好几天。

他自己说为什么会画画呢？是看到有个人画驴。这人是宿州那边的。他画驴有时从蹄子画起，有时从尾巴画起，目无全驴，一匹、两匹、三匹跃然纸上。他看看说这个好，我就学这个了。妈的个×!

有气势！自己买了几十刀宣纸回家学人画驴。先从头画起，然后脊梁骨到尾巴，慢慢地也是心手相应，觉得没有什么稀奇的。他把画完的驴拿到外面给人看，瞪着一对大环眼等人评价。大家一瞧这眼神不对，都说好！比黄胄不差哪儿。这人不能夸，人来疯，就跟人大言说：这画画也没有什么难的。破上个几十刀纸画下来，没有不好的，就是个手熟。道理实际上也是。

后来有人说你没有功底，就是瞎涂，要画自己的画才算本事。他原先是坐在画台上聊天，一听一跃而下，说："对！对！你说得对。我得上个美院。"于是，他把家里的东西收拾了一下就上美院去了。他有老婆也有孩子。老婆要离婚，孩子要带走。他说带走就带走呗！等老子出了名什么样的女人讨不到。房子归老婆，孩子钱不少给，一应花销全给。老婆说一个月你得给孩子两千块钱生活费。他说只要别屈着孩子，三千也行。可有一条，你改嫁了，孩子不能跟别人姓，跟人家姓我跟你拼命。

他老婆也浑愣，根本没理他，第二年找个开书店的嫁了。对方有两个孩子，老婆得病死了，加上她拖油瓶带过去的女儿，一共三个孩子。因为他一天到晚在外面跑，想起来了就去看一下女儿，所以孩子跟他不亲，看到他就躲。有时他想拉过来看看，孩子却拼命地把头别过去。孩子的抚养费他倒是一月不落地给。他有间门面房租给人，月入两万。他不赌钱，偶尔嫖，所以手头有点积蓄。

他想出名，于是上了国美的何水法高研班。毕业后他还是回来当房东，但心气高了。他常说要做就做最好！要当大师！所以自己关在小黑屋里从早画到晚。这人真有股子狠劲！小屋一地的纸和吃剩的馍馍皮、火腿肠包装袋，没处下脚，不时还弥漫着一股毒气，臭墨与脚丫子、死老鼠的味混合到一起令人呕吐。他就坐在堆积如山的废纸堆中纵论天下大势，合久必分，分久必合，水墨世界舍我其谁！头顶上一盏小灯泡暗得像个橘子。

冬天穿一件黄大衣，斜背一台录音机，边走边叨咕说：咕里咕噜！空里几瓦！他又上夜大，读日语，读了有四五年，也不知他学会了没有，老说要东渡日本，可不知为什么年年还能看到他，或许比鉴真大师东渡还难。夜里下雪了，他常常在下学的路上窜到画室找我闲谈，谈他那不着调的艺术感想以及雄心万丈，听得我哈欠连天。哈欠连天也只能赔着小心去听，不然他就暴瞪着一对大环眼吼道："我说得不对？"我连连说："对！没哪里不对。"直到他自己意兴索然，才踏着雪咕叽咕叽地走了。

他自己也说我就靠个精神撑着，我不能让自己跑电了。跑电了，我一天都弄不下去。我不像你们是科班出身，我是野狐禅。我说："乱棍打死师傅也是有的。"他其实画得蛮好的，就是自视太高，毁也毁在这上面。他老是想着乱棍打人，剑走偏锋，久而久之就画得乱了，但他的画有激情。有的人画一辈子，四平八稳的，虽好但不打动人。

有人要买他的画。他冷冷一笑，说每平尺一万。凭什么就要给你每平尺一万？抢人啦！你名不见经传，且又不是美术协会会员，人家听了掉头就走，理都不理他。他有房租，除了给孩子抚养费三千，还剩一万七，照理说也够了，我们这里物价也不是太高，大蒜才八块钱一斤。老陈可怜他这番苦志，说给他弄个画展吧。他把大手一挥说你那破地方，我才不去呢！知道我第一个展将办在什么地方吗？中国美术馆！全国的画界名流全部到场，少一个我都不办。中央领导、省市领导有一个算一个，我让他们看看什么叫纯粹的中国画。真是瞎了他们的狗眼，现在什么世道呀！什么人就大师了？我让他们知道真正的大师在民间。

但他愿意出书，省吃俭用地出书。一双布鞋穿了两年，前后都漏了，还趿拉着。在出书上他舍得，自己花钱出。他说要著作等身，用手一比自己的身高说："大概得这么高。我吓死你们！"北京有个弄出版的人年年跑来骗他的钱，出一本书五万，就印那么几本专门给他一个人看的。这弄书的人就骗他说你知道这套画册谁在前面吗？吴冠中、范曾、崔子范，把你搁中间。他们全是绿叶，就托你这朵红花。书印好了，给他寄来了。他一看中间果然是他，旁边的人还是黑白照，他大彩照，杀猪匠一样高踞在中间。书后印数上标着全国发行，印数八千册，真是天知道！给他寄来几十册送人，他喜不自禁，涕泪横流地挟着书送人。送完了后面还有人要书的，对不起！再加钱吧！今年出书的人又来了，骗走十万，说这次是出近代大师册，前面是吴昌硕、齐白石、黄宾虹，在两大师中间夹个他。扶着你，你也青云直上了。他听了很有见地，给对方打钱。打了好几年交道了，互相都信得过。

这不前几天书出来了，他到画室来送书。他走后，老陈坐在沙发上翻书，一边翻一边指给我看，说你看这张画从什么画册上翻印的，这张画从什么地方翻印出来的，然后叮嘱道：这事千万不能让老薛知道了。有个梦比没有梦好。再说依他的虎狼性儿，知道真相后，不把那狗日的掐死才怪。你也不看看他那双杀人的手。这出书的，也是在刀头上舔血，怪不容易的。

中医世家（一）

如果我不画画写字，最有可能做的职业是学个中医。古人说一流举子二流医，上上品的人。不为良相便为良医，过去丹青之流跟要饭花子在一个层次的，怕是连祠堂也不许入。我一直对中医很有兴趣，因为我以前有个朋友是中医世家。可惜他是个疯子，跳楼死了。

他的房间里到处码着线装本的医书和医案，从地上一直摞到天花板。他家空气中有苦苦的中药气。窗外的四合院里破缸烂盆中种着我不知道名字的药草。另外一个喜欢中医的原因，是中药的名字好听。比如半夏、车前子、当归、川贝、墓头回、益母草、泽泻、穿心莲、夏枯草、黄连、乌头等等，这些名字使人想到田野和草木的香气。药店里盘在一起的蛇和穿山甲、蝉蜕也喜欢看。

我是个浑愣人，看了几本医书就想给自己开药方。两年前我常失眠，过了半夜十二点，就像夜猎的猫头鹰，眼睛瞪得滴溜圆，怎么睡也睡不着。我试过喝温牛奶，试过用热水烫脚，试过数羊，试过散步十公里，然后坐车回家，但是一到夜里还是睡不着。我说我瞧瞧医书吧，越瞧越喜欢，就按《顾西寿医案》给自己下方子，第二天拿着方子就上中药店去了。

中药房的大姐是个酒糟鼻子，说话齉里齉气的。她问我："你这是哪个大夫给你开的方子？怎么不写个剂量，我怎么好抓呢？"我说："我自己开的，怎么没有剂量，上面不是写了'少许''若干'吗？"她一边拿着小秤一边跟我说："你说这个'少许''若干'，我怎么给你抓？再说吃出事，算你的，算我的？"我说："我敢给你写字据，吃死了碍不上你！"她说："碍不上我，也不能给你抓。称二两砒霜给你，你敢吃吗？"我说："你当我连砒霜也不知道吗？不就潘金莲药死武大的毒药吗！"她指着我，看着我自拟药方上的关木通说，你知道不知道你的这个剂量会吃死人的！什么人啊，你看几本医书，就敢开药方啊？药没有称出来，还被她夹枪带棒地损了一顿。真是好恼啊！

后来我又回家把方子改了，上面具体写了剂量，换了一家药房也称出来了。还好，没吃死。医者意也！不就那么一个意思，哪有那么较真。比如李时珍《本草纲目》上说："男子失眠需寡妇枕头席子，煎水炖服。"这不是狗戴嚼子——胡勒嘛！失眠跟寡妇有什么必然关系？真是想不通。再说这个原材料我上哪儿找去？

苏轼也喜欢谈医，估计水平也不比我好多少。他说一个人在江船上惊了风浪，得了狂疾，最后刮削舵把手上的木屑，据云上面有老舵工的手泽，服之立愈！古代许多文人喜欢谈医，大部分不靠谱，信了会出人命的。但明清之际的傅山是个异数，他老人家是个很好的妇科大夫，写字画画倒是余事。民间传说他治疗妇人难产，一针灸下，小儿抓住母亲心的手松开了，呱呱坠地了。

古代人对女人身体结构不清楚，这个纯属想象。小孩手长也长不到这样，能从子宫中伸到胸膈膜中来。但傅山医案中曾记载他治疗这样一个病例：一个男的在家打老婆，老婆一气，天天打嗝不止，白天打到夜里，眠食不安。瞧了多少郎中也不济事，最后抬到傅山这儿来。傅青主号了脉，问了问病因，就起身到自家院中拔了几把野草给一同来的夫君，说回家后每晚子夜时分，煎药，分三次煎，需亲手服侍病人服下。过了没半个月，打嗝渐止，能下地走动，一月后如常人。病家到傅山那里致谢，问先生用的是甚药呢？咋这么灵？傅山说不过是平常野草，因为你媳妇被你殴打，气往上涌，致气嗝，后来看你夜夜煎药，床头服侍，慢慢气消了，病就好了。因为中医的不确定性，所以要出一好医家是相当难的。同样的药在你手中没用，到了另外一个人手中却成了起死回生的金丹。

记得我中学的时候，冬天头上长了一个疮，所谓“头顶长疮”，痛痒难耐，准备到医院挨一刀。后来我爸爸说你笨死了，你到郎叔叔家去讨一贴膏药，保好！我捂着脑袋坐车到郎叔叔家。为什么捂呢？怕惊了乘车的人。郎叔也不会中医，他家老太太会。郎叔他老太太家世代中医，到了老太太这一代传不下去了。因为她父亲一连生了六个闺女，真是把他给生怕了。医术传男不传女。老郎中等到闺女出嫁了，一人密授一门药方，说虽致不了富，糊口足矣。老太太就靠这一门手艺，把几个孩子拉扯大，娶媳妇嫁闺女都弄得体体面面的。

因为我们两家是世交，老太太拿我也不当外人。她问我你是想快点好，还是慢点好。快有快的毛病，慢有慢的好处。我说当然要快，疼死了，这东西养在头上也不好玩。老太太说慢的呢，可以用膏药慢慢把毒气拔出来，以后不留疖疤。快的呢，当天就见效，但保不定日后不留疖疤，怕不好看。我说要快。老太太说想好了？我说想好了。老太太给我弄了一张绿色的膏药烤软化了贴上。我坐在回程的公交车上头上脓血俱下，没想到这膏药比我性子还急，弄得车上人大惊小怪的，如同看怪物一样。但是很快就不疼了，痒痒的，患处有一种清清凉凉的感觉。后来只有一小点疖疤，长长也就平复了。

中医世家（二）

中医是经验医学，所以说医怕年轻妓怕老。一个人看郎中碰到一个满头白发、蓄山羊胡的老者，枯瘦的手指往你脉上一搭，心理上就踏实。如果换一个打扮妖艳，染了一头金发，青眼红唇的女子把你的脉一搭，可能会把你惊吓致死。所以中医没办法按科学的条理来推断。开药的人他也没办法准确地将每味药的成分拿给你看。因此从西方的药理学上来推断，哪条对中医都是死胡同。中医有点巫医的性质在里面。比如神农氏就是经验派的最好代表。他老人家顺着秦岭山脉走一路吃一路，结果有天点背，吃了一种植物叫断肠草，翻翻眼死掉了。药王孙思邈常常碰到渔夫们患关节炎，但苦于没有良方，一天在河边看到一种水鸟叫老鹳的，脚很长，天天在水里找鱼吃，孙思邈就想它怎么不得关节炎呢？后来他看这种老鹳吃完鱼之后，常吃河边长的一种草。他也采了几把回去试试，药效大好。现在还有一种药叫老鹳草的专治关节炎的浸膏。但有些药的采用，我觉得是有点恶作剧的心理。比如人中黄和人中白。人中黄就是甘草浸入屎坑中的产物，人中白就是尿的结晶。这里面有没有一个标准？比如哪些人的人中黄有用？哪些人的人中黄不能用？不然守着一个公厕岂不是等于守了一个药房吗？

我听一个老中医说过童子尿的功效。他说过去有一路光棍，有古游侠风。光棍的决斗方式是很另类的：约好地点之后，决斗双方一手抓住对方的裤腰带，一手执木槌互殴。头面裆部为禁击区，以一人吐血为负，或者稍有闪避者为负。完事，旁边早有人寻来一碗童子尿，吐血者一饮而尽，据云可以疗伤生肌，收行气散瘀之功效。因为这种经验性的行医方式，产生了不少匪夷所思的药物和治疗方式。

比如有一个憨子，其父是当地闻名的郎中。有一天一个妇人难产，病家上门寻医，恰值其父外出，憨子欣然而往。病家也抱着死马当成活马医的心理，认为其父是名医，他多少也比咱外行懂得多一点。憨子在街上顺手买一锣，到了妇人床前，鸣锣三声，孩子呱呱坠地。众人感叹曰：神医也！其父归，甚不解，就问憨子说：你这是宗的哪派医术呢？憨子说你看那戏班子来，锣一响，就数小孩跑得最快，岂有鸣锣不出之理？后一病家腹泻数日，百药无效。其父也为之束手。病家暗寻憨子一往，憨子取玉米芯数枚，碾碎命其熬汤，早晚各一剂，不数日霍然而愈。其父大惑曰：此又是何故？憨子说无他，你看乡下油瓶油罐的塞子不都是玉米芯做的吗？油瓶油罐都能塞住，况一肛门乎？老父欣然叹曰：神乎其技也！

下面轮到憨子的老父了。有一天憨子的父亲因毒热郁结尿不出尿来，开了许多清热利尿的药也不灵，只有低声下气地寻憨子说话。

憨子说这有何难，背起他老爹就跑，跑了约有二里地，寻一芦苇荡，憨子在芦苇荡中左冲右突，泥水淋漓一身。老父大有尿意，还没放下就尿了憨子一身。老父摇头甚是不解。憨子说："爹呀，你不看往日里那些个大牲口，驴、马、骡子下了坡，便一头扎在芦苇荡中拉屎撒尿吗！"

我一个好友老王，本命年那年洗澡摔了一跤，硌在澡盆上，把肋巴骨给硌断了。老王是个慎重人，年三十大钟一敲就穿了红短裤，扎束了红绳，弄得跟红孩儿一样，但是恰恰在洗澡时离了红，脱了红裤衩。没了红，果然不行。看西医要打石膏，要固定。不耐烦，找了一草头郎中，一个来月也就好利索了。我问他这郎中叫什么名字，他说姓郑。我就记下了。过了约有个把月，我妹婿因为喝酒喝多了跟他人学同学打架。那个同学叫春得，牙长得像二师兄的耙子一样，结果当他挥拳击其面门之时，不幸挫断小指。找到郑郎中，他正白眼向天，说在哪儿看了？我说哪儿也没看，就奔您这儿来了。听说您是骨科圣手呀！他微微一笑，面有得色，把我妹婿的手接过来，捏捏说小毛病，骨裂呀！敷我的药，一个月活动自如，你信不？我没敢说信也没敢说不信。

敷上药当天不疼，一个星期后能活动，半个月后手指上下翻飞点钞票。我跟我妹婿说：咱以后稳当点，尽量不跟他打交道。这人多狂啊！郑郎中这人没文凭，也瞧不起有文凭的人。如果听说谁骨头折了，第一时间没奔他来，就生气，就不爱搭理你，让你接着回三甲医院瞧，那个话说得酸："咱一个土大夫，可不敢耽误你呀，你还是找那些专家教授瞧吧！"就像这些专家教授挖过他祖坟似的。

可没想到半年之后，我妹婿喝醉酒掉窨井里了。那天晚上他喝多了酒，风摆杨柳似的回家，没想到小区的窨井盖让人给偷走了，他立刻像土遁一样掉到井里去了，等喊人架上来，已是不能走路，从脚脖子一直肿到大腿根部，背到郑郎中那里，疼得叽哇乱叫。郑郎中捏捏，然后瞄了一眼腿说一条多少钱，你看合适不？妹婿说我这是批发，两条腿呀，有便宜吗？郑郎中说好汉子！痛成这样，尚能讲价，就按你说的价钱治。

他的治法是先把断裂的骨头捏合到一起，然后敷上自制的药泥。自制的药泥第一味药是先将一只笋公鸡摔死，然后碾砸成泥，和入数味家传秘方。这一道是避着人的。我问我妹婿，敷上是什么感觉。他说夜里能明显感觉到腿被裹紧，血脉游走的感觉。这一次时间长一点，一个半月后人能以手撑地往前挪，跟孔乙己一样。两个月后，站立行走。三个月后，奔走如飞，走东串西又能赶酒场子啦。弄得我到现在一直后悔不该带他去看郑郎中，应该让他多遭遭罪，这样他也许会消停点，在喝酒上克制些。

郑郎中现在不行医啦！让卫生局给撵回家啦！他没有行医执照，也没个球文凭。卫生局下属医院请他去，他还牛×得很，看不起这个，看不起那个，结果让人给撵走了。这人懂医理，但人情世故上有缺点。有本事不傲，那才是人才难得。他那个驴脾气跟谁能处得好？以后再有骨折的病家就要平白无故挨上一刀了。因为在西医上来说骨折就要打钢钉打石膏，除此别无他法。他回家后坚称不行医了，一心练书法。但他那个破字，实在不敢恭维，就是拿着毛笔在纸上绞。有时一天能绞一刀纸。真是乌龟吃大麦——糟蹋粮食。

上北京

五年前蔡大脑袋辞去公职离婚到北京大学读博的理由，一般人绝想不到。他是为长寿跑到北京去的。电话里我问他你到北京读博跟离婚碍不上啊？他说我就是要离！我选了德国古典哲学，这东西深奥！不知道什么时候能读出来，别瞎耽误老婆了，我们俩是好说好散的。

我说你原来在重庆不也是挺好的吗？他说我喜欢北京啊！北京秋天的天好高，又蓝！他说经我多年的观察，纬度偏北的地方的人普遍高寿。比如乌龟为什么会长寿？乌龟不用心啊，冬天的时候它就睡觉了，不耗散心力。重庆夏天太热，一热我就抓狂，脑子没办法集中精力想东西。夏天热我就想辞了工作回家去。他说我们老家就白天热，晚上还有个容人喘息的机会。重庆这地方，妈的！接力地热。白天热了一天以后，晚上又把热量吐出来，人跟上蒸笼蒸似的。

他说我估摸着我自己在这个地方活到六十就顶天了。我跟老婆说，她不理解。蔡大脑袋原在那边一个媒体里上班，单位不错。他人缘不怎么好。他这个人爱较真，偏执，人还磨叽。平时低眉顺目的，偶尔用眼的余光看人一下，能让人心里打个激灵！这不是一头活狼吗？！一头被困在笼里走来走去的狼就是这种眼神。他那个老婆烦大脑袋也不是一天两天的了。也是天可怜见！这回终于得了一条活路。两人这么多年也没孩子，把财产分割一下，你左我右，马上相逢无纸笔，互道珍重，各自抱拳而去。

去年老何在北京工作。我打电话问他，你见着大脑袋了吗？他说见到了。我问老何，大脑袋现在在那里干吗？他说这个傻×在北京看天悟道呢。我说他疯了吗？老何说："据我观察他脑子正常得很。"老何说他原来在重庆不是有好几套房嘛，留了两套给老婆，存款也归老婆，他自己还有钱在北京买了一套房。我都不知道他这些钱从哪里来的。在北京买的这套房现在租给人家住，一个月收入好几千，现在就靠这个钱过活。我问他自己住什么地方？老何说这狗才精明，自己又租了一个小屋在住。说小屋保暖，水电一个月算下来，要省不少钱。他自己说现在租房这个钱，他一个人吃不了喝不了的。太知足了！最重要的是他在北京能找到人跟他讨论德国古典哲学。他说大脑袋拍了好多北京秋天的云彩的照片，一大堆堆在小餐桌上拿给他看，兴奋得直哼哼！说："你看看！你看看！北京的秋天多美呀！你看看这个叶子黄得跟金子似的。"中午他留老何吃炸酱面，一人一大碗，还有一筐小黄瓜，几瓣紫皮蒜，一瓶二锅头，小黄瓜蘸酱，吃得哧里哧喽的。

老何说大脑袋端着碗，上嘴唇沾着点酱汁，他从碗边上抬起眼睛问老何："我现在感觉他妈的太幸福了！太知足了！我为什么不愿意待在重庆啊？一个原因是热，一个原因是在那里没人跟我谈古典哲学。他妈的北京什么人都有，在这边我觉得不孤单，没有那种把我当傻×看的眼神。大家各忙各的，谁也不管谁！待在这边我觉着舒服！"他说他这叫"万人如海一身藏"！老何说在京城日用品、蔬菜什么的，还比下面城市便宜。如果不上饭店，没有什么应酬，几千块钱也确实够了！

蔡大脑袋把手圈成一个"九"字，跟老何说："我觉得我在京城，能活到九十。你信不信？我敢跟你打赌！"老何说我不跟你赌，到时候我都不在了，你没地方拿赌金去！老何去年在北京住了一年，回来跟我说那里空气相当不好，一年也就秋天那么几天能看到天的颜色。明天老何又要出差到北京去，我让他带了一方很小的砚台给大脑袋，这是大脑袋问我要的，他说要磨墨写字，抄《金刚经》，修身养性，调理心性。愿大脑袋在京城寿登大域！

倒霉大爷

我大爷是个倒霉蛋子。一辈子倒霉。倒霉的原因归结起来不过两条：一、爱文学；二、人轴。也想改，改不掉。他倒是老提醒我，说我要对人笑嘻嘻的。我说没什么高兴的事，为什么要笑嘻嘻的？

他说你个蠢孩子，你看哪个当官的不是天天笑嘻嘻的。要养成一种习惯，要喜怒不形于色。要把笑当成一种面具戴在脸上。我也是想当官的！我发奋学了好一阵子，没学会，倒弄得天天晚上脸上的肉酸痛不堪，要用手死命地在脸上揉一气才能把笑容揉回去，不然不能睡觉。后来想，大爷他自己为什么不学？跟我大妈在家一蹦三尺高。他那会儿八十多了，蹦不高了。我大妈一着急，就找东西，摸到什么就是什么，扫把、搓衣板、晾衣服叉子卷地就打出来，状如疯虎。我大爷只好且战且退，一边走一边念道："唯女子与小人难养也！"然后就不知道跑到哪里去了。我那会儿就想问他，你怎么不笑嘻嘻的呢？你为什么不把笑容挂在脸上？

另一个他总结自己一生的失败是：他字写得寒瘦，预示命途多舛。说我写字要写得肥肥大大的，墨浓福气就浓。他说你看有那写字单薄的，他举赵佶为例子，你看他写的那个瘦金书，蛇摇蛋晃的，一看就知道是个颓丧气。亡国之君！这种字千万学不得！他说你要学颜体字，颜真卿气息正！大马金刀，往那儿一坐，凛然不敢犯的样子。字肥，看了解馋。我就努力学颜体字，尽量往肥里写。后来我自己学历史了，一查书，颜大爷也是个倒霉蛋，死得惨！七十多岁的人了，遭宰相卢杞陷害，被遣往叛将李希烈部宣圣旨，后为李缢杀。临死还做了几个俯卧撑，以示身体棒着呢，身体棒也不行，照样也让人给勒死了。所以后来又不听他的了，自己想学什么学什么。他跟我说写字要磨墨写，这一条是对的，我也没照办下来。磨墨太累人了！如果有个侍儿或者书童什么的，倒是可以考虑一下。

他一生最得意的事情是在光湖办报，当主编。他喜欢当主编那种生杀予夺的感觉，一篇稿子看了，气味不对，毙了！不给登。一班江城小文人哄着他玩，白天在报馆坐几个钟头，晚上打麻将，吃花酒，胡天胡地地瞎闹。我大爷家地多，县城里还有买卖，家里有个大哥管家，没读过什么书，一天到晚就知道苦钱，然后给他花，像凡·高跟提奥似的。他哄这个大哥说在外面干大事业，将来也是祖宗体面。办大事就要花钱交际，大哥就在家卖地，还拆了几处房子把砖瓦都卖了，弄来钱供他在外面办报。他也是上别人的当，人家本来有一份小报办不下去了，就哄他这个冤大头来办。他爱文学呀，平常作个歪诗什么的，只能在诗友之间唱和一下子。现在自己有报了，那还不是什么时候想登就什么时候登？

我问他："你们办报的宗旨是什么？每天登什么东西？"他就

掩口胡噜说:"谁都骂骂!然后烟粉灵怪。比如哪家姑娘在家养私孩子了!哪家旅馆闹鬼啊!某大酒楼菜里肉丸子是耗子肉做的呀!反正就是这些东西。如果旅馆或者酒楼来通融,就能跟他们诈钱。"我说,这不跟今天的报社差不多吗?他说那还不是古今一理。我问他:"如果碰到狠的怎么办?"他说我们在地方也有点势力,有几个编辑就在桌角靠着称手家伙。我买了把小手枪放在抽斗里,来就跟他们干!报馆门口经常打架,哪一年不打倒几个都不算办报。我说你那叫什么报呀!整个一流氓报。我大爷翻我一眼,笑哧哧地说:"我觉得我们报好看得很!每天我都登几首我的诗,过瘾得很。"

不提他的诗还好,一提他的诗,我大妈一脸不屑。我大妈说:"就为这作诗,差点没让人家打死!那时候在农村放牛嘛!不好好放,把牛放丢了。夜里还要帮村干部打酒,可怜哦!一把大雨,酒打回来,瓶里进了水,味道淡了,被书记劈胸抓住,甩脸一个大嘴巴,牙都打晃动了!"我大爷在旁边老脸有点红,还强辩道:"我那时本来要自杀的。士可杀不可辱!"我大妈说:"那你怎么不死呀!死了我倒省心!"我大爷说:"我准备喝农药的,倒在碗里。后来想的工夫,让猫给打翻了,喝不成了!猫对我有恩啊!"我大妈说:"拉倒吧!你就是怕死!"

我大爷家里常年养猫,一只老死后,马上就从外面逮一只回来,待猫比待儿子还好。中午吃饭的时候,我大爷端着一只碗,跟猫坐个面对面,戴着老花眼镜笑眯眯地给猫把鱼里的刺择干净。猫急,作势欲跳。他轻轻拍它一下说:"别急!别急!马上就好了!"愿现在在天国的大爷呀,你在那边还能作歪诗,还有只猫陪着你。我大妈还跟你住一块儿吗?

来自巴厘岛的纪念

刘清三十五岁时认识了老陈，觉得这是她最后的救赎，立刻就决定嫁了。

刘清在没有认识老陈之前，谈过无数次恋爱。相当于红蓝两军对阵，她都打赢了。男方哭爹喊娘打滚放赖要娶她，她坚决地拒绝："不！不！"她没有理由不挑不拣，不挑才愧对皇天后土祖宗先人呢。刘清人长得好，身材好，单位也好，眼睛像深海的电鳗，刺啦啦地放电。她看人时是低了头，眼光斜斜地扫过来。瞄法（合肥俗语，烟视媚行的意思）——瞄法。真是蛾眉不肯让人，掩袖工谗，狐媚偏能惑主。男人想不被她迷得五迷三道的，那比登天还难。就是现在她挟当年之余威瞄我两眼，饶是我这样的铁石男儿还被她电得全身直哆嗦。据此可以想见盛极之时的风采。

但一跨过三十这条坎，好嘛，眨巴眼工夫从买方市场转入卖方市场了。刘清发现她在婚姻市场上立马就落了价，上门来提亲的一茬儿不如一茬儿了。以前不是博士就是海归，现在连公务员这个阶层都对她挑三拣四的了，真让人徒唤奈何。迟迟钟鼓初长夜，耿耿星河欲曙天，夏天燠热，夜里在床上贴烧饼，翻来翻去睡不着，心里暗念谭嗣同的诗："有心杀贼，无力回天。"过去那些热烈追求她的爱情猾贼怎么一个残余的也没有了？哪怕剩下个把也好呀，也好让老娘消遣一下则个？

刘清她妈对自己这个宝贝女儿很伤脑筋。她妈就像个孤独而焦虑的老臣，看着这个任性的昏君昏天黑地地败坏江山社稷，忧心忡忡地看着刘清向着岁月的黑洞滑下去——滑下去，却又不敢进谏，怕撞到她枪口上，被她夹枪带棒一顿黑丧，只好采取迂回战术，吃饭的时候，装作无心地说："小清啊！前几天，在小区幼儿园的门口你猜我碰到谁了？"刘清正在喝汤，她问："你碰到谁了？""我碰到原来死追你的那个邵医生了。他开车来接他宝宝，唉！日子真不经过呀。小邵宝宝都长这么大了。他的女儿好可爱，喊我奶奶，一点也不认生，还要我抱她的。"刘清默默地吃饭，喝汤。几声清冷的碗筷声响。

吃完饭，刘清妈在刷碗，刘清站在一边，把她妈刷好的碗一个一个揩干，放在碗架上。刘清妈说："小清啊，最近在谈吗？"刘清说："谈什么呀？"她妈说："别装糊涂，你知道的。"刘清说："倒是谈了一个。"她妈好像屁股上扎了一针吗啡，两眼放光，陡然精神了不少，问道："哪个单位的？多大啦？"刘清说："省直的，小公务员，比我大一岁。是我们单位方处介绍的，人长得跟倭瓜似的，没感觉！有两个星期没来往了。"她妈急得直咂嘴，说："你这个孩子就性子急！你爸不长得跟倭瓜似的，我不也嫁给他了？生下你哥跟你，长得比谁家孩子寒碜啦？这人啊！处长了就有感情了。人就在于处。”“倭瓜有什么不好！倭瓜还扛饿呢！一九六〇年如花似玉的一个大姑娘能嫁个厨子就算烧高香了。不信你问你爸。”刘清冷冷地回她妈一句：“现在不是一九六〇年。我不能为个倭瓜就把自己给嫁了！”刘清的爸爸，就是那个老倭瓜在外面的客厅里愤怒地抖了抖报纸。

刘清告诉我，她那会儿不大敢在家里待，不是随人攀山就是远足。文青嘛！香格里拉、西藏、厦门、海南岛，以及普吉岛、韩国、日本跑跑；看书，看杜拉斯、苏珊·桑塔格、伍尔芙、萨冈；看电影，看侯麦，看特吕弗的《四百击》、阿兰·雷乃，还有几个我说不出名字的北欧影片，说很好看，几个女文青看得哈欠连天，最后垂头而睡，忽然惊醒后都说好看！好看！听音乐会、蓝调、爵士钢琴，听凯斯·杰瑞，听杰夫·洛伯。总之只要不待在家里的活动她都喜欢。她也想去欧洲，但去不了，没那么多闲钱。她供了几处房子的按揭，到月要给银行卡里打钱。这个浪漫不起来，不给钱，银行真来收房子。

倒是有个有钱的男人要请她到欧洲去。这人是做医药器材的，家里有老婆孩子，说要带她到欧洲看古堡，泛舟塞纳河，到左岸看画廊，喝咖啡。但这人一嘴热烘烘的蒜味，一想到他有可能把他那张一口蒜味的臭嘴凑到她的唇边，她就直恶心，心里盘算了一下，无论如何她都会掌他的嘴，所以就坚辞了。那个男的回来还给她带了一个路易·威登的包。又拿出苹果的笔记本电脑一张一张地用指头点给她看他在阿尔卑斯山滑雪的照片：一张是狗吃屎，一张是扶着一个金发碧眼姑娘的腰照的，这女的是教练。刘清远远地欠着身子看，蒜味还是轰然而至。回去的路上，她拿出 LV 包闻了一下，还好没有蒜味。最终她还是没有背出来，心理上觉得还是有一股蒜味。刘清不喜欢吃蒜，菜里有一点蒜，她都要让服务员端到后堂去，一点一点挑干净才让端回来。正当她拣尽寒枝不肯栖的时候，老陈出现了！老陈前老婆嫌他没钱，抛弃了他。他过起了“有肉万事足，无妻一身轻”的日子。

老陈的出现，应该是带配乐的。他头戴紫金冠，身披万道霞光，如世界之王，天神一样从天而降——哈里路亚——哈里路亚！老陈与刘清在朋友家里相遇了。相遇的理由是打麻将，谁都想挣对方几个。老陈嘴里叼着烟，香烟熏得老陈微微眯着眼睛，两只手哗哗啦啦洗牌，烟灰长长的一截，险拎拎地挂着。刘清一见之下，惊为天人，心里惊呼道：蓦然回首，那人却在灯火阑珊处——就他了！奶奶的，太潇洒了！心脏受不了了！看老陈打牌真是享受，自有一段“手挥五弦，目送归鸿”的风流。刘清就拿眼睛电他。老陈可是好相与的？也是冰雪聪明，虚眯了眼睛回电她。牌桌上，电流在空中相击，铮然有声。老陈这个昏君，那天晚上输得很惨，小两千块没有了，在皮夹的边角里翻出十元钱，才够打车钱。约了易地再战。后面——省略吧！也无非是结婚生孩子。落了俗套了，不说也罢。

刘清结了婚后，专一捕拿那些未婚男女青年，添了一桩恶趣味，喜欢当媒人。有时我觉得大龄已婚青年就像刚“反了水”的革命家，被朝廷网罗为爪牙，捕杀起先前的革命同志来尤其不遗余力，甚至比资深的反动派更凶恶些。本着“宁可错杀一千，不可放过一个”

的原则，见一个是一个，横拖竖拉也要把他们拉到婚姻的大城里去，然后把大门一关，任他们在里面哭爹喊娘。可怜这些志士仁人啊！有一次我提到我有个同学，年届高寿了，在医院当书记。刘清掐指一算说："像这种老极品，比较难搞的。只有极品对极品。我也有个闺密，叫汤佳敏，在深圳工作，有机会见见。"后来我在画室见到汤佳敏本人，人确实长得不错，大眼睛，长发，前凸后翘的，像一辆一九七四年出厂的法拉利跑车，保养得非常好，锃明瓦亮的。那天的气氛很尴尬，刘清也没说给她介绍对象，她以为就是单纯地吃饭，带了一个小黑人男朋友来了，老处男书记在一边，坐也不是，站也不是。

小黑人是汤佳敏在巴厘岛旅游时认识的，觉得这个孩子很好，两人就恋爱了。准确地说，这个男孩子应该叫小棕人，眉毛很浓，牙齿白，整个人看起来非常有弹性，像一个一拍就会蹦起来的小皮球。他穿着一件厚厚的羽绒服，单露个脑袋在外面，跟一只玳瑁龟似的。汤佳敏介绍说他怕冷，在热带生活惯了，到了我们这个亚热带，有点水土不服。那个男的倒是喜欢讲话，老说："干杯！干杯！"于是就干呗。我听见刘清悄悄地把汤佳敏拉在一旁耳语："这男的多大啦？你连未成年的孩子也下得去手？"汤佳敏说："我靠！他都二十四了！"汤佳敏问我："我这算涉外婚姻吧！怎么办证呢？我男朋友想移民到深圳来。"我说："你这个要到当地民政厅去办。地方民政局还办不了。"我问她："你男朋友在巴厘岛做什么工作？"汤佳敏说："他做表演，就是打打鼓，晚上到海滩上玩喷火什么的，就是把两根棍子扔来扔去，嘴里吐火。"然后她用英语问那个男的。小玳瑁龟从羽绒服里伸出头来，用手有节奏地拍拍桌边，头左右点来点去，然后张嘴："呼！呼！呼！"

转眼一年过去了。前一段时间汤佳敏从深圳回来，我们在一起吃饭。我问："你们结了吗？"她说："他回巴厘岛了,说我们这个地方太忙，他不适应！"这天刘清说要给汤佳敏介绍一个有钱人，说是身家过亿，做融资的，还收藏字画。我跟他很早就认识了，也是个倭瓜种，戴眼镜，有个十三四岁的女儿。吃饭的时候，就是说说各自的情况。我看汤佳敏坐在一旁不吭声，有点落寞的样子。估计她肯定是看不上这个男的。男方就侧着头来跟我说一些字画和收藏界的趣事。这顿饭就这么不咸不淡地收场了。

下午刘清开车带汤佳敏到画室来玩。汤佳敏中午喝了几杯洋酒，说热得很，脱了大衣，脖子上系了条粉蓝色的长围巾。她自己用手捂了脸问刘清："我中午不是喝多了吧？怎么感觉脸有点烫啊？"刘清说："小黑人什么时候走的？"我拿起毛笔写字。汤佳敏说走了有好几个月了。她说："后来我想想觉得这个事情不靠谱。这孩子也没有什么谋生技能，就会喷火管有什么用呢？"她说："如果我们养个孩子，我就要在家看孩子。靠他喷火怕养不活我们母子俩吧！""他们巴厘岛那里是几天发一次工资，发了钱就出去吃喝玩乐，快活惯了的。真让他在那里做事又做不来，我觉得我一定是在巴厘岛发疯了，干了这么一件不靠谱的事情。"刘清很无语地看着她。汤佳敏双手端起一杯茶说："他也跟我说想上街打鼓玩火，但我觉得那太丢人了！白天我上班，他在家没事，把我冰箱里的酒都喝光了，每次我回来，都看到他烂醉如泥地倒在地板上，黑黑地蜷成一小团。

很可怜的样子！”

她说：“我给他买了机票，把他送走了。小黑人说他要到海上去当船员，多多地挣钱，等挣了钱再回来娶我。”说到这里她小声地啜泣起来。她把手指屈起来，揩流到鼻翼两边的眼泪，说：“高老师，你会不会觉得我很八婆？”我说哪里会。等我从外面买包烟回来，就听到她跟刘清两个人在里面欢声笑语地不知在说什么。我站在走廊上抽了一支烟，想想没心没肺也是一种福。

外国人在合肥

傍晚时候的合肥，华灯初上，下班的车流，像一窝蚂蚁被浇上了沸水，顿作卷堂大乱，真是应了这座城市是遵从丛林法则的话：遇到堵车的时候，汽车开上自行车道，自行车和电动车又开上人行道，行人只好抱着行道树，躲在后面瑟瑟发抖。冬天晚上的时候每一棵树的后面都有一对亮汪汪的眼珠子和孤独灵魂，你不要以为是猫头鹰，这是一个晚归的合肥人，正骑在树杈上等街市冷清后觅一条回家的路。

车多人乱还不要紧，重要的是这几年贼还多。合肥人在街上每走数百步,要突然旋身往后急看。所以本土的合肥人养成一种很奇怪的习惯，那就是走着走着突然就是一转身，辅之以大吼一声。这时你就发现三三两两的小偷跟在你身后，并不四散而逃。他装作没事人一样，看看天，看看地，俯身装作找什么东西，实际上他什么也不找，就想到你包里找东西。如果你足够大方，你可以喊他过来摸摸看，这些贼也绝不忸怩，他们在这座城市没有什么可担心的，都活得很从容大方。今天下午我坐公交车从胜利路走，车慢慢向前开，一个女孩在车上惊喊：“贼偷东西了！”然后用手指着窗外，几个贼正跟在一对情侣的后面，像掏自己东西一样摸着他们的袋子。车子在向前走，车上人大喊：“回头！小伙子回头！”路上距离这对情侣很近的行人全看见了，但没有一个人出声。贼就跟在他们后面一路偷了数百米，一直偷到为止。

在这座城市生活最好是准备一件称手的家伙带在身上，因为你不知道什么时候就用得到它。火器不好买，也买不到。冷兵器还是得准备两样的。我家里计有菜刀三把、倭刀一具（浙江人仿的）、伞兵刀一把、捅炉条子、斧头、大扳手、防狼喷雾两壶。自从老婆在街上被人把手机掏走之后，她就常年在腰上插把刀子，既能削苹果又能攮人。但她自小到大，从来没有攮过人，有点晕血，所以现在家里杀鸡都是请她拿刀先攮死后再放血拔毛的。鸡被她攮得稀烂，可见她把对贼的悲愤全转移到了这只可怜的鸡上。这只鸡死的时候，瞪着两只恐怖的眼睛，把腿撑得笔直。

外国人对这座城市很惊奇，像马可·波罗来到元大都一样感到迷茫与惊叹。合肥不像上海、北京外国人多。早些年如果有外国人到了这里，后面会随了一群人跟着看，像城里来了马戏班子一样，消息会像风一样传遍全城。胆子大的会上前喊一声“哈啰”，这位外国友人只好报以友善的微笑，后来遇到多了，觉得很烦，知道这人就是无聊在拿他开心呢。有些傻×觉得黑人黑得奇怪，跟在后面很远地看，然后跟人说：“真黑。黑得像锅底一样！”然后小声地喊：“小黑蛋！小黑蛋！”这位小黑蛋一回头，喊的人就发足狂奔。一般小黑蛋都有很好的身板子，喊黑蛋的人怕这位黑朋友打他，因为他看电视里黑人打拳很厉害的。

我有一个国画老师，他的儿子在德国谈了一个女朋友，纯日耳曼人，金发，蓝眼珠子，两腮很红。这个德国女人热爱中国文化，连带也把他儿子热爱了。她会用汉语说孔子、说老子，会说书法，虽然发音像“梭发”，却会拿毛笔。她到画室来玩，从桌子上拿起一支毛笔很得意地朝我看着，意思是“你看！我连毛笔也会拿”。结果发现我们谁也没看她。她会拿筷子，夹起菜来也到处给人看。这个女人很天真，像个孩子一样天真，她在公园里看到练太极拳的老头，就过去跟他比画几下，然后搂着老头儿照相。但她受不了街上疯狂的汽车，还有随时会爆发的街头打斗和吵架。她说这些汽车随时好像都会要了她的命，我那老师的儿子只好反复给她解释说：“咱们这儿司机技术很好的，轧不着人的。”她皱着眉头说：“这太可怕了！”然后她又问街上汽车见到行人过马路为什么不停下来？老师的儿子说如果都等着行人过马路，这车就没法开了。后来这个日耳曼姑娘就不上街了，说我不敢在街上走，我好怕！好紧张！合肥彻底摧毁了她的日耳曼神经，也毁了她梦中的中国。就像大清国的时候许多日本汉学家来到他们梦中的天朝上邦后，见到的却是满地屎尿横流，回去就切腹了。这个德国娘儿们回去以后倒是没有自杀，但她慢慢不大跟这个老师儿子在一起玩了，后来学印第安语去了。

近些年到合肥来投资办厂领养孩子的外国人也多了。春秋两季在包河旁边常常能看到一对外国夫妻推着黑头发黑眼睛的中国小孩在那里散步，旁边围观的中国人纷纷说：“这些孩子有福了！跟洋爸爸洋妈妈享福去了！”现在外国人走在合肥街上也不大有人去注意他了，除非长得特别稀奇的。慢慢明白外国人也跟咱们一样，不喜欢别人虚头巴脑地上去打招呼。去年一个美国人到合肥来，在淮河路上玩。美国人有点瞎浪漫，他看到一个残疾朋友在淮河路上卖气球，就把他的气球全部买下来，然后一边走一边散给在路上遇到的小朋友。后来许多成年人也上去讨要，他被大家围在中间感到非常紧张。他不知道这些人为什么这么喜欢气球。实际上他们就是觉得这个老外有点“二”，本着不要白不要的心理围上来强讨恶要。这个美国佬把手里的气球都分完了，后来还有许多来要气球的人，他只好无奈地耸耸肩，摊开手说：“对不起！没有了！”大家才渐渐散去。

前几天一个德国人在合肥街上闲走，看到一帮地痞打架。这个德国佬在德国没见过这场面呀，好奇！张大着嘴在那里看。他试图上前制止他们打砸。虽然他膀大腰圆，也只揪得住这个，跑了那个。他急得哇哇叫，用德语求告路人和他一起阻止这种打斗。路人见到打架避之如鬼魅，哪里敢停下来管这等闲事？而且像这种街头打斗，一天街上不知道发生多少起，我们都见怪不怪了。如果一天之中，上街见不到人打架斗殴头破血流的，心里还怪不习惯的，觉得今天一天白过了。这个德国佬感到很无助，他摊着手到处请人帮忙，没人理他。后来一个会点英语的路人好心提醒他别惹这个是非，走吧！德国佬不干了！生气了！他用德语对这人大吼了一气，也不知道他要干什么。打架的现场一片狼藉，到处是断了的桌腿、酒瓶子、菜根。这个德国人在马路牙子上坐下来，他要等警察来，好做个见证。那个会点英语的好心人拉他走，被他一膀子甩开了，气得这好心人暗暗骂这个德国犟种把好心当驴肝肺。这个德国佬坐在寒风中，一直等了很久，等到警察来了，扑通一声跳出来，把警察也吓了一跳，以为打了外国友人，这还了得！后来问远远的观众才明白这事跟他不相干，他就是一个管闲事的。他连说带比画，说的当然是德语。德语很硬，没有法语好听，像石头撞石头。古都大赫，意希特，不噜不噜——

西瓜谱

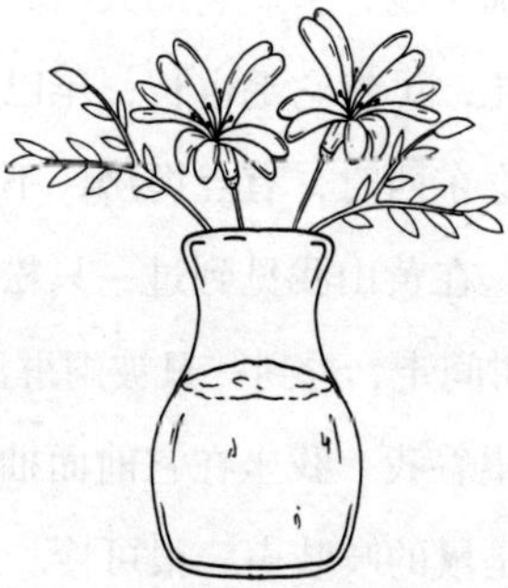

猫头鹰会歌唱

我无来由地喜欢猫头鹰，喜欢它的大眼睛，蓬松的毛，落拓的样子。松鼠就差点事儿，虽然它毛也长，尾巴也蓬松，终究有点鬼头鬼脑的形迹。松鼠吃东西时，有点馋痨，不从容，左右看，急急地用两只前爪转着啃。在黄山我见到过一只松鼠。才下过雨，松间沙路净无泥，我在松树间走，看到一只被雨淋湿的松鼠，毛发沉重。它很无奈地蹲在地上望着我。我坐在它前面抽烟，它耸起小巧的鼻子叫起来，声音确实是鼠的吱吱声，很可怜。

下过雨，树上的青苔都很滑。它也想上树，爪子抱不牢，老是滑下来。如果它是一个人，也许会耸耸肩，摊开手，然后晃晃脑袋，表示无奈。但它是松鼠，只能如此。后来我想撵撵它，让它活动起来。我就在松林里跟它捉迷藏。它跑几步，我追几步，然后停下来，互相看看，然后又追。活动起来，身上的毛就容易干了。后来就干爽了，它几步就跳上树，在树杈间跳来跳去，意思是：你来追我啊！我拍拍树干把它撵走了。雨后，山下的云起来了。后来起风了，所有的松针一齐低低地吟唱起来。松鼠急了也咬人，在山里别惹它，就让它在树间跳来跳去，如同一只褐色的毛球。虽然我不爱它。

猫头鹰黄昏的时候来，擦着树梢低低飞着，然后一枝一枝地选，选一个好树枝蹲着。风吹着它身上的毛，像一个牧羊老人反穿的羊皮袄。它蹲在树枝上很沉默地等着天黑。到了天黑，它眼珠亮得像盏黄灯，一左一右地转着。它很安详地蹲在树上，很谦和，一点也不牛×，有时把爪子挪挪，换个舒服的站姿。天还是老不黑，等得人心焦。乌鸦在天上打阵，一圈一圈地转。山里村子里传来悠扬的声音。四宝子来——回家吃晚饭了！你个挡炮子的，看晚上家来不打死你！有个背松毛的老头一点一点地下山。月亮一点一点地从山背后升起来，像个红红的灯笼，升一升，歇一气，然后再升。猫头鹰后面背景是一轮好大的红月亮，底下是黑漆漆的松林。秋天，山里有虫子万千繁响。猫头鹰始终沉默着。后来月亮决定果断地一跳，升到山头上，草尖、岩石、竹叶上便是一片清辉，红月亮变成黄月亮啦！一片经霜的红叶在月光闪烁的溪水中不能自持，随着流水急急地回旋。水上如同撒了一地的碎银子，难收难管。

我那可爱的猫头鹰啊，把它小黑脚往左右各挪一步。呼噜呼噜，清着嗓子。它想叫几声，让鼠儿们知道你们今晚的大限到了，如同猎人的猎号，深夜举火的围猎开始了。猫头鹰在树上悲伤地啼鸣。它为鼠儿们的命运悲泣。滴溜溜——滴溜溜。厨房里，水缸边，灶台上的家老鼠呀！你哪知道田鼠悲催啊！哎呀！好——苦！如同一个经师呢喃曰：此生便是你们的业障！猫头鹰蹲在树枝上，脚下挟一老鼠，先啄碎它精巧的脑袋，然后连皮带肉带血地啄一口，细细地品着，毛也要吃下去。夜风掀动它身上的毛。它总是一个人开夜饭，在那么高的树枝上。它的叫声，在我听来如同唱歌。山里人说猫头鹰叫，山下便会死人了。

西瓜谱

呸！昨天下午在外面买了一只西瓜，吃了以后彻底绝了我今夏对西瓜的念想。我对天发誓今年一口西瓜也不吃了，再买就是猪！这种瓜也好意思叫瓜？先不说瓤子红得那么可疑，就是持刀破瓜时的手感也不对劲，非常滞刀。好的西瓜应该是刀一碰到皮就自动地裂开了，然后是满室瓜香。一个月前我买了一只瓜，因为通过“望”“闻”“问”“切”都判断不出一只瓜的好坏，我就叫摊主打了一个“参子”（就是在瓜上开了一个三角形的洞），卖瓜的人用刀挑着瓜瓤递到眼前让我看，果然是红得耀眼。我提了回来之后发现方便袋子里淌了不少红色的汁水，不敢吃了，扔掉了！西瓜呀，你怎么堕落成这样了？

我在老家时随我叔种过瓜。我们那里主要种两种瓜：一种是“黑蹦筋”，一种叫“马陵瓜”。在村子的北面有个丘陵，黄色沙质土。顺着山坡有几口小水塘，山上多植马尾松和意杨，长得比平地慢多了，从栽下去到现在就像没有长过一样，样式倒长得奇丑。这种土质长不了什么东西，如种麦子会稀得像秃子的脑袋，一亩地一百斤也收不上，但适宜种瓜，适宜种红薯、花生、黄麻之类。越过山丘的东面是另一个村庄，叫山王庄，西面山坡是本村的地界，以山顶的一长溜意杨为界。

山王庄种“黑蹦筋”，这种瓜非常大，黑皮，有暗花纹，一个有几十斤，皮也厚。摘瓜的时候常常看到李长胜的两个小兔崽子，一男一女，穿着红兜兜，一人推着一只大瓜在瓜垄中滚，瓜倒比人大。

他们村都是种这个瓜种，没有种别的。这种瓜因为个头太大不好卖，他们把瓜收回来，在正午的时候用小板车拖着走乡串户地卖。西瓜的上面盖着一层野草，怕把瓜秧晒蔫了，看着不水灵。

中午燥热，在凉床上翻来覆去的工夫，听到村外驴鸣似的吆喝——卖西瓜哟！脆沙瓤的大西瓜哟！买瓜的时候，一家老小或站或蹲在那里看，品评优劣，计较斤两。买一只大瓜碰巧还能饶个小香瓜。山王庄的小香瓜很精巧，像古代武将用的铜锤。金黄瓜皮上，一牙一棱凹进去，用一块芦苇片顺着小格棱划下去，可均匀分成数等份。瓤子如同香蜜，可以直接喝进去。小孩子连瓜带种子吃进去，跑着拉，种子又在地里长出来。古人曾称小香瓜为“粪瓜”，不把它列进上等吃食中。

大西瓜浸在井里，等睡一觉起来，瓜也凉得差不多了，提上来，先从蒂部切一刀，拿根蒂把刀抹了，怕有铁腥气，一刀下去，豁然自解，不由得赞一声好瓜，冰凉镇齿，又脆又沙，切成月牙块，大人小孩子见者有份，不吃也不行。家里大人谆谆教导孩子做人要有眼色，见人家准备切瓜时要自行走开。奈何馋涎不由人啊！看到别人买瓜、切瓜还是自动围上去，把一只指头伸在嘴里，痴痴地看，看得别人都不忍心吃下去，看到人手一块方罢休。

我们村子种“马陵瓜”，这个瓜种是蔡老汉从南京引种过来的，皮极薄，不耐贮存。种子是每年留好的大瓜，不摘它就由它长，成熟的时候喊一家小孩子来，下面放着瓦盆，种子吐大瓦盆里。种子淘洗后用草木灰拌和，做成饼状粘在墙上。我叔家有面墙上密密的都是这种饼，下面做着记号：搅瓜、奶奶哼（一种瓜）、菜瓜、黄瓜——列位看官！不知道你们吃过搅瓜没有？长条形，金黄色，成熟后摘回来，一切两半，放在饭锅上蒸，蒸熟后把一双筷子伸进去搅，故名“搅瓜”。搅出来的丝像粉丝或者米线一样，透明的，然后再放盐、蒜泥、熬好的香油，是夏季很好的一味凉拌菜。现在连这种瓜种也看不到了。“奶奶哼”是一种皮很皱的小甜瓜，每家都种。这种瓜结蒂的时候就是天生老相，皱皱巴巴的样子，但吃口极甜嫩。夏季早晨在菜园里，皱皱巴巴的瓜条上沾满了露水，摘的时候要小心往菜篮子里放，不然一下子就碰断了。它的瓤子是红色的，可以吃。

马陵瓜顶大也就长到十几斤重就了不得了，一般也就是七八斤重一个，白色的花纹，黄色的瓜瓤，纺锤形。没种瓜之前地里要刨出坑来，用大粪重重地浇一遍。西瓜喜欢大肥，长的时候中间还要追几次大肥。若想瓜甜，还要追施几次饼肥，到附近的油坊买榨油时压成的圆饼，回来用锤子打碎了，一把一把撒在瓜秧的根部，怕让雨冲走，在上面还要掩一把土，用脚踹实，然后就风一阵雨一阵地让它长着吧！瓜蔓抽起来很快，像慢动作的电影一样，看着看着就长出一截。等瓜长熟了，就要搭瓜棚看瓜了。在田间地头，竖四根木桩子，从家里拉来稻草苫个顶，苫好后再用草绳子把房顶络起来，不然一刮风就够瞧的了。杜工部写的“高者挂罥长林梢，下者飘转沉塘坳”，就是这个样子。在四根柱子的中间架一张篾席子，人就睡在这上面看瓜。睡在床上，一伸脑袋就看到满天星斗。

马陵瓜因为瓜皮薄，最怕打雷。西瓜成熟后，天上一打炸雷，瓜田里的一些瓜就被震裂了，这时候我就下到地里捡瓜。这种一震即破的瓜最好吃，瓜瓤极嫩，入口就化了，没有一点絮的感觉，也没有一般西瓜那种入口的丝络感。口福好成这样，真是惭愧！惭愧！夏天在瓜田看瓜也是一种美好的体验，瓜地的四周有万千的虫鸣、蛙鸣似乎能把人浮起来。风从瓜棚中自由地钻来钻去，萤火虫鬼魂般在瓜垄中低飞。我跟我爷爷坐在瓜棚时，一人叼一支烟，抱着膝盖，两人都不说话，只见两个烟头子一明一灭。我到现在也想不通我爷爷为什么不干涉我抽烟呢？那时我才十几岁，就公然与他老人家对抽。而且他还给我买，好的归我，劣的归他。现在想想，真是怀念得紧啊。烟抽多了，口苦。我爷爷从瓜棚上下来，到田里摘一个瓜，托上来说："我挑的这个，包好！"当然好了，从头到尾都是农家肥，这么精心种出来的东西不好，那真是没天理了。

马陵瓜摘下来要迅速地卖掉，在家放几天就倒瓤子了。这种瓜现在也没人种了，许多品种都没有了。上次一个朋友想养当地的土鸡，开车跑了好几天都没有找到。品种都杂了，都有洋鸡的血统了。洋鸡生长周期短啊，我在昆山吃奥灶面要了一小碟白斩鸡就是洋鸡，那鸡肉比我还老。洋鸡或洋瓜肯定是因为身上的各种优点被存留下来了，比如长得快、耐贮存，或者是个头大。好吃是可以忽略的了。现在想吃点好吃的东西，真难！所以有的时候看朋友在摇嘴咋舌说这个好吃那个好吃，我羡慕、嫉妒、恨的心理一齐涌上心头，这一回我就跟你比吃过的好西瓜，你没辙了吧！过去北京顺义、大兴都出过好瓜，庞各庄的“花苓”更是大大有名，现在大概都没了吧！地都盖房子了。

爱猫大老黄

我家有个院子，常年有老鼠往来。院子外面有家饭店，老鼠晚上在那里吃饱了，白天在我家睡觉。我本来是戒杀生的，老鼠一家晚上回窝，好有爱！顺着后院中的玉兰树鬼头鬼脑地往下出溜，老鼠爸爸山东老肥下班后，山东妈妈一会儿又下来了，然后是三只小老鼠，肚子吃得溜圆，从树上滚下来，然后顺着墙根一眨眼的工夫就不见了。老鼠进出是有固定路线的，记得原先有一窝老鼠是顺着小院中废弃的电线往里面走，我把电线给放松了，几只老鼠走在上面像扭大秧歌一样。

小老鼠不懂礼数，常常跑到我书房的窗口往里窥视，跟我瞅个眼对眼。它把两只小爪子捧在胸前，红红的小眼睛看着我，带着询问的神气，似乎在说：“哥——在忙什么呢？”然后它伸出粉红色的小嘴啃纱窗。这太过分了！我提供你们住，现在城里房子多贵啊！你还祸害我的窗纱！还在后面啃我的书，啃了一地的纸屑。还有王法吗？我起了杀心了！犯了嗔戒了！本来这事轮不上我动手，如果我家大老黄还健在，它早收拾你们这些宵小了。它那个暴脾气。

说真的，我真想念大老黄，有时还梦到它的音容笑貌。我喜欢猫，喜欢它独来独往，喜欢它安静，喜欢它时时优雅的样子。当然动物发情的时候都不安静，大猩猩捶打胸部，鹿顶架，鸟啄毛，狗打架，人杀人。前几天合肥一个男青年当街捅了前女友一刀，这个算不算？猫也同样，发情的时候叫起来像娃娃哭。猫很自持，如果你弄烦它，它会毫不留情给你一爪子，亲大爷也不行！跟猫玩得有那么一种距离感，你不能过分。它时时提醒你做人要放尊重点！大老黄就是这样一只好猫。它不太腻人，它感觉你有事了，就轻轻从你腿上跳下来，伸个懒腰，把身子伸得跟一张弓似的，施施然在沙发上躺下来。

晚上下班了，大老黄用头把纱门拨开（纱门有弹簧），闪电一样蹿出去，坐在门口迎接你。人还没进家，它就围着你转来转去。大老黄把尾巴竖起来像根旗杆，在你腿上蹭来蹭去。大老黄的骨架子很大，像一只狗。有时家里来客人会问："你家养的是什么品种的猫，怎么像只小狗一样？"我也不知道大老黄是什么猫。这只猫是我从南京用一只蛇皮口袋装回来的，手还被它挠烂了。第一天晚上它在家里狂叫挠门，到了半夜的时候实在被它吵得了不得，就把它放出去了，心说不回来就算了！早晨的时候它心满意足地坐在门口，给它倒了一点牛奶，它舔起来，弄得胡子上全是奶，每根胡子上穿着一只奶珠子。猫知道回家就算养住了。大老黄爱干净，从来不要猫砂之类的东西。我不知道它在哪里大小便。它要大小便的时候就要出去，疯了一样挠门。闲的时候就搞卫生，回过头来舔后背，舔屁股，自己把自己打理得很干净。

它不吃老鼠，但是它玩老鼠。如果吃老鼠，它不会活到那样的高寿，早被毒死了。大老黄抓老鼠神乎其技，有一次一只老鼠正从墙头上跑过，大老黄蹲在下面，对着墙头发出“弗”的一声，老鼠从墙头一跤跌下，被大老黄伸爪就按住了。后来也是我多事，准备撵走大老黄，亲手来拿老鼠，结果给它跑了，惹得大老黄非常不高兴，用鄙夷的眼神瞅着我，悻悻地离开了。

晚上散步的时候，它陪你走一段，但不走远，顺着巷子里走到马路口，它蹲在那里看看街上车水马龙的，不喜欢！又掉头往回走。路上小孩子逗它，它也不理的。春天巷子里的砖地上发出车前子，或者扫帚苗，它喜欢咬上几口，这是它的素菜。有一种草有呛人的味道，它吃一口就咳嗽起来，然后平地跳起来，像被人打了一鞭子。

大老黄喜欢表功，经常把抓来的老鼠放在卧室的门口，然后拿头撞门，早晨起来，常常发现门口有只大老鼠。有一次竟然发现两条大鱼，以为它是从隔壁饭店偷来的，谁知道是把我们楼上一个老干部买来准备过年的鱼给偷回来了，怪不得收拾得干干净净的，连鱼的内脏也扒掉了。到了中午，就听到离休老干部他老婆骂他：混了一年了，过年叫你买条鲢鱼，你买了两条混子，混子就混子呗，还让猫给偷走了。后来我把鱼收拾干净，送到楼上去，他们家不要了，说给你们家猫吃吧，它一年到头也帮这附近除了不少老鼠。

这猫喜欢逮老鼠，老鼠是它教育孩子的教具。哦！忘了说了，大老黄是一只母猫，一年要下两窝小猫。记得来我们家第一次下了两只小猫，黄毛中夹点白，估计公猫是白的。小猫稍长大点就要受教育，它到外面拿了一只老鼠回来，用嘴叼着。老鼠没受重伤，手刨脚蹬的。它把两只绒团似的儿女喊了来，用一只爪子按住老鼠。两个儿女排排坐，看老妈演武。它一松爪子，老鼠不跑。大老黄似睡非睡地眯缝着眼睛，小老鼠以为得着活命的机会了，往前一蹿，闪电一样。大老黄轻轻地一按就把它捞回来了，像一个武林高手面对一个很弱的对手，随便得一塌糊涂，然后它让小猫来学。小猫玩性大，有时真还让老鼠跑远了，大老黄几步就给截了回来。常常没有等到小猫学会，它们就要跟妈妈分开了。家里养不了那么些猫，送小猫走的时候是人也伤心，猫也伤心。老猫夜里在房前屋后悲泣着找小猫，哭一整夜。

有一年大老黄生了四只小猫，黄中带黑。大老黄躺在地上敞着怀，四只小猫拱在里面吃奶。我老爸说："能送的全送遍了。这回生这么多送给谁呢？"小猫长大了，老猫带到后园玩。一只小花猫爬到木栅栏上，把木栅栏给爬倒了，结果把小猫给压死了。老猫听到小猫的哀嚎，就蹿过来把小猫的血往小猫的身上舔，小猫的肚子一鼓一鼓的，渐渐没了气息。

后来，我就不养猫了。

护城河里的水鸟

合肥的护城河边有许多水鸟，有好多鸟我叫不出名字。初夏时节从河边走，能听到咳嗽声和呻吟声，还可以听到吱吱声、嗡嗡声、呱呱声、咕哝声。有一种水鸟叫“格登子”，它叫起来是“格——格——登”。初夏时候柳絮纷飞，花草都静静地长着，忽然听到它的鸣叫声，显得非常寂寞。水面有鱼的泼刺声，新生的香蒲散发着脉脉的香气。荷叶从水里钻出来，绿中带点暗红，叶子卷得很玲珑。这种鸟长着灰褐色的羽毛，长脚，常常把一只脚拎起来，蜷在胸前，一动不动地站在蒲草丛中。这种鸟每年暮春时节来，跟随着这种鸟一起来的还有白鹭。白鹭头上拖着长长的蓑羽，它们成群结队地飞来了，有白的也有灰的，大部分是灰的。灰色也好看，翅膀像锦缎一样富有光泽，晴天飞在太阳下灿灿发光。

傍晚时分，白鹭飞到护城河边的大树上争巢。它们每天晚上都要打上一架，才能安静下来，然后排排队站在树上，树下落了一层灰白色鸟粪。它们吃浅水里翻出来的蚯蚓和小鱼。小鱼在水里急速穿行，白鹭踉踉跄跄跟在后面追，跑得水花四溅。白鹭飞起来的姿态很优美，它的长腿远远伸出来，翅膀一扇一扇，从脚印塘飞到香花墩。落下来的时候，它把翅膀鼓几下，慢慢把长脚悬停在空中，放下一只，然后再慢慢放下另一只脚。哎，妥了。它心满意足地把头颈子伸得长长的。白鹭在想什么呢？下雨了，白鹭痴痴站在雨中，拎着一只脚久久地站着，雨水淋到它光滑的背上凝成圆圆的水珠滚下来，它像一个人进入冥想状态。几只，十几只一齐呆立着。这时河沟里涨水了，到处能听到水流“嚯嚯”的响声。雨横风骤里有画眉的叫声。

包河这一段原有个翻水闸，包河的水满了以后就从这个闸上翻下去。春天傍晚，雨停了，天上有一抹斜照。躲在林木草叶间的鸟钻出来，先清清喉咙叫一两声。水闸流水发出轰隆隆的响声。有几只不知名的水鸟聚在水闸附近的激流上，翩翩而舞。激流中常常有一只鱼跃出来，恰好跌入到它口中，然后它就把颈子伸长，一抖一抖，把鱼顺过来一口吞下，满意地把头对着天空伸伸。

有很多水鸟的名字我不知道，只有看它的脚才知道它是水鸟。水鸟都有一对长脚。记得我看过一本很好的讲动植物的书，书名叫《森林报》。这本书按照季节写一年当中来往于莫斯科附近的鸟类，说它们几月份来，怎样鸣叫，羽毛是什么样的，还配有插图，孩子们可以按照插图来认识生活在周围的鸟类。到现在我也没有看过一本写中国鸟类的儿童读物，可以让孩子们按照书上的插图去认识身边的鸟类。一般孩子看到鸟就喊一声：“多好看的鸟呀！”然后鸟扑噜噜飞走了。仅此而已！

孔子说过读《诗经》可以“多识于鸟兽草木之名”。知道鸟兽的名字是一件很兴奋的事情，会让人对身边的自然界产生一种温柔的感情。看到鸟可以说它从什么地方来的，冬天它又到什么地方去。想象它冬天去的地方，在高空的气流中从它翅膀下远远消逝的山河、树木、沙丘、砾石堆。我在护城河的上游有一次还看过秧鸡。秧鸡的样子长得很奇怪，橄榄褐色，身上有黑色条纹，长脚，嘴细长，微微向下勾。它鸣叫的声音不好听。叫的时候是把脖子伸长，身子往下蹲一蹲，“克——克”。有几个放学的孩子看见了，就过来撵它。它笨拙地飞起来，然后钻到草丛中去了。

前年冬天下过一场大雪，雪后我在护城河边看到很多叫“水葫芦”的小鸟。这种鸟的学名叫作鸊鷉。《本草纲目》中说：“南方湖溪多有之，似野鸭而小，苍白文，多脂，味美，冬月取之。”它的羽毛是棕色的，嘴角的地方有一块白斑，身体很小，像一个卵形。很多“水葫芦”聚在一起觅食。它们在冬天的护城河里能找到什么呢？“水葫芦”是一种很狡猾的鸟。它一看到人靠近，马上就潜到水里去，人走以后它还会冒上来，其实它已经潜游到很远的地方去了，偷偷在水里窥察着你，等你没有耐心了，以为它再也不浮上来的时候，它又从原来的地方钻出，从水面上伸出一只圆圆的小脑袋来，两粒圆圆的像玛瑙一样的眼珠子转个不停。我没有机会听到“水葫芦”的叫声，大概它是不叫的吧。

鸟鸣涧

去年长假的时候我到山里去了。从晓天上去，这是一个皖西深山里的小镇，我和老李一起去的。他认识本地的一个村主任，说我们可以住在他家里。我们要去的地方叫主簿，地名有点怪。主簿好像是汉代一个小官的官职名，掌管官府文书账簿的。我跟老李说这地方也许过去曾出过一个小官是主簿，然后就成了地名了。

我们住的地方海拔有七八百米，这在当地还算地势比较低的，周围山的海拔都在一千多米，属大别山山脉。房子在两山之间的山凹里面，当地人称为“冲”。房子后面是一层一层的梯田。田里种茭白。海拔高的地方适宜种茭白，病虫害少。在这里见到太阳要到早晨九十点钟。村主任很热情，带我们四处走。在镇上没有见到一家装空调的，问老乡说是不需要，说这里夏天很凉快，晚上还要盖一床薄被子。村主任家里的房间很多，我和老李一人一间客房。山里非常安静，吃完晚饭，七点多我就上床睡觉，一觉睡到自然醒。

但我发现主任的眼睛是青的，我问他怎么搞的，他说让村里一个村民打的。主任家是一幢四层楼，门口挖了水塘，里面的野藕已挖掉了，养了甲鱼和黄鳝，来客人就喊他儿子拿网下去捞。他以前在城里做建材生意，很早就脱贫致富了。乡里说要找个能人做致富带头人，就把他给选上来了。他苦笑着说："我也不想干！"他老婆在旁边插嘴说："你不知道村里的事情多难干，眼睛昨天好险让人打瞎了！"他老婆说你到乡派出所去报案，不处理打人的人，咱们就不干了！他愤愤地把烟头弹出去说："滚！你懂个什么？冤家宜解不宜结。他家三个儿子，放话了，豁出一个儿子跟我们拼呢！"

这里山高林密，野生动物很多。村长告诉我们，傍晚时候，路上常常能看到野猪，他还带我们在附近转了转，但奇怪一头也没有看见。他说平时野猪很多的。我说估计是看到我们躲起来了，怕我们吃它们。野猪这东西倒不大招惹人，但是祸害庄稼。常能看到山地边种的玉米、山芋被野猪拱倒一大片。野猪是受国家法律保护的，不让打，秋天庄稼熟了，常常从山上下来糟蹋粮食。山民对它很头痛。

因为不是什么名胜，少人来。偌大一座山，只有我和老李两个人。带的吃的和水就扔在岩石上，回来时动也没动。下午时候我和老李登上山顶，在山顶上可以望见潜山。沿着山路走下来，已是暮色四合了。山里傍晚天黑得格外快一些，从山上流下来的水，一直陪着我们走到山下，一路上能听到潺潺的水声。水在卵形的山石上曲折地流着，如鸣佩玉。

初霜后落下的红叶，在一派清流中回旋不定。山谷里有各种各样昆虫的繁响和青苔的气味。在山里这几天，给我印象最深的，是这里的鸟。这里的鸟太多了！村里人说山里的鸟一贯这么多，说春天来，鸟更多，那时山里的映山红也开了，那叫一个好看！他说秋天你们如果晚来几天，那也好，山上的林子红了。我说怎么好看法？他说比花开还好看。究竟是怎么好看法子，到底要看过一回才知道。

在这里清晨和黄昏最常听到的是各种鸟鸣，有画眉、斑鸠、灰喜鹊，还有各种叫不出来名字的鸟。早晨空气很凉，我常常被鸟鸣声惊醒，光着腿站在阳台上听，一只鸟鸣停了，另外一只在近处或远处又响起来。

卧室的窗外有一丛竹林，从竹林里常常飞来一种黑色身体橘红色尾巴的小鸟。它的胆子很大，常常飞到我面前的露台上。露台上晒了许多南瓜子，瓜子被浓重的露水濡湿了。这鸟是飞来吃瓜子的。它身上的羽毛像丝一般发着亮光。小鸟一边吃瓜子，一边把头一点一点地叫。声音小小的，显得非常稚气。我可以清楚看到它喙上的绒毛和纤细脚爪。

山里人家起来早，大概五点多钟的时候，就听到路上有人来来往往的声音。山被一层黛色裹住了，云从山脚下蒸腾起来，山被一层一层抬高了。远处的山像云端的大城，巍然峨然。山脚下农舍屋顶上冒出了炊烟。这些烟直直升上来，在高处遇上了风，就和其他人家烟囱冒出的烟纠缠到一起，然后又决然分开，最后越来越薄，和远处的黛色混合到一起。我问旁边的李先生说这能画出来吗？他也站在旁边看很久。他说："大约很难。"画不难画，难的是画出那种气氛。鸟鸣你怎么画？空气中那种味道怎么画？

山上有许多树。每棵树上有一个编得非常精巧的鸟巢。有些鸟巢我认识，有些不认识。不认识的多一点。鸟巢和树都配合得十分巧妙。选择建房子的地段都很好，巢与树枝像长在一起似的。林子里多的是建房的材料，树枝、藤蔓、草茎、枯萎的芒草。鸟在天空穿梭，像人忙着装修房子似的，一会儿扛点水泥，一会儿买点五金，嘴里从来不闲着。它们把各种建筑材料用嘴运来，然后歪着头端详着鸟巢，仔细用喙把枝条穿进去。

这些枝条都搭配得很巧妙。有一种灰色的小鸟，它的巢筑得最精美。它用嘴把一根藤子弯过来，然后从缝隙里穿过去，弯完一圈后，再回头绕一遍，像个熟练的篾匠。一整个上午我就坐在岩石上面看它建房子。地上有些散落的藤条，我捡起来用手试着弯了弯，觉得很坚韧。这只鸟把房子主体弄得差不多了，然后就站在巢边顾盼自雄。它把翅膀展开，如同张开一面帆一样，然后就放声鸣叫，声音好听极了，似乎在说："我有房子啦！看看我的新房子！"这时飞过来一只灰色的鸟，它的头部有一小撮白毛，看得出这是一只雌鸟，它来验收了。它偏着脑袋左看右看，然后伸出嘴巴在巢上敲击了几下，试试看它是不是很结实，看完后飞到远远的一棵树上，对这房子表现出不屑一顾的样子。公鸟再次扇动翅膀做出邀请的姿态。

还有一种鸟的巢做得像个篓子一样，口小中间大。它是用山上的一种芒草编的，这种草很长，有的山上一棵树也没有，全是这种草。这种羽毛灰青色的鸟把草缠在一起，然后弄来泥巴把鸟巢上一层细泥，做得像个工艺品一样。大山鹊的家做得埋汰一点，这家伙不讲究，身体也胖，落到树上，会踩掉许多叶子、果子。它的窝就用一些树枝粗粗搭在一块，让人老是担心它会塌下来。

雌山鹊常常会把公的大山鹊从窝里啄出来，像一个老婆把笨手笨脚的老公从家里轰出来一样。这只被轰出来的大山鹊无聊地啄着树上的野果，并不吃，啄着玩，风掀动它身上的羽毛，显得很无聊的样子。

给牛把尿

话说当年知识青年下乡，剩下的力比多和好体力让你到广阔天地去散发。这下轮到他们傻眼了。东到海，西到山，横绝大漠，全是泪眼涟涟的知青，拎着网篮，一步一挨，真是行不得也哥哥，丢不下个姐姐，哭得昏天黑地的。家长在背包里塞了猪油、糖、香烟，自己舍不得吃也要给孩子带上，穷家富路。

到了地方就更傻眼了。原来在城里天天看《人民画报》，来的时候想农村穷，还能比画报上穷多少？退一万步想还能天天吃个新鲜蔬菜吧！上海知青下放到我们那里，开始自己不种菜，吃菜靠偷。鸡、鸭之类更不能让他们见到，他们在村里走一圈，不是少鸡就是少鸭，最后农民只好圈养——横竖不能上门抢吧！看看实在偷不着，也知道求队长教种菜了，种的是小白菜、毛豆、萝卜、芹菜、洋葱。上海人吃毛豆连壳煮，说香。有个王八蛋知青装无知，他说原不知道毛豆就是黄豆，现在开了眼界了！

那会儿我很小，手扶着门能走路，觉得知青点的生活很浪漫，有事没事，从门外往里溜一眼，看他们把尿撒在脸盆里，拿刷牙缸子炖肉吃，搪瓷缸子底部有一圈黑煳印子；看见他们跑到附近的菜地偷菜，一边蹲着偷，一边做眉做眼，让我不要告诉人家。我不知道他们偷的就是我奶奶家的菜，害得我吃了好长时间的烀南瓜！他们偷走了不少细菜，特别是长豇豆。长豇豆泡了最下饭，一碗饭一根长豇豆搭在饭上，两边各长出一截，好吃！所以以后再偷，我就喊："知青！偷菜了——"

冬天看牛是个轻活。牛干了一春一夏，累疲了，冬天圈在牛屋里，牛屋旁边七八个大草垛子，稻草散发着脉脉香气。队里还发黄豆，让包在草里喂给牛吃。白天不能偷豆吃，队长看见了，要跳脚骂！×你个祖宗八代！说你欺负一个哑巴畜生。男知青听说冬天要看牛，都抢着去，白大不能偷吃，晚上可以偷吃。黄豆吃多了屁多，早晨从牛屋回知青点，走一路放一路屁，如同喷气式飞机一样。旁边走过的捡粪老头耸耸鼻子说："这小狗日的昨晚不晓得吃了多少黄豆，看你个屁眼炸崩！"当地百姓不喜欢知青，可不喜欢也没办法。平日里偷鸡摸狗、上蹿下跳的人，回城招工就快。老实头子就死挨，招不上去就哭，就上吊，舌头伸多长的，死不了，解下来，该种地种地，该种菜种菜，已经是庄户人了，死了就死了，还害得父母千里迢迢跑一趟，这时想想年轻时的张狂，眼泪会无声地流下来。

知青一开始来了什么也做不了，被叫去看牛。队长披了棉袄，站在门口交代：夜里一定要给牛把尿。知青听了点头。临走的时候队长又喊回来说：夜里睡警醒些，记得给牛包包子吃（注：里面夹了黄豆的草包子）。你糊牛，牛糊人，开春的时候掉了膘就完蛋了！记得不？然后夹着被窝卷子走，手电灯的光圈在地上圆圆一块，随着脚步移动，忽左忽右。

到了夜里睡了一觉醒来，赶忙起来包包子。包包子，跟人学过，草一折过来一窝，里头撒几粒黄豆，然后聚在一处。这时一条牛腿叉开，尾巴一竖，哗哗地尿下来了。这才想起来要给牛把尿，牛那么大，哪里抱得动呢？不知道给牛把尿怎么个把法，飞奔到队长家去打门，一边打一边喊："队长！牛撒尿啦！"声音里带着哭腔。队长一边开门，一边系裤子："你妈的个×！牛撒尿你不知道接住？""你不是叫我把尿吗？牛那么大，我哪里抱得动！"把队长气乐了："你这个傻孩子！说你没有用吧，你跟人抬扛。过去像你这么大，福气好的老婆都娶了。怕是给你娶了老婆你都不会日是吧！"一顿话夹枪带棒地说得人抬不起来头，只好随着队长疾走。

队长到牛屋里，丢了棉袄，摸了一个尿瓢子出来，伸到牛的肚子底下，一边伸，一边用尿瓢子击地，口中念念有词：尿——尿——尿。牛马上尿了，一滴不漏地哗哗落在尿瓢里，然后让知青端了倒在外面的粪池里。知青摸摸头，恍然大悟地说："哦！原来不要抱牛哟。"队长边走边说："抱你妈！以为做田容易？！"黑暗中是他愤怒的脚步声，他一边走，一边扯披在肩上的棉袄。

牛粪是个宝。牛在路上吃了草，喝了水，下坡时尾巴一撅，要拉屎。牛爱干净，把腿叉开，做个势子，扑通！扑通！在地上做个宝塔。牧童翻身从牛背上下来，趁着滚热的，撮将起来。过去太行山那边放牛的牧童，冬天没有鞋，看牛一拉，赶紧把脚踩进去，能得一会儿暖和劲。牛粪带回家去，糊在墙上，圆圆的一大坨，里面露出草茎，表皮带着手印，干后揭下来，是极好的燃料。知青哪里知道牛粪的妙处？煮饭煮菜，要小火时，到外面墙上揭下几块，焐在灶里火头上，奄奄一息之火，慢慢煨得好汤好粥。粥浓得化不开，不要筷子，慢慢往嘴里倒，水米相融无间，喝完粥，舌头顺着舔一圈，碗都不要洗，倒扣在桌子上，下一顿揭开碗又是一顿饭。

知青看这样煮的粥好喝，来取经。老太婆讲不出来如何把粥煮得好喝，无奈间取来牛粪饼子举例说：要放点这个的，大火烧开后，放牛粪饼子小火煨。伢来！听懂了没？点点头，说听懂了。懂是懂了，就不知道牛粪是放锅里还是灶里。城里放点碱，粥就煮得好。大致这个牛粪就是放碱的意思。临走的时候，顺手从老太婆家墙上取了几块牛粪带回去。一大锅粥烧开了，细细揉散了牛粪饼子撒在锅里。一锅粥，黄白相间，煞是好看。傍晚其他知青下了工，里面传来打斗叫骂之声。袅袅炊烟，慢慢散开，平铺在水面上，看来又得煮第二顿粥了。

我拿蚊子没有办法

晚上失眠，从来没有想过睡觉是那么幸福的一件事。从工作室回来，路上看见一个要饭的，头枕着一只口袋，蜷在一家服装店的门口呼呼大睡，真是羡慕死了。一个人睡觉怎么可以睡得这么快活呢？睡得这么酣畅呢？看来睡觉跟什么样的床没关系，跟什么样的枕头没关系，归结到最后就是睡不睡得着。失眠就是想睡想死了，但就是睡不着。一件事情是那么简单，但你就是做不到，外面哪怕有一片树叶落到地上，都像在打钟。我恨在院墙外面大声说话的胖女人，我恨街上不时传来的音乐声。有个弄电子枪打靶的人，天天拖个大广播，广播里有个声音翻来覆去地说："你打中了！"睡不着就拿一本书在手里看，看到快要睡了，赶紧去关灯，想就着这个热乎劲赶紧睡吧。

但是黑暗中静得能听到自己的心跳，就是睡不着。偏巧这时有只蚊子飞来了，我伸出手臂，知道黑暗中打它不着，心想你喝两口走吧，做人不要太小气，豁出去一钱血，我胀死你。但蚊子偏不喝，估计我提供的部位它不是很满意。我又把腿从被子里伸出来，蚊子还不喝，没想到这厮嘴刁钻得很。我把被子撩开一角，把屁股亮出来，心想这是我身上肉最丰美的地方了，够意思了吧！还不喝，老是在我头上绕来绕去，像一个人到了饭馆，看着跑堂的拿上来的菜单，不知道该咋吃了。我起来开了灯，找了半天，最后在墙上发现了它，一只纤细的草蚊子。中国的蚊子。

草蚊子长得很秀气，身上颜色是灰黄色的，腿很细，因为没有喝血，肚子还是平的。对于草蚊子我不烦，哪怕就是让它喝一口血去，我也能原谅它，谁叫人家是产妇呢。公蚊子不喝血，只喝植物的汁液，只有母蚊子喝血，而且也只在产卵时才喝血。将心比心，女人生完孩子还得吃个把月的红糖鸡蛋呢。但我讨厌花蚊子，那东西没脸没皮的，上来就是一口，咬人咬得没分寸。最起码你得装出一点难为情的样子。我该你的啊！我在街上献完血，人家还说声谢谢，还发一张献血光荣的小纸片给我呢。你怎么这么牛×，想吸就吸？！越说越恨，恨得牙痒痒。这种蚊子据说是外国种，是西风东渐的成果。而且它临走留下的一个大包，痒得要命，不能抓，一抓包更大，弄不好还会流黄脓。

而且它身上的花纹也让人看着恶心，这种蚊子是黑色的，翅膀上有些白点子。像你们这些干医务工作的蚊子应该穿一件白大褂。我喜欢草蚊子，你看它多优雅啊！像个老谋深算的政客，它先是在很远的地方吟唱，慢慢一点一点地挪近，然后在灯罩上站站，墙壁上站站，装作不以为意的样子，但也似乎表现出对你有一定的好感，最起码是不讨厌你。而且你这时心里也不好动什么恶念。这时它看到你是个善人，就会飞到你手臂上停停，你脸上停停。它的态度很友好，并不喝你的血。你就把它当个小宠物看吧，迷迷糊糊间被它很舒服地喝了血去，留下的包也不大，过两天它肚子饿了，还会来，你又可以看到这家养的宠物了。中国的蚊子啊！我要礼赞你。

飞机

我上初中时学校后面就是飞机场，每天能听到教练机嗡嗡地飞过我们的教室。学校后面的围墙不知让谁掏了个洞，我们的班主任也为此审过许多同学，造成不少冤案。掏洞的人真伟大！我们可以在下课的时候随时窜到飞机场看航校的学生飞行。

我们的班主任姓谢，很能打人，而且身手也不错。他原是个体育老师，蹿蹦跳跃是他的老本行啊，不知怎么让他来教我们语文课。但据我看他实在不是一个好的语文老师，有一次讲课文《连升三级》中间牵涉到魏忠贤，书上有小注曰：魏忠贤是太监。“太监”我们不明白呀，就问老师。老师也不太明白，就挠头说：“大概是‘阉’掉了吧！”“阉”是个新名词，同学们不明白。

就有个爱求知的同学站起来问什么叫“阉”，这个问题很让老师生气，在他头上擂了一“毛栗子”，说：“回家问你大去。”（注：“大”是方言中爸爸的俗称）被擂的这位同学就带着乌青的疙瘩回家了，至于他回家问不问他“大”只有天知道了。那会儿家家都有一大窝孩子，好像没有谁会为孩子头上一个疙瘩到学校兴师动众跟老师翻脸，大部分都是叮嘱老师说：“我家那个不听你就打，没事！那小子三天不打上房揭瓦。”

认定了理在老师这头，回去一说，说不定换不来公道，还让家长修理一顿。我们这个谢老师据说是个练家子，练过大洪拳小洪拳。听说喝酒也不差，一顿干个斤把酒不成问题。常常看到他上课的时候面色红润，酒气醺醺的。

在掏洞去看飞机事件中，我也是被冤者当中的一个。他命令我们贴墙根站好，然后挨个打，先站好，运气，然后出拳揍小肚子。好在我们这一班大部分是军队大院的孩子，天生抗击打能力强，打了就打了，怎么办呢？只好采取敌进我退的方针。但我们隐隐地觉得我们的真命天子快要来了。

这个人很快就来了，在我们学期末的时候从乡下转来的。他十九岁才来上初一，膀大腰圆，名叫张为民，据说在家早就不念书了，在地里帮家里做农活。他也是随着他爹下放落实政策回城的，有一次他跟我们说在家里他能挑一百五十斤担子。说完了，看看手指头，又添上三根手指，自己又重新说了一遍有一百八十斤哦。他跟我们比力气时，只伸出两只胳膊由我们攀上，一边一个转圈，一扔就把我们扔出去了。大家把舌头都晾在空气中，倒吸一口凉气，心想哥哥啊，你该不是李元霸托生的吧？我们心中窃喜，不知道这两位神人甚时能到一起比比武。而且这个“李元霸”成绩之烂，给了他与班主任充分的对战机会。

张为民成绩之烂，可以说到了人神共愤的程度。谢老师打了他一共五回，每次张为民都被打得莫名其妙。老师用手指屈起来擂他头，这叫“爆栗子”。张为民用手捂着头慢慢坐下来，不时回头看谢老师一眼。谢老师又用手里的书猛掴他一下说：“看什么看？不服呀！”张为民只是慢慢地揉头。饶是张为民这么皮糙肉厚的一个人，脸也慢慢红起来，不像平时我们被打时只是含着一泡眼泪默默地坐下来，大家能听到他粗重的喘息声。火山爆发时不也是一股一股地往外冒浓烟吗？等打到第六回时，张为民的怒火像火山一样爆发了。他把谢老师的手一下子拧到后面，屈起他那捣蒜小擂子一样的手指头，在谢老师头上像敲木鱼一样狂敲起来。谢老师负痛不过，嘴里喊：“张为民！你放不放手？不放手开除你！”张为民只一个劲地擂，擂痛快了才放手。这就叫卷堂大乱，跟鲁智深闹了五台山的禅林一样。

下午谢老师不来上课了，我们这个班没人带了，“张大帅”一挥手说：“我们看飞机去！”我们又从那个墙洞钻到飞机场去，看教练机飞行。我们整整齐齐地坐在飞机场的草坪上，心中壮怀激烈。风中有一股浓重的青草气息。我们排着队跟张为民摔跤，他把我们一班男孩子全打败了。我看着张为民的一身腱子肉心想：年轻真好！教练机在机场的上空一圈一圈地盘旋着。天上整齐排列着鱼鳞云。

奎湖

奎湖在南陵县境内，那里离黄墩不远了。有一年夏天我在奎湖做测量工作，傍晚我常常到湖边偷鱼，端一盆衣服到湖边洗，手上暗系丝线，一边洗衣服，一边感觉有没有鱼咬钩。白丝吞饵时很谨慎，拖一点，吐出来，然后再吃。黑鱼则狠猛，拖了就走，泼刺有声。拖上来，把鱼往湖边的石阶上撞晕以后，从湖沿边拽一根蒲草，从鱼鳃里穿过来，甩打甩打回去了。晚上一顿好伙食。

这个地方是个圩区，湖很多，藕多，菱角多。小孩子放牛的时候头上都顶着一片大荷叶挡太阳。厨房的师傅老马，是个聋子。老马手脚慢，下午还要跑到外面跟人掷宝、吹牛、打麻将，六七点钟才回来烧饭。门口早已坐着几个饿鬼，可怜巴巴地望着老马，时不时伸头催老马，指肚子，张嘴，用手往里划。老马懂，但他装作不懂，抖抖索索地烧、剁、切。

炉子又不好，烟气从厨房里排浪一样涌出来。老马跑到外面喘气，咳得脸通红的，拿手在围裙上擦，然后骂炉子，骂天骂地，辱及一切动植物的姻亲。

实在等急了，我就到外面湖里游水。湖里有许多牛，载浮载沉的。牛经过一天的劳动，躺在水里长吁短叹地吹着水波，时不时还吃一两根菱角叶子清火。所以不管牛们游到哪里，嘴里都挂着几根菱角秧子，淋淋漓漓地滴水。

奎湖的菱角很多，多得一眼望不到个边。近处菱角叶子像一个一个绿色放射的星星，菱角叶下的水清得很。我有时就往水底钻，想象自己是条鱼，累了就躺在水波上。我的水性很好，可以躺在水波之上，把四肢伸开，一动不动地躺在菱芰和荷叶的包围中。四周是拂拂的水生植物的香气。

这时的天空颜色极好看，是一种紫罗兰色，薄薄的蓝。星星一颗一颗像点灯一样亮起来，天尚未黑透，星星只是薄暮的点缀，有一种说不出来的风度，人的心情更是难描难画，有一点忧伤。

天慢慢黑下来。顺手摘身边水中的菱角吃，初长成的菱角，俗称水红菱，真是一种别致的浅红，汁最清甜。这时躺在水中要认真听河堤上有没有人走路，这里常有提一盏马灯走夜路的人，大都是杀手——鱼和青蛙的杀手。他们的武器是一柄锋利的钢叉，晚上提灯来叉鱼和青蛙。这里的青蛙大得很，叫起来像狗吠一样，声闻二里多路。对于叉鱼人这种凶器我是有点害怕，于是赶紧唱歌，等于打个招呼：老哥！我是人噢，别忙甩叉子。我看过他们站在堤上甩叉子，极准！具有刀客一样的敏捷。这一小会儿工夫，我就不做鱼了，想象的世界就崩溃了，我头上顶着一棵菱角秧子从水中赶紧钻上来了，蹲在岸边抽烟。

叉鱼的人提着马灯越走越远，渐渐小成一团红点。老马围着围裙在喊："几头货，吃饭啦——"

江边纪事

一

十几年前我流落到长江边，住在江边一个水文观测站里。村里人都说我是一个要饭的，问食堂师傅说："怎么这个要饭的天天在你们食堂吃饭呢？"这话问得在理，因为食堂的伙食好得出奇，鸡、鱼不断。早晨在长江刷牙，晚上在长江洗脚。江汉岸边有个大沙场，隔不了几天，有一只拖轮把从江心吸上来的沙运过来。夏天的时候我常到江汉去游泳。顶中午时，太阳毒得不得了，沙地被晒得滚烫，我踮着脚走到柳树林里换衣服，远处传来轮船的汽笛声，抬起头见到江面上有一座巨轮庄严地移动着。

江鸥在浑黄的水面上欲停还止，它们从天空一个猛子扎下来，然后戛然而止，悬停在水波上面盘旋着，把红色的脚伸出来。江鸥的叫声有点像春季猫发情的那种异样叫声。我先自由泳，然后蛙泳，然后蝶泳，游累了换个仰泳姿势，躺在水面上，觉得广大的天空下，有一片水，和我一个人。天空中一大朵一大朵云彩慈悲地向西边飘过去。心底里有个声音在说：这就是江南了！

等到游好了，上岸发现衣服不知道被谁给拿走了。我一边单脚跳着把耳朵里的水控出来，一边向草丛里张望。我以为是同事拿的，等了好长时间没看到人来，心里恨得毒毒的，想等我抓住了一顿狠捶。等了一会儿不见人来，我只好穿着橘黄色游泳裤往回走。经过沙场时，人家已经上班了。因为鞋子被人拿跑了，只好像兔子一样走走停停。沙场有几个铲地的中年妇女看着我笑，其中一个说："多精壮的小伙子，你带回家可快活了！"边说边用胳膊肘撞旁边的一个女的。

旁边女的把扎在脸上的毛巾拿下来对我说："你裤子被杨小梅拿走了，这死丫头跑到上面的小卖部去了吧！"跟我说话的这个女的，有个绰号叫"一枝花"，她的本名忘记了，三十二三岁的样子。她男人是行船的，出事故死掉了。她有两个男孩子，大猫二猫。大猫和二猫常在街上的小吃摊前巡视，把手指头放在嘴里看，看完了折返回来再看。

"一枝花"男人死后，她就在沙场帮人拉沙子。这里驾板车拉沙子都是女人，相比较而言，拉沙算是比较轻省一点的活路。所以家家养一头小驴，或黑，或灰。有时睡到半夜忽然被一阵驴叫给惊醒了，驴鸣非常具有原创性，轻易就到高音C，一般是先抑后扬，最后叫得上气不接下气地呵呵，像一个老头子的喘笑才算结束。

后来读《世说新语》中说到谁谁，一个皇太子去吊一个朋友的丧，这个故去的朋友喜欢听驴叫，他就率先垂范了一下学了几声驴叫，然后让来的朋友一人叫一声，结果坟前驴声大作。怎么还有好这口的？驴是很犟的，比某些人老公还犟。我有一次给陈老师起了个绰号叫“三驴”，把他气得杀我的心都有了。

常常看到拉沙的小驴生气了，撂挑子不干了，好说歹说也不走，拿鞭子抽也不走，双脚像在地上生了根。驾车的妇女拿它没办法，只好把车停下来，由着它把气生好了，或者抓点料喂喂它。小驴心情大好，又开始叫了，如同火车上足了汽的汽笛，然后再驾上辕往前走。“一枝花”就在沙场帮人拉沙养家。为什么叫个“一枝花”？可能是因为她长得好看吧。依我这种不太高明的审美眼光来看，这个女人算是漂亮的。在如此生活重压下，还能有这么一种精巧，不得不让人惊叹造化之神奇。

她看人时眼睛有一种似看非看的神情，古人称之为“烟视媚行”。男的被这种眼神一看，如同电击，不晕也晕了，如萤火虫给蜗牛注射了某种神秘的毒素。沙场的女人喜欢混闹，跟开车来的驾驶员缠打成一团。胖大翠特猛，有回扒下我们单位老郑师傅的裤子要往他裤裆里塞沙子。老郑穿着花短裤，露出半扇雪白屁股一路疯跑。怪不得老郑人称郑黑蛋，也就剩屁股白点了。

“一枝花”不参与这种混闹，拄着铁锹在旁边笑眯眯地看。虽然有小驴，拉沙也是一件很重的活儿。特别是从江堤下把一车重载的沙拖上来，人畜合力要用到极致。可怜的小驴把头快勾到地上了，人把背车的挽带绷得笔直，人驴俱俯。后背上衣服早已泛出盐花，小腿上青筋凸出，簌簌地抖动。有一次我从江汉游泳回来，看到“一枝花”拉车上坡，她头上戴一顶像日本鬼子那种战斗帽，许多水泥厂上水泥的工人也戴这种可以连脖子围住的蓝帽子，脸上围着毛巾，毛巾的一角咬在嘴里拼命往坡上挣。我从坡底给她搭把手在车后推。上坡之后，她回头对我笑笑说："你在这里做事？"我说："是。"后来她常到我们单位来，据村里人传言说，是跟我们单位搞材料的孙老邪好上了。孙老邪一脸的麻子，笑起来特别邪恶。我跟他不对付，曾把他摁到地上狠捶过一次。我曾戏称他为老太太尿盆——就是个挨呲的货。

老邪住我隔壁，年龄差不多近五十了吧，一笑露出俩黄牙花子。现在想想老邪，我觉得他还是属于一个比较有喜感的人，人也不坏。这人说话极粗，有一次上面领导说他工作某处没有做好，他跟我回去路上骂骂咧咧地说："他嘴大，他是不养孩子不知道×疼。"

对于"一枝花"看上这种货色，我百思不得其解。有一回"一枝花"家后园的栀子花开了，她来看老邪，顺手在我的桌子上也放了一串，告诉我挂在蚊帐上好香。因为对老邪有看法，连带也不喜欢她这个人，连花也不喜欢，她前脚走我后脚就给扔了。

"一枝花"是打定主意要来迷老邪的，这一点是猪也能看出来。她就用这种很迷离的眼神看老邪，老邪被她看得受不住了，常常跟人表白说："为什么我单单进她的沙呢？人家孤儿寡母不容易，能拉一把就拉一把，对吧？"跟他说话的人被这种庄严的气场压着，只好点头。我那会儿迷诗，有一回晚上站在江边的高台上朗诵郭路生的诗："我要用手指那涌向天边的排浪，我要用手撑那托住太阳的大海。"老邪晚上从"一枝花"家回来，"一枝花"家门开了，又关上，把一束灯光又收进去了。老邪经过我的诗坛时大摇其头说："疯了！"

老邪给“一枝花”揽了不少业务。半年之后“一枝花”不拉板车了，来往沙船和沙场联系业务。我们这里工程结束以后，她嫁给一个沙船的老板。沙船老板跟老婆离了，娶了“一枝花”。前几年有个同事开车从那里经过，他回来跟我说：“你猜我碰到谁了？”我说谁啊？他说：“我碰到‘一枝花’了，现在在江边开了一家饭店，生意很不错。据说跟沙船老板也散伙了，说是老板对大猫、二猫不好，嫌他们是‘拖油瓶’。大猫大小伙子了，现在在店里帮他妈招呼客人了。”他说“一枝花”现在发福了，不好看了，见到熟人热情招不住，非要给他们这一桌免单。

我在江边的小杂货店找到杨小梅。她把我衣服搭在长凳上跟人聊天呢，见我进来，跳起来说：“哦，忘了！忘干净了！想着给你送过去呢！”我沉着脸抱着衣服跑到屋后的麻地里把衣服换上。杨小梅站在旁边催：“换好了吗？今晚船泊在这边，你到船上来乘凉吗？”我在麻地里说：“不去！”杨小梅说：“敢不去！不去，下次把衣服直接扔到江里去。走了！”

从麻地里出来，杨小梅已坐船过江了。下午跑到江边看人放鹭鸶混了一下午。放鹭鸶人的小船很好玩，他们把船顶在头上走到江边，后面跟着的人扛着根杆子，鹭鸶站在上面前仰后合的。

二

傍晚的时候，杨小梅端着一只钢精锅到船上来。她刚洗过澡，头发松松地绾着。我问她端的什么东西，她说刚烀好的包芦。这边称玉米为“包芦”，我老家称玉米为“六谷”。她说傍晚的时候看到一个老头在码头上卖包芦，剩了不少没卖掉，就买过来烀了一大锅。

我在船甲板上铺了一床席子，两个人一人坐一头大啃玉米。新玉米很香，有一股清甜的味道。天一点一点黑下来，先有一层黄晕晕的光，然后转为较深的普鲁士蓝。江岸上炊烟飘到船上来，有一股草木气。吃完的玉米芯扔到长江里任其浮沉，我说能漂到上海去，然后上东海，一路漂到外洋。杨小梅说哪里能漂那么远，沤也沤烂了。

江面上的暑气正在消散。一只上水船的柴油机轰轰地响着，我看到杨小梅嘴动，听不清她说话，船走远了，声音小一些了，我问她说什么呢？她说没听到算了，然后扭过脸看水面上正在消散的青烟。我盘腿坐着像达摩，达摩不也是一苇渡江的吗？哪天我也弄根芦苇试试。杨小梅屈膝而坐，手环绕在膝盖上。

星星一颗一颗地在天上跳出来，像一个个小人，喊到一声就往外一跳。只觉得天好大，船好小，人更小。人在江上，反而话少。看着船舷外汤汤的流水，风如夜游的哨兵轻轻卷动着船上的三角形旗子，甩打甩打的。远处船的探照灯有时晃过来，船上白刷刷亮一大片。

杨小梅问我，你打算这样睡一夜啊？没带被子？我说没带。她点一点头说：“你真行，我去拿床毛巾毯子给你。”她到岸上去了一趟，拿来一床毛巾毯子。我说真不冷，她说：“到半夜不把你冻得像死狗一样！”然后她把钢精锅在江水里涮了，说里面有沙，明天早晨再洗吧。

她坐在席子上，把下巴搭在膝盖上说，人干什么要结婚呢？我说结婚好啊！她问我：“你怎么不结婚呢？”我说我还没想好呢。“什么叫没想好？是不想结，还是找不到人？”我说是找不到人！她在席子上挪过来说，我给你介绍一个好吗？我说你做媒有瘾啊！她又挪回原位说：“我也觉得人玩几年好，结早了没意思。”我说：“你家那位长得不错呀，小书生似的，听不听你话？”她说犟得跟驴似的。

她说上次叫他陪我到马鞍山买衣服，买了一肚子气。一只萤火虫叮在船尾缆绳上，一明一暗。杨小梅站起来说我去逮萤火虫，我说别逮到江里去了。她在船尾转了一圈回来说：“咦，下露水了，我走了！明天早上你把毯子丢到值班室就行了。”

天哪！天上有无数的繁星。毛巾毯子有一股百雀羚香脂的香气，害得我打了好几个喷嚏。一夜无梦，睡到天麻麻亮，被船轰隆隆起锚的声音给吵醒了。这时船已离开江岸有一段距离了，得赶紧下船，不然一趟往返要一个多小时，上班要迟到了。我先把毯子塞在船上的值班室里，然后把席子往江里搡，一个猛子扎在江里，一边推着席子，一边往江岸上游。

轮机长站在船上破口大骂：“一大清早就来寻死啊！”我游到岸边，拎着水淋淋的席子，想想真背，大清早被人骂一顿不说，还把两只拖鞋丢在船上了。这一年夏天我穿坏四双拖鞋了，还不加上这双丢掉的。

三

秋天，长江水浅下去，许多地方露出了河床。轮船靠近江边时像一只找不到鸡窝的鸡，在曲折的航道中穿来穿去才能靠岸。江岸边有一片白花花的卵石滩，在秋日的阳光下，白得像一堆骨头。

我拿一架海鸥 120 相机靠在船舷上到处乱照，顺手给站在舷梯边的杨小梅也照了一张。她跑过来，说没经过同意不许照！说好到星期日穿好衣服，梳了头到镇上去照，说得我直撇嘴！那个破镇子，一泡尿撒三圈，有什么照头？

她拿过相机说给我也照一张，咯咯地笑，镜头老是对不准我，指挥我靠左靠右，就差没有蹲下、趴下。我老老实实站船舷边让她也照了一张，手里抓着一只草帽。脸黑，身上也黑，如果下雨天，一滴水滴到后背上，便顺顺溜溜地一直流到脚后跟，从这可以想象皮肤之紧致、黑和光滑。

长江和县这边一到秋天麻雀特别多，麻雀像云一样从江南移到江北。麻雀知道哪里有吃的，江北的田里刚割完稻谷，麻雀像一阵急雨，从这块地倾泻到另外一块地里。农村里的闲汉在地里张开翻网，一翻就是上百只麻雀落网。麻雀在网中左右冲撞，羽毛翻飞。镇上的馆子里好做油炸麻雀了。麻雀使香油炸了，然后浸在麻油坛中。客官要吃，一毛钱一只。用长竹筷夹出来，然后烩烧。味道嘛，想象一下。

杨小梅的爹是江边派出所的一个警察。她爹常常用猎狗一样的眼光狐疑地看着我。我觉得他对我印象不好，起因是我在码头上跟我们单位的四哥，一个劳改释放人员打架。四哥拿了把铁锹，我也抄了把铁锹，开始已经肉搏过一阵子，滚成一个泥猴儿，而且旁边还有人拉偏手，所以到哪里都要跟群众搞好关系呢。当地几个混混儿从旁拉偏手，打黑拳，饶是四哥这样的好汉子照样着了道，被打得鼻青眼肿，连路都走不好了。

旁边人看这架打得不善，到江边派出所喊警察来了。也是多事。其实这种打法，就相当于《水浒传》中好汉相见，都要打的。晚上在食堂门口排队吃饭，四哥跑到我旁边低低耳语：“你听着！这事没完。”我腾地无明火就上来了，愤怒像条大毒蛇烧得我一夜没睡好，早晨找到把斧头，挟在腋下，寻到料场，四哥的车子刚停稳，我举斧便剁。他一看，这回不是打着玩了，一时手中也没有应手的家伙，只好且战且退，后背早着了两斧子，鲜血横流。

他也是一个悍匪，忙乱中回手攥住斧头，两人相持不下。结果我被铐在派出所的椅子上，四哥包扎去了。最后单位领导来说项，说带回去严肃处理。我们那个单位级别很高，自己家就有派出所，头儿也是部队转业干部。后来派出所算是给面子，把人交给我们单位处理了。我被头儿领回来了。他跳着脚大骂，他骂人时有个动作很潇洒：骂完了就走一圈，走一圈回来再骂，然后把衣服抄在后面，像一只愤怒的公鸡。他问我：“你剁死他没有？”我说：“没有！”他说：“你怎么不剁死他呀？这样死两个，省我的心！”

中午四哥从医院回来了，在镇上买了卤菜还有酒。他笑眯眯的，弥勒佛似的：“兄弟啊！还弄不了？中午喝完酒接着弄！”“接着弄就接着弄，我还真不尿你。”我从食堂又买了几个菜，他有一只手受了伤，我给他把菜夹到一只碗里。他单手吃喝，啃卤鸭腿也不比我少吃。这人就是个浑蛋，弄得好什么都好，不好一下子爆炸了，而且还是个酒鬼，晚上的一顿能喝到烂醉，夜里胃烧得受不了，就在外面悲惨呻吟。老婆早就跑了，有一个女儿，四岁多一点，非常可爱。他到野外施工的时候，就把孩子托给他姐姐。自己在家的时候，也是滥喝。晚上女儿拖着东摇西晃的爸爸的手，叮嘱他哪里高，哪里低，一步一探往前走。我离开那个单位后，过了几年碰到一个同事说四哥翻车死了，他跳车，正好车往他那边翻，一下子压得扁扁的。女儿现在不知道跟谁过了。

基于以上原因，杨小梅的爹认定我不是好人，是个城里的小痞子，严禁他闺女和我一道出去。有一次杨小梅他们单位吃肉圆子，她还端着圆子走了好几里路送到我所在的水文站里去，弄得我在同事面前灰头土脸的，晚上被他们取笑了去。

有时她上集镇也让我陪她，站在水文站的石头墙外喊。她一喊，我忙找衣服穿，用点水把头发从左边抿到右边，然后飞奔出来，一路扬尘舞蹈。

一船人回来后，杨小梅已走了一大截子。她得防着她爹那个老毒物。杨小梅在县城里已说了人家，男的在供销社里工作，长得很秀气，皮肤白，过完年就要结婚了。集镇上也没什么东西，无非买几个柿子或者一大捧炒熟的花生，我裤子口袋深，左右两边装得满满的。

然后一路吃回来。她喜欢买各种扎头的头饰，令人费解，有球形的、菱形的、毛茸茸的、缠银丝线的。我问她为什么买这东西？她说好看啊！我看看觉得没什么好看的。她说：“有人说你是要饭的，是附近村里人说的。”我问她为什么说我是要饭的。她把身子往后仰仰地看看我说：“你穿得像要饭的！”其实我自己觉得还好。

我的一身衣服是个在海航的同学送的，屁股上打了一块圆圆的补丁。大概因为经常要钻进飞机肚里修理飞机，屁股上的补丁是防止磨破的。上身穿一件很短的蓝布夹克，只齐到腰带边。一顶破草帽，两边已经耷拉下来了，一跑起来，如同猪八戒的耳朵，呼扇呼扇的。

江边的人家每天清早到长江挑水回来吃用，水缸挑满了，放明矾淀一淀，泡茶也很好喝。许多人家有井，井水只用来洗衣服。吃喝都用江水。但有一次我对江水恶心了，在水文站的下面有个江汊，忽然有一天漂下个人来，脸埋在水里，人被水浸得走了形，一身黑色的褂裤，光头，年龄在五六十岁的样子，不知是失脚落水，还是什么其他原因溺水了。

江汊柳树林里的水缓，老头老是在水中转悠不肯走。村民把他捞上来，放在草地上，然后跑到生产队队长家请他拿个主意。村民在细细描述尸体的腐烂情况的时候，我正在队长家吃饭。队长挥挥手说："抬到山上埋了！×你们妈，正吃饭呢，恶心人！"我放下筷子跑到外面大吐特吐。队长说我胃淡，让老婆给我冲杯糖茶。

下午村民不知从哪里弄来一张席子把人一卷，几个人抬到山坡上挖坑埋了，还放了一挂小鞭。晚上我正吃饭呢，这两人又跑到队长家来了，大概是请教报酬和酒饭钱。我连忙端着碗跑到外面去了，剩下的饭泼给队长家的鸡吃了。晚上他们吃了酒饭之后，还到坟上给老头烧了点纸，山坡上有一点红光，最后几个人一路笑闹着回来了。

到了初冬季节，这里的测量工作临近结束。杨小梅的爹在县城给她找了工作，说帮人看店。我到南京去晒大图去了，她给我留了一张纸条，上面写了县城里的地址，下面叉手叉脚几个大字：“没事去玩！”有一个很大的感叹号。

我从南京回来，同事把纸条给我。他们还打趣我说：“杨胡子要招你当上门女婿呢。”杨小梅的爹有一脸的络腮胡子。吃过中午饭，我坐在码头边的铁链子上左右摇晃着，似乎在想心事，似乎什么也没想。远处江面上风烟俱净。年轻！心里不装事。十二月份，我就跟着测量队到皖南去了。

后来听到过她的消息，说是第二年嫁给小书生了，日子过得不错，盖了房子，生了一个女儿。再以后，供销社倒掉了，两口子在一起做高压锅生意，一路做到青海去了。估计这辈子遇到的机会不大了。再以后，就什么消息也没有了。哦，补充一下，第二年夏天，她到合肥来找过我一次，没有遇到。

我跟大扁头在外面摆象棋残局，我做“媒子”，混到杭州去了。最后大扁头要到云南去。腰里子没有，还敢往云南跑，我觉得这个事情不靠谱，就和他在杭州分手了。大扁头现在也是诚心善男子，天天在家教育他儿子要学好，绝想不到自己年轻的时候多么浑蛋！

食四味

咬蛇

老杨站在一只铁桶上，把仓库的大铁门拽开一条缝。他用一只眼睛往里瞅，目光穿过铁门的门缝看进去。院子里有许多断砖头，车前子、扫帚苗、蒲公英，还有几只烂搪瓷盆子、一只袜子，几张破卫生纸粘在砖头上。老杨在铁桶上谨慎地移动脚步，然后稍微踮起脚尖，摔下来可不是玩的。丁三在下面嘱咐他：“你把手搭在那个大铁环上，等会儿摔下来的时候，我好在下面接着你。”院子里除了这堆破烂什么也没有，有两堵红砖墙，一边拿黄漆写着“防火”，另一边写着“防盗”。老杨站在铁桶上嘀咕道：“什么也没有！丁三你听谁说院子里有条大蛇？”老杨站在铁桶上正好看见丁三的秃头，灯一样在阳光下闪光。秃顶的边沿上有点毛发，像一张破地毯散了边。丁三伏下身子也往门缝里瞅，说：“奇了怪了！好些人都说有蛇，怎么你一来它就不见了？”“肯定是闻到你身上的味了！吓得不敢出洞了。”

“放屁！我今天早晨还洗了澡，能有什么味道？”“厂里好些人都看到了，有锹把那么长。说是游的时候把院子里的草都扫倒了，就钻到墙边一个洞里去了。”丁三嘀嘀咕咕说。老杨说：“我怎么看了半天没看到？”丁三说：“你下来，换我上去看。什么眼神啊！”老杨从铁桶上下来，丁三撑着桶边，两只脚直踢蹬，也上去了。老杨恋恋不舍地把位置让给丁三，说：“是没有啊！人家骗你的吧？”“她们油漆班几个女的在楼上洗澡的时候都看见了，吓得跟什么似的，差点光屁股跑出来。”老杨嘴角抽气似的笑了几声。丁三说：“她们说跟小孩子胳膊差不多粗。”“哎！你说抓到了，是煲汤，还是清蒸？省得到时候又要吵架。”丁三说：“也不知道是毒蛇还是无毒蛇。无毒的不好吃，肉老柴柴的，不如煲汤算了。”丁三拽着门，认认真真地往里看。老杨说：“丁三，看到什么了吗？”丁三没搭理他，身体变得很僵硬，踮起的脚不由自主地抽动了两下。过了一会儿工夫，丁三从上面悄悄地下来了：“老杨，有了。刚才我看到它钻到洞里去了，明天傍晚的时候我们来堵它。”

第二天傍晚的时候，丁三在食堂先打了饭，菜没有买，他惦记着墙洞里的那盆大菜。老杨在水池边洗手，丁三走过去说：“哎！马上我们就从后面翻上去，我从木工班借了架梯子。别让张大个子看见了，这条蛇跟他亲爹似的。”老杨在裤子上擦干手上的水，就跟在丁三后面走了，一边走一边问：“丁三，你确定这蛇没毒吗？我要不要找副焊工手套戴上？”

“没事，这是无毒蛇。你没看到它尾巴是慢慢细下来的，不是三角形的头？就是家蛇，没事的。”

“你确定？”

“确定，咬死你我抵你一命！”

丁三说：“等会儿看到蛇回洞，你就光堵它就行了。别的你就交给我了，你看看我是怎么捉蛇的。”

老杨说：“可不敢大意哦！到底是我们吃它，不能变成它吃我们，你说对不对？”

两个人一边说一边走，老杨的影子高，丁三的影子矮。路上遇到人打招呼：“还没吃呢？”“没有，没有，出去找个菜。”老杨先上的墙头，骑在上面。过了一会儿丁三也上来了，丁三说：“趴低点，让张大个子看见就弄不成了。”两个人合力把梯子拉上来，在另一边放下来。还是老杨先下来，丁三下来后到洞口看了一圈说：“是出去打食了，还没回来。”“老杨你到门那边守着，不要让它从那边游走就行了。”老杨说：“这得等到什么时候？”丁三说：“好饭不怕晚，别说话，看惊了它。”

等了有一顿饭的工夫，老杨听到一阵“沙沙”的声音，像下雨一样。他把两只手扶在膝盖上，眯着眼睛到处瞅。丁三做个手势，意思是他已看到了，一切皆在掌控之中。远处草在晃动，像分水似的，一条黑色的大蛇迅疾地游过来。它大概也感到某种异样，一头就扎在洞中。外面只露出一截尾巴，丁三一把捞住，就开始往外拔，兴奋得变了声调：“老杨！快来，快来，我抓住它了！”倒拔蛇是最难拔的啦！尽管老杨和丁三奋力往外拉，蛇的身子还是慢慢往洞里滑进去。蛇的鳞片张开撑住洞壁，就算你是天生神力也莫奈何了。

丁三说：“老杨，你拉住。我来咬它，让它把鳞片松一松。”说罢，一口叼住蛇的尾巴，就往外拖。然后两个人跟蛇就这么来来往往像拔河一样拖，最后大概蛇也耗得没力气了，慢慢被他们从洞里拖出来。蛇也气得要死，心想你就那么想吃我？回头一口就咬在丁三的腮帮子上。丁三痛得一激灵，俩腮帮子一较劲，把整个蛇拖出来，用劳保皮鞋把蛇头踩住，掐住头部对着它大吼：“你还敢咬我！敢咬我！看我马上就吃了你，马上！”蛇扭动着缠在他的腿上、手腕上，尾巴痛苦地扭来扭去。

“丁三，咬哪儿了？”“嘴上，现在感觉嘴有点木木的。”

“不行！我们放了它，赶紧看医生去吧！”“放屁，好不容易才抓住的！”

他们两个从院子里翻出来。蛇还缠在丁三的手臂上，但已经没有什么力气了。尾巴梢像小鞭一样在丁三身上扑来打去。“丁三，你感觉还好吗？没事吧？”“啊！啊！我可能中毒了，你找根绳子把我腮帮子扎起来。”老杨解开皮鞋的鞋带子，扎在丁三嘴和耳朵之间，使蛇的毒气不往上走，然后说道：“不行，我们赶紧上医院去吧！别弄了，我都有点怕了。”“好不容易弄到的，等会儿我把蛇皮扒了，你来烧，我到医务室看看去。”

丁三和老杨拿着蛇往工具房走。这两个吃货常年在那边烧东西吃，里面有灶具和各种调味料。丁三把蛇钉在墙上，就开剥。蛇皮像丝袜似的被剥下来，褪到尾部。上面有些白色的菱纹，老杨问他这是什么蛇，丁三嘴里含含糊糊地说：“乌风吧！这蛇有点毒了。咬什么地方不好，咬到嘴上。”剥好的蛇肉很白净，近头部的地方是蛇胆，青色的一块。丁三用刀尖指着蛇胆说：“你等会儿把这个抠出来，泡在酒里。能明目！不行，我得到医院去一趟，嘴麻得厉害起来了！”“我陪你一道去吧！”“不要！不要！你接着烧蛇，等一会儿我回来吃。记得要切段煲汤，白汤味道最鲜，千万不要放老抽。不要跟我争了，我嘴都肿起来了，不跟你说了。”丁三从车棚里把自行车推出来，叮里咣当骑上去，又叮里咣当骑远了。

汤好了，奶一样白。老杨撒了点胡椒粉在里面。尝了尝咸淡，鲜得他浑身直颤抖。他解下围裙，到门外张了张。丁三还没有回来，如果回来早就听到动静了。工具房的走廊上有一盏黄灯，有时很亮，有时很暗。灯丝好像不行了，明天跟丁三说要换灯丝了。老杨隐隐约约觉得自己做了一件不好的事情，张大个子老说这条蛇是家蛇，不能吃的，吃了厂子就黄了。附近厂都倒闭了，就他们这个厂还死撑着，就亏了这条家蛇。现在他跟丁三又把它给杀吃了，而且丁三的嘴还被咬了。事情是没有什么大事，没听过“乌风”咬死过人的。

老杨搬了把椅子坐在门口等丁三，他哼起了《武家坡》的戏词：“西凉国，造了反！薛平贵倒做了先行官。两军阵前遇代战，代战公主好威严，将我擒过马雕鞍。多蒙老王不肯斩，反将公主配良缘。西凉老王把驾晏，代战女保我坐银安。那一日驾坐银安殿，宾鸿大雁口吐人言。手执金弓银弹打，打下了半幅血罗衫。打开罗衫从头看，才知道寒窑受苦王宝钏。”他唱到这里不由跌足长叹一声，“好丁三呀！你真是吃了大苦了！”

鳖精

《水浒传》第三回中，赵员外重修文殊院，鲁智深大闹五台山。鲁智深在禅床上倒头便睡，一旁的禅和子道："善哉！"智深喝道："团鱼洒家也吃，甚么'鳝哉'？"禅和子道："却是苦也！"智深便道："团鱼大腹，又肥甜好吃，哪得苦也？"

我看到这个地方犯了一点考据癖。鲁智深是渭州人氏，渭州在今天甘肃平凉一带，这样考下来鲁智深是不应该吃团鱼的，北方不产鳖，北方人更是不吃鳖。记得看过一本笔记小说里谈到北方人连螃蟹也不吃，有个北方人从南方带了一只螃蟹回家，全庄人奉若神明，把它挂在墙上风干了吓鬼。所以鲁智深不可能喜欢吃这个东西，如果一个人冒冒失失地把老鳖拿给他吃，恐怕会被他交裆踢着了。

我估摸着是施先生写到这个地方忽然馋虫上来了，想吃鳖了，就顺笔这么一提。施耐庵的老家是江苏兴化，水乡泽国。团鱼习见之物，当然知道这个东西如何才能烧好吃，施先生也是一个吃货，我看《水浒传》时常常被引动得口角生涎。如果他不是那么喜欢吃，怎么知道“庄家连忙取半只熟狗肉，捣些蒜泥，将来放在智深面前”。“吃”这个事情，是行家一伸手，便知有没有。这且按下不表，接着说老鳖吧。

甲鱼在我老家就叫老鳖，没有其他叫法。在另外一些地方，老鳖被喊成水鱼、团鱼、王八、甲鱼。总之是一样的东西。去年住在我家楼上的冯大叔，陕西人，跟儿子怄气，生了一场不大不小的病。后来儿子来赔罪，给他买了一只野生老鳖，说是给他补身体。他蹲在地上，伸着脑袋看鳖，奈何鳖头又不伸出来；有时装着不看它了，它倒把头伸出来看看。看见他执着刀过来，又把头缩进去。他不知道从哪里下手，就把这只鳖送给我了。我拿筷子先把老鳖的头逗引出来，然后一刀拿下。然后斩块，洗净血水。收拾老鳖的时候，一定记得把壳上面的黑膜揭干净，不然有一种土腥味。

红烧老鳖要放点腊肉，不然会发柴。在锅里放上菜籽油，入葱、姜、干红椒。蒜子稍迟再放，不然会烧化掉，就不好吃了。把斩成块的老鳖和腊肉放在锅里煸炒，煸到老鳖的水分稍干的时候，放生抽、盐、老抽、冰糖，然后转小火慢慢咕嘟着。香气从锅盖的缝中偷偷钻出来，看看周围没有什么动静，就在空气中恣意舒卷，八爪章鱼似的在你的嘴与鼻腔周围徘徊勾连。口水在口腔里左冲右突起来。味蕾一粒一粒竖起来，跟海里海葵伸出触角差不多。红烧老鳖记得汤汁一定要收浓，汤汁里面有胶质，吃完老鳖以后会觉得嘴被粘住了，要费力地张一下。实在张不开的时候，可以请人把上下嘴唇给扳一下，粘得再结实的嘴，扳一下也就开了。

我吃过的老鳖真不少。如果把我吃过的野生老鳖按现在时价折成钱,大概可以盖一栋小楼了。过去我们老家老鳖不值钱,还没有鱼的价钱高。有些东西是不能待客的,比如老鳖、狗肉。当地有一句俗语叫“狗肉不上席”。老鳖抓来后就养在院子后面的一口水缸里,水缸上面有个竹篾的盖子,防止蚊子叮。蚊子一叮老鳖就死了。我叔叔很会捞鱼摸虾,家里有扳网、抄网、鱼罩子、粘网、黄鳝篓子。涨水的时候,我拎着篮子跟在他后面逮鱼。水浅泥浑的地方,就飞奔回家拿鱼罩子,后来我在南宋的一张院画中看过这种罩子。鱼被罩住后,它会在罩子里发癫一般冲撞。这时罩子不要动,伸手进去抠住鱼鳃,往岸上一甩。摔它个头尾相就的,我就赶紧往篮子里装。

老鳖不好弄,出太阳的时候它们会三三两两在沙洲中间晒太阳。有一点动静就“扑通、扑通”跳到水里去,转眼就没影子了。我在沙洲上扒出过老鳖蛋,不大,像白色的珍珠粒一样。老鳖喜欢吃猪肝,切一块猪肝,用一根针扎进去,在针的中间系上线,一拉针会横过来。把系好的猪肝扔在水里,附近有老鳖出没的水塘里都下了钩子。钩子放下去后,在边上做个记号。第二天早晨去收,这要看运气,有时一只也没有,有时能钓个七八只。

贪食的老鳖咬住猪肝后,它就会往后拖。针正好横过来卡在老鳖的食道中,就把它钓上来了。还有一种捕鳖的工具叫鳖枪,在水边静静看,一点声音也不要有。只听到草窠子里各种虫的叫声,偶尔能看到一种叫“比比高”的鸟儿,在空中颉颃。刚才沉下去的老鳖又慢慢浮上来了,用鳖枪瞄准了,打出去一种像“万把钩”一样的子弹。这种子弹四周都是倒刺,一下子就把鳖甲给钩住了。这两种捕鳖的方法还属下乘。我们当地有一个异人,他只是顺着水塘转几圈，看看水色后，就跺几脚，然后直接下去捡，如探囊取物一样。因为捕得一手好鳖，人送一个诨号叫“鳖精”。

我跟我叔叔只要看到他转过水塘，就赶紧绕道走了。真是马伯乐一过冀北之野，而马群遂空。这人天生的王八对头！我叔叔说这个人得了捕鳖真传。他从不传人，连自己的儿子也不传，只是让他好好念书。他终年穿一双高帮胶鞋，很瘦，戴副眼镜。身上的衣服都洗得发白，很干净，后背上系着一只草帽，很少看到他戴。头上的头发，白的多，黑的少。他倒背着手在塘埂上慢慢地走，闲庭信步似的。看好一个地方后，他要轻轻地用脚尖在地上踮踮。然后骤然发力，“啪！啪”跺上两脚后，直趋水边，像拾东西一样，伸手就把一只大鳖给捡起来了。然后往篓子里一扔，玩似的。

“鳖精”会捕鳖，干农活却不行。他原是富贵根苗，家里开油坊。三县都有他家的地，家里长年雇工，好几十个人。农忙的时候还要另请人，栽秧，割稻子，家里几十桌人吃饭。他上中学那会儿，认识一个捕鳖的外乡老头，也是仗着家里有钱，天天破钞请老人家喝酒，要学这门手艺。老头都奇怪：“你一个财主羔子，金枝玉叶。学什么不好，学捕鳖？这玩意儿，杀生。我是没办法，为了糊口。你学这个干吗？”“鳖精”天天跟着老头，老头到哪儿他到哪儿，隔着几条田埂远远地看。老头长叹一口气说：“一人一命，没办法的事情。你回家跟你家大人讲，让他们来找我，如果你家大人同意，我就收你为徒吧！”他爹就他这么一个独苗，平常看得跟龙蛋似的。学捕鳖也不是什么坏事，我们这里老人常说“学会猪头疯，好过扬子江”，多学一门手艺，也不是什么坏事。“鳖精”在学堂里功课都是数一数二的，现在就想学个捕鳖也不是什么了不起的事情。就安排拜师，拿了几十块光洋给老头当学费，在当地一时传为笑柄。好在他们父子俩都有点特立独行，没把别人闲话当回事。

“鳖精”学会这门手艺后，倒不大去用。有时兴致来了，到水塘边跺一脚捡两个老鳖上来看看。他不喜欢吃鳖,他喜欢捕。他的快乐都在看水色、巡塘、跺脚上。捕上来如果看到熟人就送给人家，遇不到人就放掉了，像扔土坷垃一样扔到水里。解放后，他家被土改了。地和油坊都分了，他也不再是少东家了。过去逮鳖的时候，还有个人跟在后面帮他拿东西，从水里上来的时候，仆人马上递一块干毛巾给他擦手，帮他掸身上的草茎、泥块。现在仆人自己家都有地了，看见他不敢跟他说话，就垂着手站在一边，他也低着头，装着没看见。

后来乡下世道艰难了，买卖也不让做了，原来他还可以靠着镇上出租的茶酒馆过日子，眼看着就吃不上饭了。但他念过书，知识就是力量呀！他用肥皂刻了一方乡政府的印章，自己给自己推荐出去工作了。他想离家远一点，越远越好。到什么地方去呢？他找了一张地图闭着眼睛指。指到哪里是哪里，一指，哦，是重庆。那就到重庆去好了。

时也！运也！命也！“鳖精”在重庆混得不错。组织上考虑让他入党。“鳖精”害怕，一再推诿说：“我哪里够格！我还要严格要求自己，等达到标准我再申请。”第一年是这样，第二年还是这样。厂里人都说“鳖精”是个好人，识大体知进退。这样的人不进组织谁进？大家都努力推荐他，他红着脸力辞，说还要努力。明年吧，明年一准主动找书记。他请了几个介绍人喝酒，说明年我一定不辜负你们的期望。“鳖精”小心到让别人生疑心了，派人去外调，那不什么都明白了！还是他人缘好，没送他坐班房。只是开除了工作，变成一个地道的农民了。

三年困难时期，“鳖精”家一个人都没饿着，就仗着这门手艺。他家天天吃老鳖，烀着吃，炖着吃，炒着吃，蒸着吃。一天三餐，都让老鳖给吃惨了。据他儿子说，他跟老鳖对视一眼都会吐，一辈子都不想吃鳖了。他在学校胆子很小，别人把拳头一举，他就把头缩起来。看看周围没人了，大概没有什么危险了，才慢慢把头伸出来念书，发呆，盯着墙上的蜘蛛网看半天。网上一只蟢子正在结网，风吹破蛛网的一角，它从东边连连，西边连连。好多人说吃什么补什么，“鳖精”的儿子吃老鳖吃多了，连起、立、坐、卧也像一只鳖。

巢湖有什么好吃的

我老家处在巢湖的东北部。抗战的时候我们家祠堂还办过一个七县联中，是国民党的一个师长办的。朱天文他爹就在那里上过学。跟全椒、含山、肥东、和县接境。从我们村子往北边走，三公里外就是滁河。夏天傍晚的时候，常常看到人提着马灯和虾网往北边走，他们是到滁河里网大青虾的。这种大青虾现在很少看到了，虾壳薄得近似透明，头部有一个黑点，他们说是虾子的屎。虾子在清水里一曲一伸地游着。齐白石画的就是这种虾子。网虾子的人从门口走过，天就开始黑下来了，他们一边走一边咯咯啰啰不知道说些什么。新秧散发着一股清香。天亮的时候我起来了，又看到他们从北边滁河那边走过来，篮子里有不少大青虾，还有小鱼，上面盖着柳树叶。我奶奶就问他们："有小鱼吗？留些给我们家猫吃。"我们家养了一只花狸猫，没鱼不吃饭。小杂鱼不值钱，他们一倾就是半篓子。里面有马古桶、小白丝、棒槌、刀鳅。猫吃不了就给我吃，小杂鱼用盐腌了，在太阳下晒干了，一边晒一边翻。夏天苍蝇多，让小孩拿个树条子就坐在旁边轰苍蝇。不然苍蝇就会在小鱼身上下蛆，有了蛆就不好吃了。小杂鱼晒好后，吃的时候切大量的红辣椒和青辣椒放进去，放点姜，伏酱也放一点。就搁在饭头上蒸，很多菜都可以放在饭头上蒸，茄子、搅瓜，也有蒸小青菜的。蒸好后放点盐一拌，连油都省了。油是金贵的东西，我奶奶倒油的时候，如果瓶口有挂下来的，她就很小心地用手指头把油给抹回去。我们那边主要吃菜籽油，不够的时候掺点棉籽油。棉籽油真不好吃，有一股怪味，如果不把油烧得冒烟，吃了会中毒。

吃油最俭省的一家是我老婶的娘家。他们家要盖房子，所有能换钱的农产品都卖了。一家七口人就留了两斤菜油。两斤吃一年，怎么个吃法？油瓶旁边放根筷子，筷子头上扎根鸡毛。烧菜的时候把这个鸡毛在锅里一掸，然后把菜就下锅，吃油变成跟个仪式一样。越没有油水，几个孩子越是能吃，每顿饭都能扛个四大海碗，在油上省的钱又在饭上亏回去了。

巢湖菜有许多是放酱的。过日子的人家到了伏天都要做点酱，将霉好的蚕豆酱放在大太阳底下晒。傍晚的时候抄底翻一回，一直把里面成块状的蚕豆粒子都晒融了，酱也就做得差不多了！其实中国人做酱的历史是很长的，做酱的时候有很多禁忌。王充《论衡》里不是说："作豆酱恶闻雷！"一般做酱的时候听到天上打雷，这个酱算是做不好了，也不知道什么缘故。还有些人不管使什么法子，他或她就是做不好酱，俗称臭手！我老婶就不擅长做酱，我奶奶在世的时候，家里酱都是她老人家做。

晒好的酱用处太大了，简直是巢湖菜的灵魂！过去我们那边烧菜不大放酱油，一是酱油贵，二是吃不惯。酱钵子是厨房必不可少的调味料，比如蒸茄子，觉得青气，里面烩一勺猪油，放大量的蒜粒子，少许加一点酱，马上味道不一样了。蒸小咸鱼上面放一揪酱，临吃的时候用筷子翻抄一遍，鱼就有一种特别的酱香和腊香。吃的时候慢一点，仔细烫到舌头！喝酒就这种小咸鱼，一条小白丝能下一壶酒。肉一丝一丝的，细细在嘴里回味，每一寸都有意思。惯吃鱼的人，把刺用嘴角顺到一边。进去的是鱼，出来的是刺，连续不断。田里的菜瓜摘下来，晒一个皮条干，放在酱里酱着。篱落的刀豆带露摘下来，也放在里面泡着。紫花扁豆也放在酱里酱着。长豇豆洗洗晾干了也放在里面酱着。酱菜的时候一定要把生水晒干了，不然会把一盆酱带坏了。早晨吃早饭没有菜了，就到酱缸里夹几块酱菜，洗净了切切就是小菜。图省事，不洗也行。酱也是菜，褐色的酱汁在白粥里慢慢洇开，怪好看的。酱瓜粒子炒肉丁，过去是我家的拿手菜。自从我叔叔、婶子搬到广东三水去了之后，我们家这道菜也做不成了，找不到地道的酱瓜了。

还可以把杀好的鸡放在里面酱起来。冬天中午家里来客人，到邻家豆腐坊买块豆腐，切点腊肉，到地里拔点青蒜。从酱盆里把酱鸡翻出来，放在饭头上蒸。早晨从集市买回黑猪肉，也是裹上酱，油盐都不要放，就是放在饭头上蒸。油一点一点渗到饭里，米变得透明晶亮起来。饭煮好了，从锅灶里扒一点没有燃尽的木炭，把黄泥风炉点着了。家里堂屋一片青烟缭绕，做好的青蒜炖豆腐放在小泥炉上炖着，红红一点火。咕嘟，咕嘟。炒一点带壳花生，连篾筐子抬上来。主客相对要客气一番。哎！搞这么些菜，太客气了。

主人自然谦逊一番，都是些骨头，没什么好吃的，你自己动手！不客气！不客气。头三杯要干得净净的，还要把杯子倒过来让主人看看。我叔叔酒量大，冬天在家常把人给喝多了。有一回木匠上家来打家具，到了中午剃头的又来了。三个人坐地喝酒，木匠喝多了睡在打谷场的草堆里面，理发的倒在沟里，和泥带水睡了一夜，差点没冻死。

我们老家附近有山。山下的饭店很擅长治野味，野鸡、野兔。野鸡的骨头硬得像铁一样，如果不会烧的话，野鸡一点也不好吃。叉野兔，用三股铁叉。秋天地里收净了，藏不住东西。夜里兔子在地里找东西吃，都低着头，两只长耳朵摇摇晃晃的。看到人都把两只前腿提起来，并不马上跑，它要观察一下。人跟它走了个对脸，不要看它。执着叉子像没事人一样走一圈，然后就围着兔子转悠，每转一圈缩小一点。等到铁叉能够到它了，一叉过去准没跑。但这种捉法，兔子皮不能要了，被叉了三个洞。兔子身上有根骚筋，如果不去了这根筋，吃起来土腥味很浓，没办法下嘴。会弄的厨师他知道在哪里，三下两下就弄好了。我有一次请一个朋友到我们乡下饭店吃兔肉，据他说是他这辈子吃过的最好吃的兔子肉。

靠山吃山，靠水吃水。巢湖有一道名菜是银鱼蒸蛋。但是我不喜欢吃，我觉得味道寡淡，而且那么小的银鱼在鸡蛋液里排队一样地密集，会引起我的密集物体恐惧症发作。这种吃法倒不如我们老家的蒸蛋，就在里面放点酱，然后加点猪油。上面撒一点小香葱，春天的韭菜切成末撒在上面也行。夏秋的韭菜就不行了，“九月韭，驴不瞅”。驴都不瞅，况人乎？冬天早晨坐公交车，最怕车里有人吃韭菜饼。密闭的空间里那种味道，真是人神共愤。鸡蛋上锅蒸，看着表，十五分钟下来，又嫩又入味，不能蒸的时间长了，如果蒸到带孔，就说明火候没有把握好。我烧菜是看会的，没有用功去学。反正我奶奶烧的时候，我在旁边看一两眼。我奶奶烧鱼不喜欢煎很长时间，就是简单用油煎一下，然后就放水。慢慢炖，连黄酒都不放。顶多就是盐、葱、姜，说这样有原味。你是吃鱼，又不是吃作料。因为鱼烧得好，冬天塘里挑泥上田，塘里水车干了，逮来许多大鱼，就送到我奶奶家让她烧。鱼大吃起来非常过瘾，我坐在灶下烧火，经常跑去把锅盖掀一下。鱼块在乳白色的汤汁中上下翻动，发出一种诱人的香气，我闭上眼陶醉着，左右鼻翼扇动。“还不把锅盖上，看把味道都放跑了！”鱼烧好了，我先来一大碗。我喜欢吃鱼子，自己在锅里翻找，别人说鱼子吃多了不识数。我不听！妈的，果然长大不识数。上小学二年级了，还在扳着手指头计数。后来在银行上班，无论如何都数不清一沓钞票是多少。这都是让鱼子给闹的。

巢湖现在有点名的美食都是农家菜。最有名的是“瓦罐炖汤”。这种汤弄起来很费工夫，现在没有几家能做得地道。关键是好猪肉难找，过去讲究吃苍皮猪的肉。这种猪长得煞是可爱！身上白一圈，黑一圈，腿短，小尾巴圈成一个团。东边拱拱，西边拱拱。长得慢，百来斤重就可以出栏了。养这种猪不赚钱，家里吃不掉的山芋和剩粥有个消化末端而已。一天有几个放风时间，把猪从圈里赶出来，沿着田埂让它吃点野菜什么的。人又不知道它爱吃什么，不爱吃什么。走一会儿，随它自己挑选。吃得高兴了，它腿一叉当道来泡尿。它又会享受，起风的时候就在柳荫里睡一觉。这样长胖了，吃它不是应该的呀！现在引进的洋种大白猪，不好吃不说，还怕蚊子，蚊子一叮，身上还会溃烂。现在农户都不愿意养猪，我老家的猪圈现在基本上都改堆农具和杂物了。不知道这种花猪品种还有没有了？如果连这种当地猪的品种都没有了，瓦罐汤我估计也地道不到哪里去了。

瓦罐汤据说是巢湖一个小媳妇发明的。你看费孝通写的《江村经济》中，在乡下做媳妇是非常痛苦的，哪怕想和自己的孩子、老公吃点好的也没有自由。如果藏在自己屋里吃点好的，被人看见了，就要引起家里一场轩然大波。说这个小媳妇有一天想在家做点肉食，忽然老公公从地里回来了。她慌得什么似的，就把肉从锅里盛出来往罐子里一倒。又找不到藏的地方，藏哪里都不合适，只好塞在灶膛里，中午照常烧饭，烧水。晚上也是烧饭，烧水，找不到拿出来的机会。就这样在灶膛里搁了一两天，后来趁家里没人的时候，把罐子盖一揭，差点香翻一个跟头。

做这种巢湖瓦罐汤，除了有好猪肉外，还得有好火功。煤不如柴，柴不如草。过去我在家里看我奶奶做瓦罐汤，是用一种小口泥质的罐子。肉切成方形块，就把瓦罐的口用黄泥封上。每天烧完饭后把火压住，让它保持奄奄一息的状态。然后用火叉把罐子放在灰堆上，就这么煨着，也不管它。锅里烘着的锅巴发出悠悠的焦香，等锅巴不结底了，顺边把它铲出来。凉凉了就变得非常脆，一块块装在饼干桶里，也能垫饥，也能当早点。早晨上学如果赶时间，就抓一把锅巴泡泡。里面放点盐，放点猪油。讲究死了！这种小罐子炖肉要在小火上煨一两天，看着没有什么热力，但食物中的精华一点不漏地压榨出来了。汤清得跟水一样，肉在里面载浮载沉。倾倒碗里，把炕得焦香的锅巴放在汤里，泡个半透。好，你开始吃！这下子不想家了吧！

花生米与鱼

我有一个朋友离婚后热爱上了烹饪。老婆走了，没有人给他烧吃的了。起初他在外面买着吃，饭是会煮的。他的前妻在锅里曾经做过一个记号，淘两罐头米，放多少水。东北大米放到哪里做一个长记号，籼米放到哪里做一个短记号，杂交米放到哪里画一个圆圈。水就按她做的记号放，保管错不了。他把米淘上，放水的时候又看到这个记号，眼泪就下来了，捧着锅呆住了，然后就哭倒在地上！他锁上门到街上吃。

离他们家不远的地方有个烧饼炉子，炕一种叫“朝牌”的烧饼，形状像上朝大臣拿的朝板。烧饼在案板上做好后，用刀浅浅划数下，上面撒上芝麻，贴到炉壁上。炕烧饼的不吃烧饼，中午他老婆给他送饭，一碗煮得暄松的白米饭，饭上面有几块油浸浸的咸鸭、一根泡红椒，还有碧绿的白菜。炕烧饼的从围裙里掏出一瓶二两的“红星”二锅头就喝上了。喝一口，发出一声幸福的叹息。喝两口，发出两声幸福的叹息。然后夹一块咸鸭咬一点点肉，再夹一筷子白菜。这个人吃菜很细，他喝好几口酒才夹一筷子菜。一边咀嚼着，一边跟他老婆说话。他老婆在旁边帮他看着火，一边回头跟他说："中午少喝点，上次把一百当五十找给人家了！晚上我买了一个鱼头，做鱼头豆腐吃，晚上喝点不耽误事情。"炕烧饼的把酒瓶举起来看看说："不多，一两还不到呢！"我那个朋友看得眼睛喷火，恨不得像鲁智深一样抢过来就吃。

"买两块烧饼！"

他老婆看了下说："烧饼好了。"炕烧饼的放下酒瓶子，把手在盆里浸了水，伸手进去掏烧饼。掏上来放在案板上，散发着馥郁的芳香。炕烧饼的大约看到他馋虫在蠕动，他说："趁热把烧饼从中间剖开，到隔壁许老三卤菜店，称上个二两卤猪头肉往里面一塞。搞两杯白酒，味道不晓得有多好！"说着拿刀把烧饼从中间剖开，然后往旁边一指。他捧着两块腾腾冒白烟的烧饼，在许老三店里夹上了猪头肉，一边吃一边往家走。他用一只手拿着烧饼，一只手护在下面。烧饼上掉下的芝麻和猪头肉碎屑都被他接住，他不时停下来，把这些零碎又塞回口中，真是颗粒归仓呀！这时他发觉那种对前妻不可遏制的思念开始退潮了。吃是一味疗伤的好药。我以前看过报纸说一个女的失恋了，就狂吃快餐，结果吃成一个大胖子。我们这里的老人如果看到一个远方的游子思乡，涕泗滂沱的时候，也会劝他吃点东西，"吃饱了就不想家了！"如果这个游子听劝，他就吃，吃一点好味道的东西。吃到坐在那里打嗝，血都跑到胃里参与消化去了，脑部缺血，所有的思维活动就停止下来了。脑子里一片空明境界，好了！这时候他什么也不想了，他的眼睛像失了焦似的，看着一个无限远的地方，神情像一个罗刹国的诗人坐在马背上一样，似乎在想什么，似乎又什么都没想。如果是冬日，最好旁边有一炉火，有一只搭脚的凳子。双手环抱在肚子上，把脚跷到凳子上，你像一只大蟒吃了一头黄羊，现在你要用很长很长的时间去消化这头黄羊了。

离婚那个时间段里，是一个味觉上的探险与试验之旅，他吃遍了他家方圆五公里之内的烧饼摊与面馆、小饭店，得出一个结论——还得自己烧！猪头肉夹烧饼吃久了也不行，上火。嘴肿得猪拱嘴似的，吃黄连上清片、喝莲心茶清火。面也不行，天天面，腿都吃软了。好的面总要十多块一碗，里面还没有几片牛肉。吃完了这几片牛肉之后翻翻下面，都是红得像血似的辣椒汤。这东西怎么克化得动，下面的“菊花”这几天隐隐地痛起来，痔疮怕是又要发作了。火不上行，必从下泻。苦难日子刚刚才开了个头。那几日他挨蹭着走路，高抬腿轻落步，五官扭曲跟巴黎圣母院的卡西莫多一样。他自己觉得都应该弄面锣，一面敲一边行，且行且喊：“我是个倒霉的大麻风哟！都离我远着点！”夜里他痛醒过来，扶着屁股到处找药。马应龙，马应龙在哪里呢？原先剩的有一管子呢？他在老婆放家里常用药物的储物盒里找到一管没开封的药。背对着穿衣镜，自己摸索着给涂上了。疼痛好像减轻了一点。他想这不行，无论如何还得自己烧菜、烧饭。这样在街上胡吃，早晚会把自己吃死掉的。

他喜欢喝酒，下酒菜总是一盘油炸花生米。就从油炸花生米开始学起。第一盘焦煳，散发着投过燃烧弹废墟的味道。尝了一口，苦！苦过之后有一种奇妙的香味，毕竟是自己做出的第一盘菜。喝了一两酒，把盘子里的花生米吃个罄尽。最后一粒夹了几次没夹上来，如急流中的树叶团团转。用手指捉住它，迎着光看了它半天，那种丑形怪状的样子，浑身黑乎乎的，像兰姆写的伦敦扫烟囱的黑小子。他没舍得吃，把这粒煳花生米放在桌边上的白瓷碗里。第二顿又做了一个油炸花生米，没炸熟，咬在嘴里面面的，有一股生花生味，但比炸过火的好吃。他觉得自己又进步了，于是浮一大白。把最后一粒花生米又请到白瓷碗里陪那个黑小子坐着。

终于有一天，苍天不负有心人！隔壁的李老奶奶实在看不过去，传他一个秘诀："炸花生米要冷油下锅，小火翻炒。炒得噼里啪啦响的时候，不要急着端下来。这时候端下来，火候不够，花生米不香，稍微等一会儿，等花生在锅里不响了，立刻关火，凉凉。""然后呢？""然后，吃去吧！还有一种炸法，宫保鸡丁里面花生就得这路炸法才正宗。"我那个朋友本着孔老二进了太庙"每事问"的精神："只要好吃，我不怕麻烦。孩子都让她带走了，现在我有的是时间。"李老奶奶说："你老婆以前就是太惯你了，这么大个男人油瓶倒了不带扶的，现在好了，抓瞎了。不说烧什么馆子里的大菜，家常菜总得要会烧吧，天天等着吃现成的哪行？""您接着说宫保鸡丁里面的炸花生米怎么做。""起一锅油，小火加温。把去了花生衣的花生米放在温油里炸。""生花生米怎么去衣？""拿开水烫呀！开水烫了之后晾干，温油炸。炸到象牙黄时就好了，有板栗子味道。"试了几回，成功！

然后学烧鱼。第一回鱼是鱼，刺是刺。如同乱军阵上，杀得敌我不分。第二回，鱼在油锅里被揭去一层皮，神散形不散。一碟油炸花生米，一条“扒皮鱼”下了二两酒。酒醒后到菜市又买一条。鱼买回来，养在水里。又问李老奶奶曰：“如何皮不烂？”李老奶奶说：“要热油，温油粘锅，切记！”又说，“头前带路，我要看看你买的鱼。”他把盆端出来，鱼一泼刺，溅了李老奶奶一脸水。李老奶奶对着鱼相看了一会儿说：“刮鳞，抽掉鱼两边的筋（实际上是鱼身两边的黑线），刮去肚子里的黑膜。有先煎后烧法，还有一种方法最简单又非常入味。难的你也学不会，就学简单的吧！在锅里放水，水里放油、料酒、姜片、老抽、醋、盐，然后直接把鱼卧在里面烧，快好的时候放小香葱就行了。”两道菜学会了，吃不腻，天天油炸花生米、红烧鱼。我尝过一回，确实不错，什么菜都怕天天做，最后这两道菜真做到万人不及的程度。连隔壁李老奶奶尝了，也不由得赞叹说：“吾不及也！”

现在他又结婚了。据说谈恋爱的时候，他给女方做了两道菜：一碟油炸花生米，一条红烧鱼。他现在的老婆当时就芳心暗许了。这样的人不嫁嫁给谁呢？

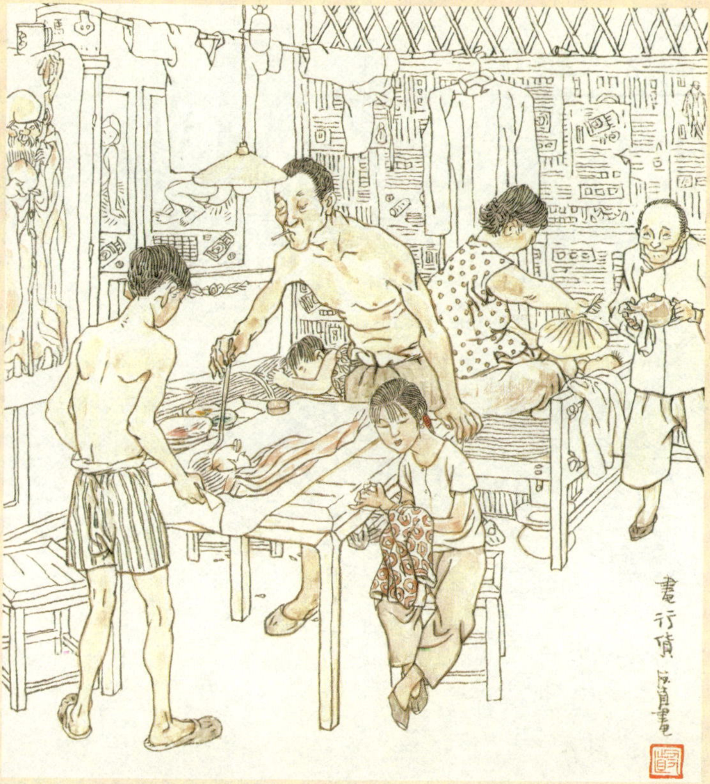
畫行貨

擺渡舢舨
友直畫

大裁缝
一九九八年十二月

黄牛

玻璃杯
一九九九年二月友直画

腸湯綫粉

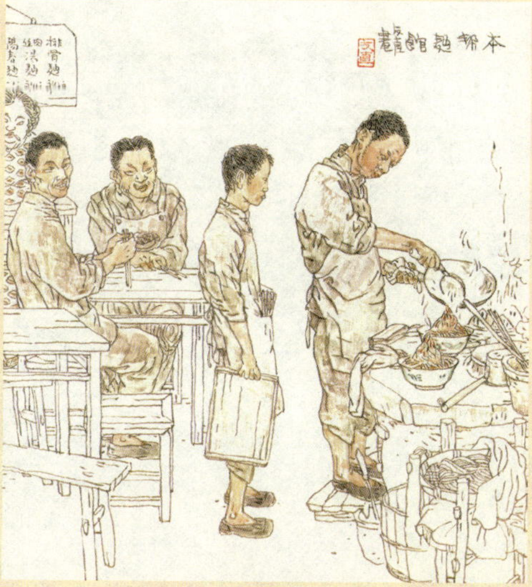
本幫麵館
排骨麵
陽春麵

小书摊

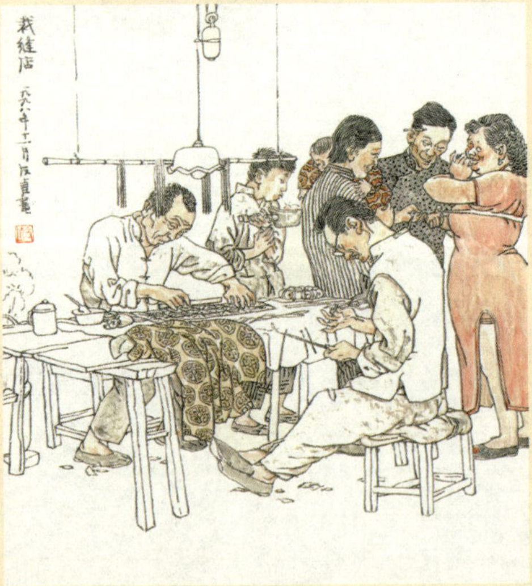
裁缝店
一九八六年十二月友直画

赌台
贺友直画

大減價
倫昌洋呢綢
外國吹打 之二
友直畫於

素鸡、牛肉、茶叶蛋

冬天夜长，喜欢读两本破书的人有个毛病。夜里想讲讲，白天想躺躺。忽然抬起头一看钟，快一点了。想睡觉又觉得胃里空落落的，不吃点东西这漫漫长夜怎么打发嘛。煎、炒、炰、炸嫌麻烦，泡碗面卧个鸡蛋，一顿两顿还行，久了，嘴里要淡出鸟来。过去冬天夜里有走街串巷挑担卖夜宵的，现在说起来有点像白头宫女说玄宗，好像是几百年前的事情了。这些小贩天擦黑出来，在街口站站，巷尾站站。支一两张小桌子，把矿石灯点上。矿石灯燃烧时会散发出一股臭气。这不是上人的时候，老板抱着膝盖，嘴里叼着香烟，烟灰自落，一副很超然的样子。他们的生意要到九点十点钟以后才会好。

照顾他们生意的人，有下夜班的工人，有打麻将晚归的闲汉，也有痴男怨女，当然也有馋人。人在家中坐，梆从天上来。忽然听到外面传来梆子"嗒——嗒"的声音，嘴里立刻想吃点什么，不然就有点活不下去的样子。从楼上伸出头来喊："卖馄饨的，来一碗馄饨！”挑担子的立刻把挑子放下来，立在楼下等。楼梯里“扑通扑通”地响，然后是“轰隆”一声，然后一个搪瓷缸盖子从楼道里滚出来，先于人到摊子前。老板捡起盖子静静地等着人出来。最后是人出来了，一只手端着没了盖的搪瓷缸，一边呼痛一边喊曰：“来两碗！哎哟妈！差点摔死了！”馄饨下好了，老板问：“胡椒撒点吗？”“葱花要不要？”端着搪瓷缸一拐一拐往楼上去，公母俩在台灯的一圈黄晕晕的光中头抵头吃馄饨，像密谋什么似的吃喝着。过了一会儿，听到楼下安庆腔调的叫卖声：“——馄饨水饺来——馄饨水饺来！”有一次晚上我喝多了酒，晃到家里快十二点了。看到馄饨摊子上老板垂头而睡，心想给他发个利市吧！

我说：“老板！来碗馄饨——”他在睡梦中睁开眼睛说：“哦哦，大碗小碗？”“小碗，多放汤！”馄饨下好后，他小心地把碗放在桌子上说：“烫，吹吹。”我一边用勺子在碗里搅着，一边跟他闲聊。我问他：“怎么安庆有那么多做馄饨的？跟福建千里香馄饨有什么关系吗？”老板把一条腿搭在另一条腿上，侧过身来诡秘地跟我说：“我告诉你，你可千万别跟人家说哦！千里香馄饨跟安庆馄饨师出一门，都是从安庆开枝散叶传出来的。话说明朝万历年间，安庆府有兄弟两人，原是官宦人家的子弟，家里都讲究吃喝。家里养的有手艺极精的家厨，荤的讲究吃‘鞭杆黄鳝马蹄鳖’，素的讲究吃‘杨花萝卜花下藕’。更有一门手艺是街上饭馆望尘莫及的，就是捏馄饨，小馄饨捏得像水晶似的，皮薄得像纸一样。荤馅的从外面看粉嘟嘟的，素馅绿莹莹的。后来家里老爷不知道怎么恶了九千岁魏忠贤，满门抄斩。家里上下八百多口就跑出兄弟两个，这兄弟两个除了吃，旁的手艺也不会呀！哦，会捏个馄饨。老大、老二远走江湖避风头。就靠这门手艺在外面糊生活，后来老二走散了，不知道怎么跑到福建去了，开了个小店叫‘千里香’。

“后来朝廷给他们平反昭雪了，老大回到安庆，除了做馄饨，另外还学了一门手艺就是做包子。早上做包子，晚上做馄饨。你看现在全国做包子的大部分都是安庆人吧！你不要小看我这个担子，西边到过青海，南边到过深圳，东边到过上海，北边到过北京。现在我老了，懒得跑了。儿子在合肥做包子，也买了房子。我现在白天帮他看看小孩，晚上出来找两个，自己零花花，也贴补贴补他们。”

因为有这么传奇的经历，后来晚上我常常去照顾他的生意，直到有一次吃坏肚子。我当时觉得馅的味道不大对头，捞起一只馄饨对老板说：“你这个肉是不是坏掉了？”老板把胸脯拍得山响：“我走南闯北，东西卖给天下人吃，凭的就是良心！我家卖的馅都是自己选肉，自己剁，自己拌馅。你放心！吃坏了我包赔。”我就信他了，把 碗馄饨吃得一个不剩，夜里肚子像刀绞似的痛，从床上爬下来找药，连吃了好几片黄连素也没止住。夜里没怎么睡，守定抽水马桶没动窝。

我不能说过去的小贩有多好，但印象中我没有在街上吃坏肚子的经历，也许是那时肠胃功能比较好。我记得夜宵中最常见的除了馄饨、水饺以外，还有素鸡、卤牛肉、茶叶蛋。有的时候夜行归来，可以沿街就担子上买一份。那担子在矿石灯朦胧的灯光里，冒着蓬蓬的白烟，散播馥郁的香气。一份共有三种：一块牛肉、一片素鸡和一个茶叶蛋，都装在一个铁盘中，浇上煨牛肉和素鸡的卤汁，因而芳香之中透出鲜味，咸甜适口，正宜空口吃。特别是再撒上白胡椒粉，更加吊胃口。

牛肉要地道黄牛肉，素鸡要用百叶自己卷制，鸡蛋自然得新鲜。说是夜宵，其实上街并不很迟，五六点钟就出来了。有些老酒鬼早早等在街口，称上半斤带壳花生，买上一份夜宵当作晚上过酒佳肴。有些人成了小贩的老主顾，常常带着碗上门买，那又会得到点优惠，如多给点卤汁，或是给挑个头大点的鸡蛋。这些东西其实做起来也并不复杂：素鸡可以买现成的，如果自己买百叶，自己捆扎，味道自然要好得多。现在市面上卖的百叶粗粝得很，不知道是不是豆腐皮挑得太多的原因，吃到嘴里粉渣渣的。素鸡扎好后，要下油锅煎一下。切成七八毫米厚的片，下油锅炸至浮起捞出，沥油后泡在清水中，使它回软。

牛肉洗净，加葱、姜、黄酒、盐和水一同下锅，大火烧开后撇去沫，改成中火再煮半个钟头，捞出肉过凉水浸凉洗净，改刀切成如同素鸡一样大小厚薄的片，然后用砂锅卤料（如八角、桂皮、小茴香、豆蔻等，或者用五香粉装布袋），加入刚才煮牛肉的汤，盖严后小火焖煨一个多小时。此时味已醇和，下入回软的素鸡再同炖半小时便成功了。吃前加点味精。其中各种调味料的用量，按自家口味配用，倘用于白口吃（如下酒）可稍淡些，用于下饭则不妨口味重一点。用糖以甜不出头而回甘为最妙。

茶叶蛋可单做，煮熟敲壳后加入八角、盐、糖和红茶（装袋）同煮。有人喜加酱油，也不妨；有人用绿茶或花茶，也行，反正总要以方便为佳。如果找来找去又找不到，把厨房里翻得一塌糊涂，慢慢也就失了吃的兴趣。这些夜宵特别容易做，反正在我的手里，一次都没有做砸过。在冬天夜里，每每在写字、画画的时候可以一解馋吻。因为易做和好吃，我外甥常常借口看我画画，总要溜到我家里来找吃的，灯下相对，吃得眉开眼笑，用他的话说："我们俩像夜里活动的老鼠。"

胡适一品锅

上次不知道谁说的，上海菜的祖宗是徽州菜。他拍着手对我说："浓油赤酱嘛！论油大，什么地方菜有徽州府菜油大？论色，谁有徽州府的菜色重？"说到徽州菜油大，我是有切身体会的。二十世纪九十年代初我到皖南，第一餐简直被食堂大师傅的烧菜用油惊呆了。他烧的红烧鸡简直就像浸在油中，鸡在黄黄的油中露出冰山一角。我看看别的同事捞完鸡块后，用油把饭拌拌，很香地吃下去了。下巴上都是淋淋沥沥的油，然后用手一抹。我一阵恶心，就捧着饭盒去找食堂师傅，我说："师傅，菜味道是很好呀！"他叼着香烟，一说话烟灰往下直落。他说："有什么事吗？"我说："菜里油大了点，能不能少放点油呀？"他把眼睛一横说："不爱吃滚蛋，自己上外面买着吃去。×你妈！"话音未落，我从卖菜窗口钻进半个身子就要够炒勺往他头上打。后面人拖住两条腿把我从窗子里面拽了出来，我说："怎么啦！不就跟你说油大点吗？哪来那么大火气！"旁边人七嘴八舌说："我们都吃得挺好的，不油，不油。等你在这边住上个把月就好啦！”

这时候厨子也从厨房抄把菜刀出来，要跟我放对厮杀：“天天烧给你们这些货吃，不承情罢了，还要打人，来来来，怕你是小妈养的！”早有旁边围观的人夺下他的菜刀，然后起哄道：“不能动兵刃，就你这身肉压也把他压死了。”大夏天烈日之下，众人站开一个圈，我跟食堂大师傅矮下身形，互相寻找破绽。本着输跤不输把的精神，我拽了他两下，想给他来个扫腰，直接把他扔出去。谁知这厮是个武学奇才，手上滑不溜秋，根本抓不住。后来知道全是油。有一回好不容易把他脖子搂住了，准备弄个抱颈摔，结果滑到头上去了。厨子的脖子和头不分，粗细都差不多，加之一头是汗，一滑就从我的胳肢窝里滑出去了，倒把我弄了个狗抢屎。不是我来个鲤鱼打挺，好悬没让他一屁股给蹾死。后来他飞腿踢我，把一只油渍麻花的烂布鞋踢过了人家屋脊，落到猪圈里去了。加上旁人解劝，我们俩气哄哄地各自回屋去了。

不过就这样打过一场，厨子跟我说话也和气了。晚上打牌的时候他站在我后面看牌，嘴里逼逼叨叨地说：“皖南这个地方水剐人，你不要住长，住半个月，你比他们还馋，吃点油水都不知道跑哪里去了。你们看我胖就以为我是吃的。我是烟熏的呀！油烟熏的。”其他打牌的人附和道：“人家一大早上，我们还在睡觉的时候他就起来烧粥、配小菜，你当他容易呀！就是他偷吃一点也是应该的，我们也不眼气。再者说了，‘厨子不偷，五谷不收’。”他在我后面说：“你哪只眼睛看到我偷了？再说我家在城里，我也不能为块肉特地往城里跑一趟。”有个人说：“那你去年不搞了一铁桶猪油回家了，白花花的。你当我是瞎子吗？”其他打牌的人嫌烦说：“不行你俩出去打一架，吵死人了！”厨子想想一天总不能打两架，影响不好，就没有吱声了。厨子家是屯溪附近的，从我以上的描述中可以想见他的烧菜风格。吃了半个来月后，我也适应了他这种重油重色的菜了。因为每天的浓茶和繁重的体力劳动，把吃到肚子里的油水扫荡得一干二净。

到了冬天，食堂吃饭的人少了。有些人调到其他工区去了，留守的有七八个人。厨子天天闲得蛋疼，没事跟我后面上山刨树根做根雕。我刨出来相一相像龙爪，或者像老梅虬枝，就塞在麻袋里。他不帮忙，就在旁边瞎转。有的树根根系很长，要刨一个上午，还没有理出个头绪。他性急就一拽，把根拽断了，不美了！我说不要你帮忙，你下山烧饭去吧！他说我都做好了，晚上吃锅子。胡适一品锅！“什么东西？”“妈的，就是火锅嘛！跟你们在外边吃的不一样，一吃你就知道了！”

山里晚上黑得早，太阳一落到山后，天就忽然黑下来了。附近的黄狗、黑狗，还有花狗，大概闻到今晚食堂要吃好的，就跑到门口来巡逻，看到人把尾巴摇得飞快。你要一摸它的脑袋，它简直要把头低到尘埃里去，还开出一朵花来。花狗最坏了，如果你老不理它，它就朝你肚子上来一口。食堂里厨子弄了一炉烈火烧得正旺，人坐在炉子旁边，身上感到热烘烘，脸上烫得发烧。炉子上坐着一口大号铁锅。上面一层是酱红色的五花肉，颤颤巍巍在汤中抖动着。下面的汤咕嘟咕嘟沸着，仿佛正吟唱着一首对烈火感恩的歌——“你成就了我！你成就了我！”厨子怕外面人先动手坏了规矩，一边在里面叮叮当当弄着什么东西，一边喊着："等一等哦！你们不会吃，等我来教你们。我跟你们说，哪个先吃哪个变猪哦！"

过了一会儿，他托着一个白瓷盆从食堂里面扭出来。肥腰扭得可款式了，一边扭一边报菜名："香辣白菜心，解腻的！""就你够腻的，晚上强奸你！"他抛了个万人倾倒的眼风过来。灰白色围裙里塞了一瓶白酒，他一边拧瓶盖一边说："别乱动！听明白了再吃。话说这个胡适一品锅——""滚！""吃这个锅子要一层一层吃，不要乱翻。次序乱了，翻得乌七八糟的就不好吃了，现在——吃吧！"胡适一品锅荤菜放在上面，素的垫在下面。通过热气熏蒸和煨炖，使上面的油脂和鲜味慢慢浸透到底下的蔬菜里面去。袁子才不就说过吗？烧菜也没有什么了不得的，无非是"有味使之出，无味使之入"罢了。隆重的胡适一品锅可达七层，猪肉、鸡、鸡蛋、蔬菜、豆腐、海米、油豆腐果子。如果还有好材料，尽可以往里面码放。比如笋衣、笋干、干豆角、蛋饺子，还有一种豆腐皮裹肉馅的长方形饺子。码好后，先用猛火攻，然后端到烈炭火上慢慢煨炖，中间要用勺子把锅里的油汤浇淋在食材上面，使味道保持均匀。最后五花三层的猪肉夹到筷子上，似乎有一种弱不禁风、不能自持的样子，一品锅就算是好了。

上面的荤菜就不说怎么好吃了，下面的肉边菜才是这种火锅的精华。什么叫语言乏味？在美食面前，除了吃以外都是废话，筷子头就雨点一样落下来。厨子一边劝酒，一边左右劝人："慢一点吃！对食道不好。谁陪我喝一杯？妈的，别光顾着吃啊！这帮白眼狼，说点好听的行不行啊？"

我们腾出一只手来，默默对他竖起大拇指。他用一种饲养员一样的目光看着我们，什么叫成就感，什么叫提刀四顾，厨子也有厨子自己的事业巅峰！后来有人问我对皖南的印象，我想也不想地说：“胡适一品锅好吃！”如果他不满意还要接着问，那我肯定要想很久。作为一个光荣的吃货，我对山水、园林基本上无感。所以在绿妖问我对苏州园林的印象时，我答非所问地说上面的浇头很好吃，令她相当失望。特别是在我饿的时候，没有人能从我手中抢下一条鸡腿。这是我做人的准则，我想到死也不会改变了。

年豆腐

前几天在广东三水打工的堂弟他们到我家来，中午吃饭的时候我问他们："年豆腐磨了没有？"他们说："现在乡下没什么人家做年豆腐了。以前过年不到正月十五外面买不到东西，现在镇上就有超市，菜场上年初三就有人卖菜了，不像过去一家磨几十斤黄豆，豆腐吃不掉，在家做豆腐乳、咸豆腐。我们年初七就要到厂里上班。做多了也吃不掉，现在都是在菜场买几斤回家吃吃。再者说了，现在豆腐也不好吃了，一年不吃我也不想吃！"我说："大概是豆腐皮挑多了？要不加了什么化学原料？"他们说："现在自己家也不做豆腐了，具体怎么做都忘得差不多了！"

我说世上三般苦，磨豆腐就是其中之一。我们老家磨豆腐是人力来推磨的，不像北方是弄头驴拉磨，驴的眼睛用黑布蒙起来。如果不这样，驴围着石磨转久了，脑袋就会晕。但我们那边都是人推石磨，人推多了也会晕，但总不能把人眼睛也蒙上吧！后来改成电磨了，但也有人说电磨磨的豆腐不好吃，粗粝，没有人力推的豆腐细腻。可见舌头这种东西敏感到什么程度。磨年豆腐，自己先在家把黄豆挑好，浸好。瘪的、坏的不要，具体泡多少天我全忘了。豆腐坊都是本村人开的，本村人磨年豆腐赚不了什么钱。因为出力气的都是自家人，大人小孩都去，推磨的、烧火的、打杂的。到了要点浆的时候大师傅来看一下，指点一下怎么点浆就行了。豆腐磨好了，你给几包好烟或者把豆腐渣送给他们也行。磨豆腐的石磨也不大，石磨边上有个洞，从二梁上垂下一根绳子，拴在支架上，然后插在石磨旁边的圆洞里，两个人前仰后合推起来，石磨就呼呼地转起来。锡剧当中有一折戏叫《双推磨》：

苏小娥：推呀拉呀转又转，磨儿转得圆又圆。一人推磨像牛车水，两人牵磨像扯篷船。

何宜度：推呀拉呀转又转，磨儿转得圆又圆。上爿好像龙吞珠，下爿好像白浪卷。

说的是寡妇苏小娥一个人在家推磨做年豆腐，一个人对着石磨犯愁。这时长工何宜度就来帮她推，两个人推着推着，就言语荒唐、眼风乱飞起来。苏小娥夸他力气大，何宜度说她手艺巧。力气大是推的浆好，手艺巧是点的豆花好。如果不是亲眼看他们俩在磨豆腐，会误解为这对孤男寡女正在行那警幻所训之事。做豆腐做到开始点浆的时候，工作就算完成一大半了。

推石磨的人要一边推磨一边照应豆子，一边推磨一边用手把豆子往磨眼里赶。磨里没豆子，会把磨齿给打坏的。豆浆从磨缝里汩汩流出来，流到石磨下的大缸里。在另一边，豆腐坊师傅在房梁上拴根麻绳，麻绳下面有个铁环。这个铁环是方便来回牵拉的，然后把纱布做的布袋子系在上面，将缸里磨好的豆浆用桶挑过来，往布袋子里一倒。豆腐坊师傅就款摆肥腰，前后摇晃一通。他在这边前抽后送的时候，旁边大人们就拿他跟他老婆开一些不大雅驯的玩笑。他嘴上叼着香烟，左右耳朵上还夹着两根，不时地反唇相讥。乳白色的豆浆从布袋下面流出来，滤出来的是豆渣。

过滤后的豆浆还要上锅烧。所以你经常会在菜场看到打出的招牌叫“锅烧豆腐”，难道有不经过锅烧的吗？豆浆在大铁锅里翻滚着，不断冒出气泡，小孩子在锅下烧火。师傅站在锅旁边看，一边吩咐，“添把火”“把火压一压”。点浆关系到年豆腐的品质，怎么敢不慎重？南方豆腐一般都是用石膏点，北方用卤水。《白毛女》当中杨白劳就是喝卤水死的，杨白劳死的时候正好是大年夜，做年豆腐的卤水大概也不难找，所以有“卤水点豆腐，一物降一物”的说法。卤水点的豆腐不知道跟石膏点的豆腐有没有区别，找个机会还要尝上一尝。做豆腐的大师傅手里拿着个铜瓢子，他要酌量豆浆的多少，加多少膏。权衡好了之后，还要在里面加点水，在锅里转着圈撒。小孩子看惯了这种场景，把田埂上一种撅断了会冒白浆的酢浆草称为“点点浆”。还编了一首童谣曰：“点点浆，点点浆，点到鸡巴不害疮。”这个恐怕就是人最初的文学冲动！我有一次曾把这种草的白浆搽在一个小玩伴的鸡鸡上，一边搽一边口中念念有词祝他永远鸡巴不害疮，结果没到傍晚就肿起来了，不仅红硕而且还有点透明。他们家里大人背了他寻到我家来，揪住我让我包赔他们家子孙根。这我哪里能赔得了，又不是有两根。所以我就爬到树上去了。

点豆浆的时候瓢子要跟着翻搅。炉膛的火要压得小，灶下留最后奄奄一息的火苗。人跟魔怔了似的发呆。锅里的豆浆越来越浓，慢慢凝结起来。小孩子在旁边捧着碗，不要挤，再挤头上来一下！大师傅拿铜瓢在锅里一舀，每个人都有。颤颤巍巍的豆腐脑刚喝到嘴里，还没有品咂味道，一下子就滑到肚子里去了。再要，大人就骂了："你是猪八戒吃人参果，食而不知其味！"喝豆腐脑要趁热，等做成豆腐，或者千张、干子、油豆腐果，就不是豆腐脑的味道了。夏天的时候菜场里有一家摊位卖豆腐脑，买过几回。中午把小白菜汤烧好后，汤里面下榨菜丝，瘦肉丝也行，最后把豆腐脑放在汤里。最后淋几滴麻油，颜色搭得恰好！

豆腐脑还不是豆腐，要经过装箱、重压，才能最终变成豆腐！把豆腐脑舀进放好包布的筛子里，折叠好包布之后，在豆腐脑上压上木板，木板上再压上大石头，黄黄的豆浆水就像瀑布一样流下来。这种豆浆水归大师傅家喂猪，豆腐坊都养得有好肥猪，甚至他们对外声称磨豆腐不赚钱，主要收入靠养猪。豆腐坊最少的都养十几头猪，到了快过年的时候卖掉，是一笔不小的收入，而且豆腐坊的猪吃得好，长得好，肉嫩。豆腐渣人吃也行，但要重油。不然下不了嘴，太粗糙了。细做可以在豆腐渣里放进白米虾，入猪油，最后撒上葱花上锅蒸，味道难以比拟。牙口不好的人很喜欢拿它当小菜吃。

豆腐脑在木板和大石头的重压下委屈成形。经过一夜重压，最后变成一块白生生、吹弹可破的豆腐。托在掌心里，它要颤抖一阵才能稳得下心神。我们当地流氓说书人形容一个姑娘的皮肤如何白如何嫩，常用的形容词就是豆腐。这样形容大家都有最直接的认识，一听就明白了。做好的豆腐要把它们打成一个一个正方形的豆腐块，放在清水里养着，一直能吃到正月以后。到了正月田埂上就开始发青了，慢慢可吃的东西就多了起来，豆腐你等着长毛或者腐烂吧！新一轮的神奇转化又开始了。转化后的成果能吃一年，一直吃到下一年磨年豆腐的时候。

南瓜粑粑

我表弟上城，车的后备厢里装了两个绝大的南瓜，小磨盘一样。他说是山里的一对老夫妻送他的，吃不了就给我们带了两个过来。说瓜“面”得很，蒸着吃也行，炒着吃也行，做粑粑也好。表弟在老家开一家电器修理行，经常到山里帮人家修理东西。山里一户老夫妻今年南瓜大丰收，可把他们愁坏了，种的时候只想着施肥没想到长那么大。儿女都在上海打工，也没人帮得上忙，更谈不上拉出去卖了。老夫妻两个蚂蚁搬家一样把南瓜拉回家，所有的南瓜搬回家，就实在没力气了。两个人坐下来看着大南瓜叹气。现在家里堂屋里、厢房里都是南瓜，走路都嫌碍事。晚上一跤跌到瓜堆里，要爬半天才能起来。他们早晨在地里忙的时候，看到大路上有人过来，也不管认不认识就问：“你家吃南瓜吗？吃南瓜到我家里去拿。”“摩托车后座上也能捆一个，哎！你怀里还能抱一个。”表弟说我那天进山修理东西，他就喊我去拉南瓜，给钱也不要，说我做了好事了！让我回家使劲吃，吃完了再来拿。他们不忍心看吃的东西烂在地里。

前几天下雨，连阴天，家里储存的菜吃完了。第二天早晨看看外面小雨还没有停的意思，我也懒得上街买菜。看看屋角那两只大南瓜，心想中午不如做南瓜粑吃算了。南瓜在我们乡下还有一个名字叫“北瓜”，我不知道中国其他地方是不是还有这种称呼的。大概想当然认为这种瓜是从北方传过来的，就给它起个名字叫“北瓜”。南瓜和山芋这两种植物很伟大，徐光启《农政全书·甘薯疏》云：“闽广薯有二种，一名山薯，彼中固有之，一名番薯，有人自海外得此种。”明朝以前，中国人口从没有超过一亿，这两种植物的引进，在很大程度上解决了中国人的吃饭问题，人口才慢慢增长起来。南瓜大致也是这个时间引种到中国来的，《本草纲目》中说道：“南瓜种出南蕃，转入闽浙。今燕京诸处亦有之。”南瓜的登陆路线大致如下：闽浙沿海的渔民从东南亚引种后，先是在东南沿海一带种植，后逐步推广到内地去了。到了明万历的时候，黄河以北也有人种植南瓜了。“亦有之”的意思是也有种的，估计不是很普遍。

我老家那个地方，丘陵地带。土质不好，红壤，沙质土，种其他农作物长势都不怎么样。黄豆结荚后兔子天天从山上下来吃，远远地看见人来了它也不跑，就把两只前爪拢到胸前立起来看看，嘴动个不停。等到人近了，“轰”的一声跑散开。成熟的豆荚被它一碰就炸开了，散到土缝里。但就种两样东西长得好，山芋和南瓜。小的时候我吃南瓜和山芋吃得伤伤够够的。乡下家种南瓜，田间地头，边边角角，有点空闲地也不放过。俗语：“瓜菜半年粮。”南瓜是一种很贱的植物，不择地而生，只要阳光好，肥水足，都能有很好的收成。南瓜的叶子有碗口大，藤蔓疯长起来，如小儿臂粗。吴昌硕先生画的南瓜可以吊在空中，这种瓜有个名字叫“看金瓜”，摘下来放在案头，可以放很长时间，也不会烂掉。我们当地种的南瓜很大，只有躺在地上，不然会把藤蔓拉断的。如果在初长瓜蒂时，给它“间”一下，就是留大的，小的瓜蒂除去，营养充分地供到一根瓜蔓上，南瓜可以长到小磨盘那样。这么大的瓜很难搬动，收获的时候半大的孩子只好扶着瓜一路“滚”回家去。南瓜可以做菜，但是不好吃，甜咸分不清。也有拿它炒了，放大量汤，结面疙瘩吃。地里收回来的南瓜堆在墙角，明黄照眼。经过长时间贮存后，瓜里的糖分越发多了，到了秋冬季节就可以做南瓜粑吃了。美国人好像到了万圣节也离不了南瓜，他们用南瓜来做灯。这多么浪费啊！

做南瓜粑其实很简单，家里有点元宵面就行了。先把南瓜蒸熟，然后揉烂成泥。经过一秋的贮存，南瓜非常“面”，非常好揉。然后把元宵面调进水，和南瓜泥在一起揉。用手掌搓成圆饼状。我们这里把这种圆饼形状的食物，通称为“粑”，比如荞麦粑粑、糯米粑粑。南瓜粑一般放在汤中下着吃，南瓜的清香浸润在了米粉中，粑的颜色像一块老玉，温润可亲。临出锅时放点油、盐做调料就可以了。这一种吃腻了，就煎南瓜粑吃。不然堆得像小山一样的南瓜，得吃到猴年马月。而且单吃南瓜，有点糟心，里面掺着米面口感就好多了。也有人家什么调料也不放，另外准备一碟子白砂糖蘸着吃。这已是很讲究的吃法了，估计家里来了客人，小孩子不给上桌子，大人夹几块让端一碗南瓜粑到门口坐着吃。晚归的老鸹在树上叫得急，有些在远处打阵，一圈一圈地转。有一种叫“山和尚”的鸟很大胆，它会飞到离人很近的地方，看你吃什么。如果是小孩子，穿厚棉裤、厚棉袄、虎头鞋，笨笨地走来走去，手里捧着碗，碗里有块肉，它就一下叼走，然后飞到树上慢慢享受。树下的小孩子就大哭起来。

今天吃南瓜粑，“山和尚”不感兴趣。这东西很黏，会把它的嘴粘在一起。它并着两只脚，在地上一跳一跳就走了。热腾腾的南瓜粑很糯，小孩用筷子夹起来，会自动地拉长、变形，从圆形变成水滴形状。啊呜！把嘴张开，在下面接着缓缓拉长的粑。

一粥一饭

最近因为减肥，采取佛家过午不食的方法。夜里饿得慌，从床上爬起来在家里到处搜罗吃的。这种时刻心灵交战。晚上煮好的大米饭，在幽暗的厨房中放出宝光。吃还是不吃？这是一个值得考虑的问题！我像哈姆雷特一样在电饭锅边煎熬着。最后还是决定要吃。菜自然是没有了！即使有菜也不想深夜里叮叮咚咚地热，心理上觉得吃一碗没有菜的白饭能减少不少罪恶感。端碗之前，我望空祝了一番：“今天晚上不算，实在是打熬不过。明晚重新来过，来往神灵明鉴！”这样久而久之，空口吃白饭还真吃出滋味来了！原先吃冷饭多少还要点泡豆角或者酱大头菜搭搭嘴，现在发展到就空口吃白饭，其他什么也不想要了！

晚上煮好的大米饭，放到午夜时分，正好凉透了。米粒慢慢变得有一定的韧性，咬在唇齿间有一番小小的挣扎。细细咀嚼之后会泛出一种清甜，这种甜度很受用，分寸拿捏到毫颠。有些米粒会调皮，跑到嘴唇、鼻翼，或者桌子上。用筷子或者手指把它们捉拿回来，投在嘴里，让这些散兵游勇会集到征战饥饿的大军中。饭要煮得好吃，第一要米好。我在超市买米，会每次挑选各种不同的米来买。把这些品种吃完之后，再到农副产品市场去找，看看有没有没吃过的米。比如香粳米、协优米、东北长粒香、天优，等等。东北长粒香吃的时间长一点。以前我叔叔在家的时候，每年会从乡下带一两百斤杂交米来，因为是自己家吃的，农药打得少一点。但不打药是不可能的，现在病虫害太厉害了！不打农药甚至可能要绝收！

新米不好消化！过去乡下新米上来的时候，小孩子要扣着点吃。不然吃多了肚子会胀气，最后胀得像皮球一样。我记得有一年端午节，同村的振宝吃了太多粽子，粽子里的米在肚子里发酵起来，产生了大量气体，家里请来一个兽医给他肚子放气。用一根很长很粗的针插进肚皮里，一边揉一边“嗞嗞”地往外放气。驴、马积了食也是这样治的。驴、马吃了不消化的东西，痛苦地躺在地上，眼睛湿答答望着人。兽医就拿一根长针给它们放气，放完气就好了。振宝肚子里气放完后，就又跟我们一起上山放牛去了，本来我以为他会死掉的。

煮米饭在收汤的时候要“惊一惊”。乡下煮饭把水放好后，锅上还要支木格子，把一些蒸的菜放在木格子上。比如咸菜、蒸鸡蛋、豆腐渣蒸干虾子、辣椒蒸小咸鱼。家里来客人要蒸米粉肉，就把肉裹好酱后直接放在收汤之后的饭头上蒸。饭收汤之前有米油，据说这层米油非常有营养，所有米中的精华都在里面。小的时候我奶奶常常给我收米饭上的米油，盛在一只小碗里面，看着我喝下去。收汤之后，用锅铲把米翻一下，翻完之后，利用灶中的余火慢慢收汤，最后再燎一把稻草，饭就煮好了。

有一个吃货曾经总结道：电不如煤，煤不如柴。电饭锅烧饭，无论如何没有柴灶的香气。前几年春天的时候我在大别山里吃了几顿好饭，米是山上冷水田的大米。产量不高，米粒非常长，透明得像青玉一样。抓在手中闻有一股扑鼻的香气。饭烧好了，我一连吃了三大海碗，撑得眼珠都瞪出来了！世界上竟然有这么好吃的饭，真是惭愧！吃完饭我慢慢扶着墙壁走到竹椅子上坐下，村子里人家都在举火烧饭，一片柴草气息。后来煮饭的大妈给我端来一碗锅巴汤，说一定要喝下去，不喝会积食，这种米的油性大，不好消化。过去无锡大米也好吃，完全不要菜可以吃两碗饭。有一年我在无锡卖画，钱花完了，中午、晚上就是两大碗饭，什么菜也不要。真是吃到米的真味了！

粥若要煮得好，要有好水！最好稍带一点碱性的井水。广东有一家出名的老字号，每天早晨煮粥都要到附近的一口水井打水，店里有自来水坚决不用。许多老顾客就奔着他们家的粥来的。熬粥是一个慢工，我爸他们单位食堂有个老头一辈子什么菜也不会烧，就会两样手艺，煮粥、烧饭。后来有人提意见说他什么菜都不会炒，凭什么当食堂大师傅？换个人试试，不是饭生了，就是粥给煮煳了。最后不行还是他上，不过给他加了另一份任务——卖不掉的粥拌上糠养猪。到了年底，他像变戏法似的从圈里轰出七八头大肥猪！

食四味

蒿子粑粑

安庆这个地方在清明前后乡下常做一种食物，叫“粑粑”。以前只是听人说过，没有吃过。去年到安庆附近的石牌镇出差，偶然有个机缘尝到了这种食物。石牌是个很小的镇子，以前是县政府所在地。现在政府搬走了，这里也就冷清下来了。我早晨起来沿着旅店后面的小路散步，发现路两边的柳树上有许多八哥。这里离长江边很近，我从来没有见过这么多八哥。八哥在新绿的柳树间穿梭，身上的羽毛黑得发亮。因为是星期天，路边的野地里有很多孩子在挑野菜。挑的这种菜我过去没有见过。我走到一个孩子旁边，看她究竟在挑什么菜。她蹲在地上灵巧地折去菜根，只取野菜的梢尖。我问她这菜叫什么名字，她说叫“蒿子”。安庆话有点像黄梅戏的念白，我听不太明白，就问她说这是炒来吃的吗？她说是用来做蒿子粑粑的。哦！我明白了。原来蒿子粑粑就是用这东西做的。我们老家常说的艾蒿就是这种东西。她折的便是新生的艾蒿的尖。如果没有见过，真是没想到这东西还能吃。我们那里常见的只是端午的艾蒿，都是晒干拿来洗澡，说是可以祛百毒。妇女生完小孩后一定要拿艾蒿洗个澡，说是去去身体里的毒气。

这个小女孩很喜欢说话，也不怯生。她问我蒿子粑粑你吃过吗？我说没有，但是听人说过。她说蒿子粑粑可好吃呢，等会儿我拿个粑粑给你尝尝。没等我说话，她就站起来跑向远处的家里。一边跑一边喊："你帮我把篮子看着，我马上来！"没一会儿工夫她就从家里提来一袋东西，然后往我手里一推，说："给你！"蒿子粑粑绿绿的,上面还印着小小的手印子。她得意地说这是我拍的。我说我要不了这么多，一个就够了。她说你尝尝，可好吃了！她的妈妈在旁边田沟铲草，也走过来说："大哥，我们这儿蒿子粑粑，你没吃过吧！我们这里清明家家都做的。你带家去尝尝，也不是什么好东西。"

小女孩子的妈妈告诉我说每年三月三，这里家家都要做蒿子粑粑。也不知道从什么时候传下来的风俗。反正看人家做，就家家跟着后面做。说这时候天也长了，做点蒿子粑粑给念书小伢们回来搭搭嘴。她说听老辈说三月三这天是鬼日，吃了蒿子粑粑就能稳定住人的魂，防被鬼索了魂去。我们老家也有这一说，比如说小孩子莫名其妙发烧了，就说被什么鬼物勾了魂去。傍晚的时候就去桥头或者野地上喊魂，一边喊一边往家引。魂是个什么东西？真是令人费解。反正幼时我听到老年人曼声喊魂总是觉得有一点害怕与凄凉相杂的欢喜。另有一种说法说阳春三月，地气上升，冬眠的各种毒物就醒来了，而孩子又喜欢招惹它们。用蒿子粑粑敬了神后，五毒就堵在洞内出不来了。这也就算敬神如神在吧！其实很有一点幽默感。

到底还是果了人的腹，快活了孩子的嘴。

她说蒿子粑粑不难做，在田埂上采了嫩蒿，要采那种一面绿，叶子底下带白色茸毛的。回家捣碎了，然后放清水里浸泡，把汁挤出来了，和上糯米粉和糖，用手边拍边团。团拍成饼蒸熟了就可以吃了。这里称饼子为“粑粑”。她说现在好多人家不做了，嫌费事。我回到住的地方，托食堂师傅蒸了几只。蒿子粑粑甜糯，食后回味有一种植物的清苦气。但愿这种很有味道的民俗食物还能传下去，现在有很多食物被人遗忘了，慢慢只剩下一个名字了。

胡辣汤

河南这个地方的确很让人留恋。有一个雕塑家离开河南很长时间了，但是说到河南早点仍然是一往情深。他说我很喜欢河南农村人早晨的问候和打招呼；他们在市集上遇到熟人总要粗声大气问一声：“吃了吗？”现在城里人见面没这样问的。这样问话大家都觉得太“屯”了，“屯”得都掉渣了。白领讲究在电梯里碰到，开一朵似笑非笑的浅笑，点一下头就算是问候了。或者像自言自语似的来一句：“早上好。”然后出了电梯各归各的巢。

这位雕塑家在他的工作室里塑了许多河南做早点和吃早点的人群。各色人等都有，有围着围裙摔面的师傅和遛鸟的老头，都圆头圆脑浑愣得可爱。他做的雕塑有点像东汉的风格，他在河南工作过很长时间，看过不少出土陶俑，对这个印象很深。有尊东汉陶俑塑的是一个欢天喜地的说书人，俑的形象很逗，他抱着一面鼓仰天而歌，憨厚中还藏着几分狡黠。陶俑脸形是现在中原地区常见的一种脸形，国字形脸，嘴巴阔大眼小，手脚都很粗大。雕塑家说我很想念河南的饮食，常常想我什么时候还能吃上那样好吃的烩面和胡辣汤呢？这里面最值得一提的就数河南的胡辣汤了。胡辣汤配上焦黄的烧饼，这位雕塑家把河南早点说得很到位。河南早点的灵魂是胡辣汤。北方冬天是干冷干冷的，早晨能喝上一碗热气腾腾的胡辣汤，手也不再抖抖索索了，腿脚也麻利了。地上白压压的严霜正在阳光下融化，感觉像看到了一片新天新地。就像郑板桥在他的家书里写炒米一样，胡辣汤也是北方人暖老温贫之良方。它在河南人的生活中起着很大的作用。几个河南人在外地遇到了，一说到家乡的胡辣汤就变得神不守舍了。有一次我在上海遇到一个久居南方的河南人，他是从英国回来的“海归”，说一口正宗的牛津英语，普通话那就说得更好了，一点京片子也不带。从他的语言上听不出他是什么地方人，这家伙一点地方特色也没有了。后来不知说什么就说到吃的上面去了，他一提到家乡的胡辣汤兴奋得像吃了蜜蜂屎一样，和我一个劲说胡辣汤的做法与吃法，说得口角生津唏嘘有声。最后我糊里糊涂出了门后一想到把正事忘了，又折回去了。

胡辣汤在河南人的早餐中占据着很大分量，因为北方人的早餐主要以面食为主，不是饼就是馍，如能辅之以汤，则是天作之合了，最起码能够把这个东西顺顺溜溜地送下去。但河南人对汤的要求是比较高的，那种稀溜溜的汤端出来，客人脸色就看不得了：“咦，这不是糊弄人吗？”他们喜欢有内容的汤。南方人喜欢喝的一清如水的鸡汤，你说出大天来北方人也不信。他们不喜欢这口，所以河南人做汤另外有一套章程。做胡辣汤之前先要洗面筋，然后用洗面筋的水来做汤，先开始我也接受不了这种汤，认为它不清爽，什么东西都混在一块，黏黏糊糊的，哪有南方的汤好。南方人就是用豆腐青菜烧个汤也是一清二白的。但接了这边的地气后就觉得非常好，现在想起来真是千舍不得万舍不得呢。

胡辣汤的用料很讲究。有粉条、面筋、山药、黄花、花生仁、木耳、面筋泡、海带丝、牛肉丁等，作料有胡椒、丁香、肉桂、草果、西茴、豆蔻等。先将洗面筋的水打黄，做好后的汤色呈粉红透明糊状。各种配料在汤里如同薄云遮月一般，伙计不停地用勺子在锅里搅着，然后拿过碗来倏地举起，在离碗口还有一两尺的地方就开始往下倒了。这时候你千万不要往前凑，小心把你烫成麻子。胡辣汤飞流直下注进碗里，不多不少，恰好是热气腾腾满满的一碗。边到边沿到沿，端到你的面前。真是神乎其技也！与成都茶馆里茶博士不相上下。早晨一碗热乎乎的胡辣汤在手，虽南面王不易也。入口尝之，热乎乎的胡辣汤稠而不黏，味鲜而不腻，酸辣可口，嚼着鲜嫩的牛肉丁，软硬适中的面筋泡，薄似蝉翼的豆腐皮，再佐以喷香筋道的烧饼，一顿早饭吃得人血脉偾张，神游八荒之表。

问政笋

罗两峰画过一张画。画上有一篮子竹笋，用春天新发出的竹篌捆住，有几只笋子格外不老实从篮子里溜出来了。旁边写了一行字："初打春雷第一声，满山新笋玉棱棱。买来配煮花猪肉，不问厨娘问老僧。”两峰先生开玩笑吧，怎么肉烧笋子要问老僧呢？分明存心不良逗旁人馋虫呢。第一声春雷刚过，该是惊蛰了。睡了一冬的山醒过来了，山上竹林里有了消息，静下来竖起耳朵似乎能听到一种窸窸窣窣的声音。笋子从地上堆积的腐烂树叶中探出尖尖的脑袋。新鲜的下山笋切成滚刀块配黑白相间的花猪肉，谁也不要问了。埋头造吧！问政山的笋子就更别提了，新刨出的笋子不小心掉在地上就碎了。这个笋子就有这么嫩，没见过的人以为我是打诳语，实际上只是没有见过，没法理解笋子再嫩也不能这么个嫩法。但是翻过这座山，其他地方的笋子就不是这样的了，可以随便摔。没人能说得清这里面的原因。

问政山的春天来得迟。这里山高树密，比平地上的春天迟了约有半个月。山下人都穿了夹衣了，山上早晨出门还是感到寒瑟得很，手都伸不出来，呵气如烟。半山腰有个小街，早晨五点来钟就开市了。天还很黑的时候就能看到四乡八邻赶场的人打着电筒，往山下的集市上走，那一点点亮光也像从天上渐渐落到平地上来一样。当地的人上集很早，因为这样可以节省一点时间。集散了回家还能收拾一下地里的庄稼。附近的山民都到这里来买或者卖东西。这里也是笋子的一个大的集散地。每年春天来这儿收购春笋的人都在这里设一个收购点。因为这里的笋子很出名，卖倒是不愁卖。十点刚过集市就散了，集市一散就是狗的天下。它们拱到肉案子下面找残余的骨头，常常打得不可开交，有时看打得不像话了，狗的主人把碗里剩余的芋头稀饭往地上一泼，说：嗟！来食！这狗也就飞奔而去了。上山挖笋时大人小孩后头都跟着一条狗，或黄或黑。小孩子在竹林边山场里玩，狗也不离左右，轰走了过一会儿又来。狗对挖笋子很好奇。一株笋子挖出来，狗用它的前爪推一推，用鼻子闻一闻，但终于明白这不是给它的东西，悻悻然走了。挖笋子也就几天工夫，挖着挖着笋子就老了。这时候山上的植物都在比赛着长，像发了疯一样。斑鸠在林子里一递一声地叫着。挖笋子的人背着竹篓，他想不明白下一年是让孩子出去打工呢，还是留在家里山场上帮自己干活。现在这样一篓笋子沉得他有点背不动了。笋子好像知道人的心事，它就拼命地长，几天不见长到半人高了。你终于吃不成了吧。挖笋子是很苦累的活，一篓笋子别说挖了，就单单从山上背下去，就是很重的活计，背篓压得人头都抬不起来。山道笔陡，想腾出手来擦把汗也难啊。笋子长出时劲很大，很大的石块都被拱翻了，有时碰上实在顶不动的石头笋子就委屈一下也长出来，等长成竹子可能没有别的竹子漂亮而已。靠根部有些扭曲，那就是跟石头较劲的结果。但它终于长成了一棵高高的竹子，呼应着越岭而来的长风，梢尖幸福地在风中舞蹈起来。

竹笋不能吃多，吃多了燥心。实际上破解燥心的办法很多，最简单的就是放上肉烧。但山里人哪里会天天为笋子上街买肉的，他们家常用雪菜烧笋子味道也还不错，但较之以花猪肉当然不能比了。所以两峰先生说的还是一种比较高级的吃法。但两峰先生见过怎样挖笋子吗？看画上的笋子画得很小，其实这样的笋子不好吃，虽然小可并不嫩。问政山的笋子一株像一颗炮弹似的，就有那么大。但照样嫩，笋壳也剥不了很多。记得我买过一回笋子不知道是什么地方的，剥下来能吃的部分只剩毛笔管那么大了，真所谓所得不偿劳也!

草鞋底

“草鞋底”并不是草鞋，它是一种烧饼。外形像个草鞋底子，中间有笔直的纹路，像是用草绱出来的鞋底子一样。饼因为炉火的烘烤，两头微微拱起，活脱就像一只草鞋底子一样。乡人就给它起了这么一个诨名儿。这是一种价钱很贱的饼，在我的老家是一种常见的早点，许多起早做生活的人，都喜欢拿它来充饥。这种饼随处有卖的，不仅集市上有卖，有些炕烧饼的人还挎着篮子游乡贩卖。挎一只大篮子，上面盖一块洗到发灰的白布，一边走一边吆喝：“噫——草鞋底。”“草鞋底”这种饼很耐储存，夏天放一个星期，冬天能藏个把月，是一种最方便的早点。我堂弟上高中时从家到学校有五六公里，早上要起很早。鸡不叫狗不咬就得起来，家人就托人炕上很多，早上摸黑到篮子里揣上两个就走了。到了学校先上早课，课间摸出来，急急咽下去，像鱼鹰吞鱼一样，拍前胸抚后背才能把饼顺下去。藏久了的“草鞋底”干硬，特别噎人，要佐之以水才好。因为长期吃这种饼，中午在学校伙食也不好，后来营养不良，上学的路上走着走着忽然腿一软，就坐在地上。医生诊断后说要吃一种什么补充维生素和蛋白质的药，家里人特别在他的饼中夹一只煎蛋，吃了一个来月腿也就有力气了。

新出炉的“草鞋底”味道是很好的，香脆、甜酥。这种饼子只用极少的油，用油的原因只是怕面粉粘炉壁，连装饰都算不上。没水时许多人不吃“草鞋底”，吃也是真受罪。但如果有钱，里面夹点肉菜，那就是另一番境界了。饼的味道就烘云托月般出来了。肉的油浸到面里，非常融洽和天生。“草鞋底”似乎是为肉所生的，我们平常那种吃法是委屈了它。这种饼弹性十足，厚的可以从中间分开，正适合夹肉和炒蛋。但这样的好日子少之又少，大部分时候是干咽。一般在家做饼的很少，会做也不做，因为没有那种大炉子。吃的话拿面粉到烧饼铺去换。跟走乡卖饼的人换不划算。学生拿面换最常去的是冯二爹那里。因为他人厚道，做的饼又格外大一些，厚一些。他的家离集市很远。早上从家里把炉子拉到集市上来。这时候火已经生起来了。学生们冬天上学的时候碰到冯二爹就跟在他的车后面，一边走一边把手伸到他的炉子上焐焐。冯二爹秃脑袋腾腾冒着热气，有时后背上也会沁出汗来，这只炉子不轻。

到了集上冯二爹要把炉火叉开，拨旺。看到一点烟也没了，火焰逼人脸了，就开始炕饼了。饼坯是早已经做好了的，冯二爹迅速抓起两块饼坯，顺着炉膛两侧开始贴。转眼之间已经贴完，冯二爹抄起火叉，把炭灰拨到一边。一会儿工夫，饼坯就像蛤蟆一样鼓起肚子来。饼面变得焦黄，香味馥郁扑鼻而来。知道饼好了，赶紧用火叉压火，不然饼会煳的。第一炉“草鞋底”出炉了，他用铲子把“草鞋底”从炉中揭出来。有些学生已经等不及了，抓一只在手，一边倒换着手一边往学校走。冬天嘴巴和鼻子冒出白烟，边吃边走。早晨一会儿工夫冯二爹要卖几炉烧饼，才出炉的饼太烫了，冯二爹手怕不是像铁铸一样吧？冯二爹贴饼像跳舞一样，他的动作舒展敏捷极了，真够得上“行云流水”四个字。“草鞋底”一只一只像活的一样，从炉子里自动跳出来。有时离上课还早，我们都愿意站在旁边看一会儿。冯二爹一边贴饼一边做出各种怪相，他是喜欢有观众的。他说：“毛伢！你们还不念书去，想跟我学贴饼吗？”学校课本里讲“庖丁解牛”神乎其技，冯二爹怕也能称得上神乎其技了。

一 地 鲜 花

冰弦

认识刘老先生是因为一张画。他有一次拿了一张蒲华的画到画店来给我看。我说是真的，而且还非常精。他很高兴，又带了几个明清的扇面来给我看。刘先生这个人话少，但说起画来却神采飞扬的。

看得出来他平时并不大跟人聊天。

那一阵子正在读《世说新语》，刘老先生也很喜欢，就常常到画店来谈《世说》。《世说》中有“引笛一首”，刘先生说那就是箫，不是后来横吹的笛子。笛是后来通过西域传进来的。日本的尺八就是箫的变种。

刘老先生在谈话时，喜欢弹手指，一二三张开，然后再合拢。他不坐，就站在那里聊。后来有个朋友到画店来，看到老先生，很惊讶地说：“这先生怎么跑这儿来了？”我说来玩的。那天刘老先生带了一张水墨观音，线条飞动又不失静气。观音手拈杨柳枝，临风而立，衣冠飘飘。我问这张画是谁画的。他说是他父亲画的。他说因为劫乱，家里剩下的画并不多，许多好画都散失了。他走后我那个朋友说："这老先生是诸城派的大师，弹古琴的，叫刘赤城。"我这才知道老先生的名字。回来百度了一下，竟然有他很多的琴曲。最喜欢他弹奏的《秋风词》："秋风清，秋月明，落叶聚还散，寒鸦栖复惊。相思相见知何日？此时此夜难为情！"旁边一支洞箫轻和。

后来老先生来我们这里也谈谈古琴。我问他做古琴是不是一定要桐木，他说那倒未必，杉木也行，但一定得是老杉木，数百年前物方能用。我说这到哪里去弄？他说还有，比如有些老房子或者寺庙翻建，扬州做琴的师傅就去寻。刘先生说做一把好琴是很烦难的。木头要浸在水中分分阴阳面，然后还要上鹿角霜，上一遍，等它干，几个星期干了，然后再上。他说我在故宫博物院看到一架宋琴就那么平放着，很心疼。陈列文物的人一定是个外行，古琴一定要挂起来，还要常常抚，越抚琴音越好听。

我问他你弹过最老的琴是什么琴？他说弹过一种唐琴。我说现在学古琴的人多吗？他轻轻笑着说："不很多，但也有。"他说古琴是一种很"独"的乐器，而且发音量又不大，很不适合在舞台上弹奏。他说这种琴适合在山林虚室，二三好友煮茗静听。说起在奥运会上准备弄一个百架古琴迎奥运，一齐奏《高山流水》，老先生哑然失笑说："这还能听吗？不跟弹棉花似的！"古琴这种乐器，有点像古代的士人。众音中哪种声音都能压倒它，但只有它的最坚定，冲寒而行。以松、竹、梅来喻士人节操，看看容易，你做做看？

刘老先生幼年随父亲学琴。他的父亲擅画人物、花鸟，闲暇时抚琴自遣。解放后，许多琴社自行解散了，士大夫的屁玩意儿！于战天、斗地、斗人无益，一概扫入历史垃圾堆里。刘老先生刚从上海音乐学院毕业，毕业后被分到安徽省艺术学校。这样一个中专学校，怎么可能有人跟他学古琴呢？那时美术专业简单到令人难以想象，招来的初中学生挨个问："喜欢画画吗？喜欢画，画个圆我看看！"于是学生抓起铅笔，像阿Q一样努力画个圆。画得圆的进美术系，画不圆的进音乐系。许多人连古琴是什么样子也不知道，看刘先生捧出古琴来，纷纷惊诧，称其为"棺材琴"。古琴确实像个棺材，一头大一头小。

他说我在学校期间，没人跟我学琴。刘先生就一直赋闲着，闲着闲着就闲成了右派，被发配到乡下去，锄地、拔草、栽秧、打猪草。但是还想弹,下乡的时候就挟着一张琴下去的。人有个喜好虽劫火猛烈，也烧除不尽。晚上收工回来坐在大树下弹，真所谓是"黄连树下弹琵琶——苦中作乐"。唯一一个知音是一条蛇，每晚准时来听。晚上只要他一弹琴，这蛇就从树上挂下来，头摇摇摆摆地听。想想也是苦涩，真不愧称为"牛鬼蛇神"，到底跟它们是知己。

他说过去在南通小城里都有个画会、诗社、琴社或者春秋雅集什么的，经过反右、"文化大革命"后都慢慢消失了。

这几次大劫把民间社会弄得精穷了，再也提不起这方面的任何兴致了，人只剩下一个想法，怎么活下去。他说过粮食关时，把家里画子法书卖个罄尽。肚子都混不圆了，还提什么精神境界。一种社会结构没有了，伴生着的文化自然也就消亡了。自清人入关一次浩劫，然后就一路紧锣密鼓地下来，每一劫毁坏一些东西。我问他对古琴破坏大吗？他说很大，以前的古琴曲有几千首，后来渐渐失传了，现在也就剩百多首了，而且指法也不明晰了。古琴用的是减字谱，如果没有老师言传身教，光有个谱子是没办法往下传的。许多名琴在历劫中毁坏了。冰弦的做法失传于民国时期，后来百计恢复不出。今天的钢丝弦弹古琴，就像一帮古代人大吵大闹似的，而不是娓娓清谈了。

四川名琴手蓝桥生，家藏一把唐代制琴名家雷威所制的古琴，称为雷琴。蓝桥生早年留学日本，中年归隐，不问世事，日以吟诗弹琴自娱。在成都组织了一个律和琴社，以琴会友，编定了蜀派琴谱。

正当蓝桥生在家里“手挥五弦，目送归鸿”的时候，进军大西南的炮声已隐隐可闻了。他的夫人姓沈，世代书香，家蓄一架古琴，出自唐代雷宵之手。她的父亲叮嘱道，只有弹得此琴者，方可为婿。蓝桥生鳏居多年，于是上门抚琴。一曲终了，四目相对，遂定终身。

一九五一年暮春时节，杂花生树，草长莺飞。蓝桥生和妻子抱着古琴，相对而弹，作临终一曲，因为以后开始的时代不是他们的时代。是夜，毁琴。服安眠药，相视一笑。唉！古调虽自爱，今人多不弹。这些人很决绝。

世界上有很多鸟。有一种鸟非常爱惜羽毛，稍有玷污，不惜以身亡。所谓狂狷也。傅雷他们那种人就是，他们的身上有一种特有的死亡气质。他们要洁净，要完美，百般不调和。傅先生在夜里决定要上吊时，还在地上铺上软垫等东西，怕踢翻板凳时吵着楼下的人。他们是俗世的冰，可以自行消解掉，但绝不受玷污。

有人说要含羞忍辱，还有“好死不如赖活着”，但那又是另一种人生了。

一地鲜花

阿赫玛托娃是个俄国女诗人。大家知道她是个诗人，殊不知她有一篇散文却写得好，我觉得我们的高中课文中可以选一下。但我知道这么说等于放屁，没谁真把她给选进去。这篇散文说她和一个画家的友谊，不是爱情，但已经到了临界点了，哧哧冒火星子。

这位画家是蒙马特高地出名的美男子，鬈发，高鼻梁。母亲是意大利人，父亲是犹太人。而且他本人还是结核病患者，尤其美，到了下午，会双腮发红，眼睛灼灼发光。这是一种垂死的美，女人最迷这个了。当时得个痨病是很时尚的。他又是个话痨，香烟吊在嘴角上，不停地说啊！说啊！女人们用含情脉脉的眼光看着这个可怜的痨病患者，知道他活不长了。

这个美男子就叫莫迪利亚尼，他给阿赫玛托娃画过一张像很出名，疏疏的几笔把阿赫玛托娃画得像大眼怪物似的，眼睛一下子能看到人的心里去。后来我看到阿赫玛托娃的照片，哦！眼睛是大，幽深得如同白桦林中一口深泉。

莫迪利亚尼和毕加索是好朋友，他们俩互相影响。丹纳在《艺术哲学》中曾说过：艺术家不可能是孤立的，他有自己的气候与生态。像一棵树上的枝条，有的长些，有的短些。人们记住那些长的枝条，漠视了这些短枝条。

在法国巴黎的蒙马特区有许多各式各样闲散的人，也就是塞纳河的左岸，天知道那个地方怎么能生存那么多的艺术家。总之是太多了，全世界的艺术家都跑到巴黎来了，都在街上流浪，过着看上去像二流子一样的生活。一个社会闲人多了或者少了，看起来都不像一个正常的社会。记得我小时，夏天时候长街上晚饭后有弹月琴的，也有拉二胡的，孩子们在凉床间追打游戏。那时中国人有很多悠闲的时光，虽然穷，但不像现在这么火上房似的，现在是没来由地急。贫穷的时光中，如果米桶里还能刮出一碗米来，也不妨在夜深人静时铺张一回爱情。没有那么多痴胖与畸瘦的少年，骑车跑路都有一种阳气。不像现而今的人老的少的都有一股“颓”气。连推在婴儿车里咬着奶嘴的小孩子，也有一股子满不在乎的“颓”劲儿。

这些流浪在巴黎的人经过一段时期艰苦的奋斗后成名了，蜚声全世界，成为家喻户晓的人物。但绝大多数都是寂寞身后事，穷死或者病死在巴黎这个世界花都，一任香榭丽舍大街风景依稀似去年。阿赫玛托娃认识的这位，当然也不例外。他也是在死后功成名就的，真是搞不懂为什么。莫迪利亚尼当时也不属于哪个比较显赫的画派，他死后他老婆也抱着孩子跳楼自杀了，这个故事很残酷。总之，在哪个国家做艺术家都不是一个很好的选择。但你不能排除贫穷也是一种生活方式，尽管它不好，但它不也是一种方式吗？有些人还乐在其中，这是个没办法的事。

总之巴黎在阿赫玛托娃的笔下很好，我再也没见过谁笔下的巴黎有她的那样迷人了，充满了萧疏和伤感，笔调中有一种俄罗斯文学惯有的悠长与缓慢。

喝咖啡在巴黎并不是什么小资的事情，就像俺们每天早上去小摊喝粥就烧卖，哪里小资了？也是那帮游手好闲的人消磨时光的一种方式，他们没有工作，没有什么急着要办的事情，但却有许多急于要表达的思想，一般不敢待在房子里，怕房东大妈逮着他管他要房钱，只好装孙子，躲到什么地方去好呢？你能想象出有比咖啡馆更好的地方吗？就是在冬天也很暖和，还有免费的火炉子可以烤。

秋天巴黎的天气不好，下雨了。坐在咖啡馆里，呆看温暖的雨水从咖啡馆宽大的玻璃窗上蜿蜒着向下流，形成各种各样抽象的画。如果有个把咖啡馆的老板以前是学过艺术的那就更好了，聊得碰到知音了，还可以找他赊账。好像左岸有一家咖啡馆就这样被这些人给弄关张了。这人叫荷东老爹。

荷东老爹喜爱艺术，喜爱艺术家，可让这批人给祸害苦了。后堂的仓库里倒是存了不少的画子，有毕加索的、莫迪利亚尼的。艺术家都是有自尊心的，能白喝你的吗？没钱了拿画抵账吧，老板又不好意思不要。这样一来二去画子慢慢地多起来了，钱却慢慢地少了下去。他们的画没人要，凡·高的画还被人拿去当鸡笼门呢。这可把老板活活愁死了。

前一阵子我稍注意看了一下苏富比拍卖的莫迪利亚尼的画价，一张小幅的《裸女》从起拍到几经易手最后成交价为五千多万美元。不过荷东老爹是无福消受了，但要是他自己能知道这个画价，怕不高兴得从坟墓里蹦出来，因为他有一屋子啊！

阿赫玛托娃当时经济情况可能要好一点，因为在她的一篇文章中还提到她买了一束玫瑰花去看莫迪利亚尼。但也很难说，因为俄国女人有时穷得买面包的钱都没有了，有两个小钱还要去买一束花，也就是说比较注重精神生活，讲究品位。我们称之为“瞎浪漫”“二五眼”。

她抱着一束花穿过一个深巷到莫迪利亚尼那里去，这些人住不起好地方，都住在穷街陋巷的小破楼上，街上时不时蹿过猫和耗子。鹅卵石小径四周回荡着她的脚步声，来到莫迪利亚尼的家，如果那也可以叫家的话。她发现他不在，艺术家总是在街上，在蒙马特高地那儿瞎转悠，套用那句名言：“我不在家，就在去咖啡馆的路上。”喝“霸王”咖啡还喝得这么理直气壮。

她就隔着窗子把花一枝一枝地扔进去了，后来碰到莫迪利亚尼，他很惊讶，他说：“你摆的花可真美，怎么进去的，有钥匙吗？”阿赫玛托娃真不愧诗人本色，偶然间扔一扔都是诗。

总之莫迪利亚尼死后成了名人了，生前酒老也不够喝，饭也不够吃的，死后成名自然给别人带来不少好处，那就是终于有人要写文章来怀念他了。况且他人都死了，也不会从坟地里钻出来解释什么了。这里面有许多人当然也包括有女人写文章来回忆他，谬托知己，说跟莫迪利亚尼有交情，或者就干脆说跟他有一腿，谁让莫迪利亚尼是男的呢，又是个艺术家，所以怎样说都有人信。阿赫玛托娃只是以诗的笔调写了一篇散文，也就这么仅此一篇的怀念文章，也不逊于他给她画的肖像，可见彼此还是知心知意的。

齐白石画白菜

齐白石是个很会过日子的人。他把历年画画挣的金条都装在一个小口袋里，坐卧不离。住在北京铁栅屋时，天明即起，家里人正洒扫庭除，齐老先生就到画室把荣宝斋的订件画了，然后再画其他订件，言不二价，按照墙上贴的润格来办事。世界之大，哪儿没有死皮赖脸的人？比如说："齐老先生添条虾吧！""齐老先生您受累！多画条鱼吧，我内人最喜欢鱼了！"齐老先生也不说话，只是斜着看来客一眼，又不好当场驳人的面子，慢慢把笔濡墨，沉吟半晌，一笔、两笔，鱼、虾、蟹自画面跃然而出，但都不大精神，看着好像离水好几天，要翻肚子的样子。客人不解地问："这虾怎么看着像死虾？"齐老先生坐在圈椅中说："活虾子市面上多贵啊！"主客心到神知，一拍两散。

平常在家，齐老先生是个"无事忙"。客人带了卤肉来，卤肉外面包着大白菜的叶子。齐先生仔细把白菜叶子抖干净，不舍得扔，吩咐家里人把这片菜叶子切切，用盐"码"上，大不了加点秋油，中午老先生要吃。真是一粥一饭，当思来之不易；半丝半缕，恒念物力维艰。以身作则，为小儿辈做榜样。在街上买东西，比如包鞋、包书、包糖食的纸分大小都留着，起画稿用。后来这批东西都由家人捐赠给北京画院了。给我印象比较深的是一张包鞋纸上，有“内联升”的红色印记，齐老先生在上面画了一个持弓搭箭的人，旁边注明画时执弓的手要下移一寸还是多少，我忘记了。

有废纸上画着是在哪家古董店看到的一个瓷瓶，上面有双鸳鸯隐在荷花红蓼的后面。回来老先生背临出来为小儿辈留作传家画稿，曰可当水田几亩。汪曾祺先生在《老舍先生》一文中曾提到齐老先生家里量米的竹升子都是自己保管的，每天吃饭要由他量了米才行。一大家子人，吃米不少，老先生舍不得，量一筒，手抖一下，家里做饭媳妇就说不够，“您再给添一点！”齐老先生就嘀咕着：“你要吃这么多啊！”然后又给量一筒。

后来老先生换了一处比较大的住所，搬过去没几天，老人住不惯哭死哭活地要回去。大家都不明白老人的心意。大四合院，花木扶疏不好吗？老舍先生说：“别！他这么惯了，不叫他干这些，他就活不成了。”其实里面还另有一层，老先生喜欢在家藏东西，东藏一处，西藏一处，藏东西的地方只有他知道。这一搬出来，虽说老屋还是家里后辈住着，他也不放心。不怕一万，就怕万一。

中央电影纪录片厂拍《人民艺术家齐白石》时让他拿点儿精品出来拍，他怎么也不愿意。后来还是徐悲鸿去做工作，他才勉勉强强从画台的“消息”里掏出几卷画子出来。他是细木匠出身，在画台里做几个暗格或者小抽斗之类的“消息”那还不是驾轻就熟？这些画被掏出后，一卷一卷放在画台上。徐先生一打开，只见宝光四射，全是老先生毕生的精品，呕心之作！有一张画在金纸上的白茶花，上有一蛱蝶翩翩欲下，画得真是精妙绝伦！

徐先生不住地用眼光看坐在对面的老头子，心想："这太鸡贼呀！"齐老先生坐在大圈椅中，两袖垂下，眼观鼻，鼻观心，不动声色，真是狡黠得可以啊！齐老先生对唐代书法家智永很有意见，认为这人太浪费，写废的笔就扔啊，还弄个笔冢，真是多事！他不知道唐代的毛笔，跟我们今天水笔似的，只换笔头不换笔管的。一支毛笔头写秃了，把笔头一扔，换一支新笔头请人纳入笔管中就行了。齐先生那么节约，在他习惯上来说没有一支毛笔是可弃的。

黄永玉、李可染他们老问齐白石先生如何把画画好。这个问题真是让人很烦呃！这问题真没办法能用语言说明白。齐老先生画了一辈子，就知道怎么把画子画好，因为他画不坏！这问题真是要人亲命了，他们还死问，又不能直接跟他们说："我就是天纵之才！"话不能这么说啊！齐老先生只好把笔举到空中，拿眼睛死盯着看了一会儿，慢慢说："笔不要掉下来！"这话如同一偈，你怎么理解都行。于是两人笔不掉下来地死画，各有各造化。

但齐老先生也有齐老先生的委屈。《红楼梦》第三回《贾雨村夤缘复旧职　林黛玉抛父进京都》中宝玉满面泪痕泣道："家里姐姐妹妹都没有，单我有，我说没趣，如今来了这么一个神仙似的妹妹也没有，可知这不是个好东西。"宝玉为的是自己有别人没有而委屈，齐老先生是为别人有自己没有而郁闷。

他想山阴王羲之爱写《黄庭》换白鹅，李太白醉写蛮书，林和靖“梅妻鹤子”。他们都有佳话，而我齐璜怎么就没有？这一天正是北平大风扬沙天，齐白石坐在画室里，听到外面有吆喝卖大白菜的。他坐不住了。他灵机一动，想：“我何不画一张白菜去换白菜，那也不失为一段文人佳话呀！”铁栅屋外一个北方鸟蠢汉正守着一车白菜吆喝，脖子上的筋抻得老长的。不知从哪里来了一个白胡子老头，戴一个小圆眼镜，正看着他一车白菜出神，十分想吃的样子。这卖菜鸟蠢汉子见来了主顾忙招呼道：“老先生！你要称几斤？秤给得高高的。”齐老先生从后面摸出一卷纸说：“我拿这画的白菜，换你一车白菜，你可肯吗？”这鸟蠢汉子一听，勃然大怒说：“我不看你一大把岁数，窝心脚窝死你。大北风天！有这么消遣人的吗？倒想得美！拿一张画的假白菜，要换我一车真白菜！”一顿咆哮，弄得老先生摸不着南北。齐老先生挟着画的白菜灰溜溜地走了，从铁栅屋的大门侧身钻进去说了一句话：“唉！真是有辱斯文！”

黄宾虹的画室

很久以来就想谈谈黄宾虹先生的画室，苦于手中没有足够的资料。上一回特为麻烦朱珠跑到栖霞岭三十一号照了一些照片。她那会儿正在中国美院念书，去那里并不是很远。她去的当天因为黄宾虹的故居不对外开放，她在院子里盘桓了许久，偷偷地把相机从窗档间伸进去拍。我关照她一定要照黄先生养墨的大墨罐子，她照得很好，很清楚。

朱珠这样来来回回照一个大墨罐子，估计会引起故居安保人员的注意，以为是歹人踩点来了。其实故居墙上的画子全是复制品，怎么会有真迹挂在墙上呀！朱珠是画西画的，她可能不太理解我为什么会对这个墨罐子这样感兴趣。天哪！她不知道这个墨罐子对国画人来说有多么重要！据王伯敏先生回忆说黄先生画画很有意思。他的毛笔常年不洗，用的时候放在嘴里舔舔，拿牙齿把笔咬开了就画。一张画画好了，就放在小屋内，如果有人要的话，他拿出来展开看看，如果觉得不够，就蘸墨接着画，连朋友拿来他早年的画请他题字盖章的也要加一遍，正面画完了，反面也不放过，不画得墨漆漆的像三代拓碑不算完。拿画子来的人心里急死了，好好的一张画让你给糟改成什么样子了？！以为黄老先生老了在胡画，好心给他指点纸的正反面，他说他知道，并不老糊涂！他正面画画，又跑到反面画画。

上次杭州博物馆展的黄宾虹山水画中就有一些是他在后面画的。这是工笔画的一种托色方法，他也拿过来用。石绿是一种很不好用的颜色，用得不好会很脏。黄先生用得非常好，亮而沉着，真是本事。

过去画山水的画家嘴唇常年是黑乎乎的，为什么呢？这得赖黄子久，黄子久曾说他“无一笔不从口中出”。于是乎许多画家画画之前都把笔伸到嘴里濡一下，造成嘴唇黑漆漆的效果，这都是信而好古害的。唾液在墨中会增加一种胶性，使画出来的线条变得毛而松秀。过去人画画用研的松烟或油烟，大部分人用油烟墨。油烟墨本身就是一种药，夏天脸上长火疙瘩，可以用墨涂在上面。墨里面含麝香和冰片，所以在嘴里濡一下，没有什么大问题，毒不死人！学这一派画的人，终年嘴是黑的。我看过一个老画家画画，他也是在嘴里舔笔的。他舔得非常熟练，不注意时你会忽略这个动作。而且嘴上也干净，他的学生也学他，牙齿、舌头全黑乎乎的，像孔煤窑似的。有一次我跟其中的一个人吃饭，我就问他的理想，假如发达了你怎么办？他说花钱雇个人站旁边，画画的时候把毛笔伸他嘴里舔笔，比如：“哎！张嘴！”但到目前为止，他还在自己嘴里舔笔。我本人也只有画非常工细的草虫翅膀的时候，把毛笔伸到嘴里去。否则画的墨线在生宣上极易洇开。

墨还是要研的好！具体怎么好，那是只有自己研墨画画或者写字的人才体会得到。写字，尤其爱写大字的人没办法弄。因为磨几个小时的墨，大笔一蘸没写一行墨就没有了。写寻丈大幅也是从明代开始有的，书家有条件的不自己磨，请书童磨。实在没条件的就抓老婆差，老婆如果不干就抓上门的亲戚。黄宾虹的父亲从浙江金华迁回歙县后，他父亲在家乡想恢复李廷的古法制墨，在家乡开过一个制墨坊。所以黄宾虹先生对墨很讲究，他在外面画画时别人研好的墨，他是不用的。他自己随身装了一只小口袋，里面放着一块墨锭，他只用这种墨。李可染先生到杭州向他请教笔法墨法时，看到他画台上没有洗笔的水盂，就从四川给他带了一个。黄先生说他并不怎么洗笔，用不上。他说墨要用在画上。

钱松喦先生在《砚边点滴》中就谈过一些简单的颜料做法。现在会这个手艺的人不多了，会也不做了，太麻烦了！有人迷信黄大痴墓边的赭石特别好，结果把墓边的石头捡了个精光。赭石一般山上都有，区别是有的偏红一些，有的偏黄一些。偏红的含铁的成分多一点而已。黄宾虹先生晚年画的山水喜欢加石绿，墨色沉郁中忽而有很明艳的印象。这种石绿不知道是不是黄先生自己做的。因为照片中有许多小研钵，然后有一只小瓷杵，这都是做颜料必不可少的工具，证明黄先生还是自己动手做颜料的。

颜料研出来后，还要“飞”，要“淀”，还要加胶，很费事！现在这个手艺是荒废掉了！黄宾虹先生画子上赋的颜色很有趣，他有时能上得很浓重，连树干都用很重的赭石勾一遍，远看蒙茸一片，像有无数的山、石、树木，庙宇、舟棹隐在暮色中；凑近看什么也没有，只是一些斑斑驳驳的点线。黄先生的画在当时不大有人要，好多人看不懂啊！黑乎乎的，像三代的碑拓。傅雷在上海帮他办过一个展，他反复跟人说我的画不值得裱啊！如果实在要裱，就用最劣质的纸在后面托一下就行了。

他自己说如果要看懂他的画可能要过五十年。他对时间的估计还是大致准确的。杭州的栖霞岭三十一号是黄先生的最后居所。黄宾虹一生跑了许多地方，晚年他一度想在安徽的潭渡村定居，他给当时的皖南行署写了信，但后来不知为什么没有了下文。可能人家也看不出来这怪老头在瞎画什么东西。比如，他画间屋子都画不平，东倒西歪像塌掉一样。现在也有很多人看不懂他的画子，这里面还有许多画画的人，甚至画了几十年的。有个画友就常常问我："黄宾虹哪里好？"他说："我如果画成这样挂在展厅里，人家连看都不会看的！"看画、看字也要训练，有一个由低渐高的过程。好的画、好的字，都不容易一眼让人看出好来，像齐白石那样雅俗共赏的太难了！

五十年代只要有人到栖霞岭三十一号来要画子，他都很高兴。让人家动手拿，拿少了还不大高兴。他喜欢用宿墨，这点跟古代所有大师都不一样，人家讲究明窗净几，墨必新磨。明代的董其昌只用砚中心新磨的一点墨，笔要新发的。黄宾虹先生无所谓，从来不洗笔，画好了往桌子上一扔，临画的时候蘸点水，一边等笔化开，一边就画起来了。他有些线条看起来极古怪，一边很浓，一边极淡。他把磨好的墨就贮在这个罐子中沤着。宿墨画在生宣纸上有奇趣，画好的墨点子或线条旁边会渗出水渍。黄宾虹先生画画时喜欢用这种宿墨来点染。他有一张画西湖孤山的小画，近处几株柳树，柳下系一小艇，用笔很瘦硬，远山就用宿墨画成，水气泱泱的。

这种墨法他本人称之为“宿墨法”。不过天气热的时候墨中的骨胶会发酵，散发出一股恶臭。现在有许多画画的人也喜欢用宿墨法，渐成一种流行。画展上只好掩鼻而过，如入鲍鱼之肆。自从黄老先生用宿墨法以后，算是开了先河。有个朋友在家里养宿墨，但他又懒，不愿意磨墨，磨墨费工夫啊！拿“一得阁”墨汁在家养，“一得阁”墨汁的胶很重，在夏天会很臭，臭得跟猪圈一样。不！比猪圈还臭。师其心而不师其迹。黄老先生你这一黑不要紧，后世小子不仅学到黑，而且还臭了，你说这可咋整？

粹然儒者——龙士先生

昨天晚上张唐兄与程大利先生坐地谈话，提到萧龙士先生。龙士先生是个粹然儒者！萧龙士先生，原名品一，字翰云。萧先生一九四九年春大到北京，穿一件紫花布大褂在李可染、李苦禅陪同下到铁栅屋去见齐白石的时候，已经六十一岁了。同行的还有一个朋友，叫老耘（这个人容以后再说他，也是一个画得极好，带点怪气的人，一辈子名不出乡里）。龙士给齐老先生带去一张自己画的荷花，齐老先生看了许久，然后揭开砚盖，舔了舔笔在画上题曰："龙士先生画荷，白石自谓不及。国有此人而不知，深以为耻。想先生不曾远游也。"

萧老看了齐先生的画，当时就拜了齐老为师，做了一个高龄学生。后来齐老称他为"老门客"。老耘没有拜，他觉得齐先生没有他画得好，不配做他的老师，还是回老家练武、行医、画画，悄悄地死在乡里，一直到现在也没多少人知道他。老耘这个人一生逃名，电视台要采访他，他马上卷起家什就走了；赖少其先生找他好几回要求画，他一听赖老是当官的，马上跑得远远的（赖少其当时官拜宣传部副部长）。当官的人开车去求画求字，他不写，却偏偏喜欢给司机写，还写上上款，这不是故意气人嘛！我看过他写的一张前后《出师表》，现当代罕有人能达到这种水平。

龙士先生是萧县刘套镇萧场村人，清光绪十六年生人。萧先生家在当地是一个大地主，但到了龙士先生这一辈，因为他的低调慈善活动，家境慢慢就败落下来了。萧先生做慈善不欲人感恩戴德，他说做善事欲人知，则本心就存了不善。有一年徐海地区大饥荒，他请了许多饥民帮他家盖房子。每天要按他的进度来做活，做快了他还不高兴。每人每日可得几碗“糊豆”果腹，“糊豆”就是锅里放点米加大量的水，开锅时勾以高粱面或者粗面，成一种糊糊状，然后缩颈而咽之。墙都筑好了，就差上梁了。龙士先生又要停工了，说没钱盖了。众人计日得酬，每人可得二斗高粱。家人不解，问龙士先生：“好好的怎么又不盖了？”龙士先生说：“无故推恩于人，益增人不安。不如请人来盖屋，计日得酬的好。现在春荒已过，二斗高粱也能接上夏粮了。家里房子已足够住了，多盖了也只是空放着，不如就这样吧！”

本地有个穷汉在一户绅耆家做长工，不知怎么和财主的闺女好了，还把人家闺女的肚子弄大了，闯下了塌天大祸。绅耆要给县上递呈子，办他个入室强奸的罪，想结果这个人的性命。龙士先生听说了就上门跟这个绅耆说：“你女儿又欢喜他，他又欢喜你女儿，你这是何苦呢？断送他一条性命容易，造下的罪孽可也不小，再说瓦片都有翻身时，他眼下是穷，可也不当该死的罪。世事难料，你杀了人家一条性命，人家也和你结几代仇冤，不如成全这件好事，我情愿出些钱给这个穷汉作聘礼。”这个绅耆想想，也是这么个理。只是一时面子上下不来，后来就请龙士先生当了男方的媒人，体体面面地把婚事办了。七十年代龙士先生回乡时，他弃车步行进村（这也是老辈典型，步行以示不妄自尊大）。这个长工已是爷爷辈的人，带着一家老少跪在路边上环拜，谢龙士先生的成全。

我第一次见到龙士先生的时候，他已是九十多岁了。记得是在工人文化宫画画，他的眼睛不好，用手在纸上摸索。李昌松把他的墨蘸好，告诉他这笔是浓墨，这笔是淡墨。他用手比一下位置就画，纯以神行。画荷花或者兰草，枯劲老辣，如绵里裹针，如枯壁挂藤。龙士先生不喜欢赴宴，在外面吃了两天就说受不了，要回家去，要还我口来，说外面菜油水太大，吃了要泻肚子。他在家里也就是一碗粥，一个馍，一碗咸菜，自奉甚俭。他那时候在文史馆工作，也就是开会的时候去坐坐。后来选他当个美协名誉主席，大家都要他到主席台上坐。他不坐，强不过众人只好坐在主席台上。他非常惶然，口中念念道：“画画就画画呗，还弄了个主席！”龙士与贩夫走卒都能说到一起，拄着拐杖到处走走看看。小孩子说：“爷爷你给我画张画吧！”他也应下来，认认真真给人画好，然后送出门。跟小儿辈说：“人待我以礼，我更当待人以礼。”有一次一个人看龙士先生日子过得拮据，取画的时候悄悄在画台上放了几十元钱，萧先生发觉了立刻叫儿子承震追出去，送给人家。他跟求画的人说：“我有工资，画画不过是文人余事，能有人喜欢我就高兴，哪能以画求财呢？”老先生腿脚好的时候，常常穿一件褪色的中山装，拄着拐杖在城里到处走。省立医院的紫藤开了,他带着王守志先生去写生。他站在紫藤架下，用手在空中画来画去，说是在打腹稿，用手杖把紫藤花藤与花的特点说给王守志先生听。王守志先生说大写意并不等于是粗糙和率意，写意画有很精微的地方，在这方面他是从萧老那里学来的。

我曾听一个和萧老做过邻居的人说，“文革”的时候萧老因为画梅、兰、竹、菊被人目为四旧。这个邻居的长辈也有点促狭，就让这个孩子天天骑在墙头骂老头儿。萧老是北方人，家里饮食也是北方习惯，蒸馍吃。中午萧老看看馍蒸好了，就拿了两个馍对骑在墙上的孩子说：“孩子啊！饿了吧，吃个馍。”他就有那么超然。当年的这个孩子今天都五六十岁了，说到这个地方叹气道：“萧老那个涵养啊！”

萧先生是有点“迂气”的。九十年代的时候，我们一大伙人在九华山办画展，萧先生的儿子承霭也在。萧承霭先生最吸引我注意的地方是他有双很大的耳朵，所谓寿者相也！他也是很老派的人。我们一帮小年轻坐在那里闲话聊天，不时爆出大笑。他拎着水瓶倒水，从第一个问起：“我给您续点？”我们都摇手说：“您老人家喝自己的就行了，不必拘礼了！”等下次倒水的时候，他还是从第一个问起。刚有电视机那会儿，萧老喜欢瞧京戏，家人就给买了一台。开戏了！老人家高兴极了，把全家人喊来看，看到唱得精彩的地方就鼓掌叫好，跟在现场瞧戏一样。承霭、承震他们白天要工作，就先去睡了。老人家早上起来脸色就不好，说他们不懂规矩，说人家演员在台上演多累呀！你们不等人家谢幕就走了，真是不懂礼数！

原来他在为这个跟家人生闷气。

萧老晚年的时候喜欢在小纸头上写一些唐诗、宋词。这些纸头都很小，郑玉琦兄保存有很多。这些纸或者是裁纸时裁下的纸边，有的比巴掌还小一点，都画得非常精妙。我后来还复印了一些。九十年代有人要卖给我一张萧老的画，要价是一千多元。画让我先拿回来挂了半年，半年后因为我拿不出钱又让人给拿跑了。是一张《兰花小雀》，兰花偃侧之下，一块顽石，小麻雀跳跃其间。兰静，雀动。笔墨画得淡而厚。在昌松那里看到一张龙士先生五十年代画的《钢花飞溅》图，两个破瓦盆里有几株悬崖菊，披散下来，还是非常工致的一种，不像晚年那样逸笔草草的。萧龙士先生不大讲究画具，一个破画毡上墨迹累累，盂内水浑浑然。他画完画，笔也不洗，下次画的时候戳戳弄开了，蘸点墨就画，但是画好后画面没有一点浊气，不知他是怎么做到的。有的人笔精墨妙，画出来的东西却一看就是胸次污浊。

黄永玉先生给萧先生画过一张肖像，很能传递出他那种神气。萧先生坐在藤椅上，两手捏拢，瘦瘦的，很静，很沉厚的样子。萧先生活到一百多岁，在画家中要算很长寿的了。晚年书法也好，笔酣墨饱，元气淋漓。我现在手中还有一份复印件，上面写着："酒色财气，杀身利器。世人不悟，可惜！可惜！"这个可能是抄前人的成句，但写得多好啊，个个雄赳赳的，像刚上场的相扑力士。写这幅字的那一年，萧先生已经是九十七岁高龄了。

如此狂暴的灵魂！

一个时代有一个时代的风气。比如唐代风气爱胖，人、马、刀、剑，连古琴也比宋琴胖；脂粉盒子也要比宋代的大一些，因为唐代女子的大胖脸比较费粉。弱萎的时代各有各样的弱萎，装雄壮也装不了。有个弄考古的朋友，她说汉唐石狮子的头是昂昂然的，然后一步一步向低向下，到了清代机巧百出，石狮子精巧得如同巴儿狗一般，这且不说，还要让它爪子里弄着球，早前那种仰天而歌、浑然天成的气势丧失殆尽。所有伟大的时代都有一个小宇宙在烈烈燃烧。中国历史长，杀伐也多，小宇宙比较旺的人就比较容易死，剩下一批元气不大旺的或者弱萎的人群，繁殖后代，散枝开叶，然后就比较容易存活！

文艺复兴绝对是一个元气非常旺的时代，意大利的文艺青年们都有一个暴脾气，跟今天的文艺青年不太一样。暴脾气人多把好脾气的人也带坏了，一言不合，拔刀相见。

因为常常要砍开人体组织，久而久之，这些人对人体的结构、血管走向都有深切的认识。砍人和疗伤者都发奋研究，砍人的想给人最致命一击，疗伤的想最大限度地救治人的性命。很奇怪吧！文艺复兴前的意大利很乱，没有公正的司法，如果想寻求公正只有两个途径，一个是靠自己，一个去找黑社会。

画家厕身其间，不能不受到这种风气的影响。比如一个画家帮别人画了画，长久收不上来钱，那只好提着刀去找这个欠债的人，因为他没地方说理去，一切靠自己！两样你任选：要不还钱，要不让我砍你几刀！画家一手拿笔，一手拿刀，两手都要硬。谁知道从什么地方跳出一个人来，偷袭你一下子。文艺复兴时期的画家除了画得好以外，还得刀法好，不然活不长。

丹纳在《艺术哲学》中曾说到罗马城内，黑天白夜都有不少命案，没有人被谋杀的日子是很难得的。因为天天死人，街头也常常竖绞架，抓住谋杀者要当街吊死。社会风气是拿命不当命。画家耳濡目染之下还出了一个画“吊死鬼”的专家叫安特莱阿，后来得了个诨名，就叫吊死鬼安特莱阿。就像现在国画界善画驴的叫个张二驴，善画虾的叫个王大虾，善画小鸡的叫个方鸡鸡，这个善画“吊死鬼”的人本身就是一个杀人犯，也不是什么好鸟！一个朋友偷了他画油画的秘诀，他毫不犹豫地就把那朋友给弄死了，结果自己也被送上了绞架，一时还找不到擅画吊死鬼的画家了，搞得这个行业人手奇缺。

书中说文艺复兴时期的艺术家跟现代艺术家有很大的不同。他说比如现在的艺术家安分守己，晚上穿着黑衣服，打着白领带，斯斯文文地出去交际。但在彻里尼的回忆录中，意大利艺术家同闯江湖的军人一样好勇斗狠。美术评论家这个职业更不好干，如果没有上乘的武功就得耳聪目明，听到一点风吹草动，赶紧拔腿走人，比兔子跑得还快。

罗梭说了几句拉斐尔的画不好，他的学生就要组团来杀他，吓得罗梭赶紧跑路了。瓦萨里喜欢留长指甲，加上喜欢男风，跟徒弟玛诺同睡，夜里身上痒就用手挠，结果挠到玛诺的腿上，玛诺就天天拿着刀追着师父要捅死他。丹诺说那个时代的人脾气就是那么激烈："打架那么随便，一下子就会眼睛发红，扑到你身上来。斗兽场中的牛总是用角撞，当时的意大利人总是先动刀子。"

这些人人格分裂得一塌糊涂，风雅起来风雅得要命，狂暴起来简直像发疯的野猪一样，口吐白沫一头撞过来。平常穿着黑丝绒的短褂，一双手养得修长白皙，眼神安静，完全是大贵族的派头，但一发怒起来就毛发上竖，扬尘舞蹈，置礼仪与风度于不顾。他们谈恋爱的方式极其露骨，毫无温柔幽密的气息。丹纳说当时的人只想笑个痛快玩个痛快，这是天性的倾向，好比水顺着水坡流去一样。年轻的感官的健康，动物式充足的劲道，在作品中发泄，也在肉欲中发泄。其中有个代表人物就是卡拉瓦乔，画画得好，刀也使得好，但玩刀者必死于刀下，三十九岁时死于流亡的路上。他的一生几个字就能总结完：出庭、坐牢、逃跑。实在穷得不能过了，就开始画画，拿到钱后依旧把上面的步骤重新来一遍。

历史文献中记载他干两周的活儿就能挎剑大摇大摆逛一两个月，还有一个小厮跟着，从一个球场到另一个球场，总是准备争吵打斗，因此跟他在一起狼狈之极。他一辈子就在那不勒斯、马耳他群岛、西拉库兹、墨西拿以及马勒摩等地过着漂泊的生活，他是走到哪儿打到哪儿，身负多桩命案，因此身后从来不缺少蹑踪而来的仇家。

1604年4月24日，他把一盘煮熟的洋蓟扔到了侍应生脸上；同年11月18日，他因随身携带佩剑被差人拦下，出示武器携带许可证后，他对差人叫嚣："嘿，把它们塞进你的屁股吧！" 1605年7月29日，他用佩剑刺伤了一个叫帕斯奎罗的年轻公证员，两人为一个女人争吵，帕斯奎罗告诉警察："她是米开朗琪罗的妞儿。" 5月28日，他在那里遇上了菲莉德的旧情人拉努乔·杜马索尼。宿敌碰头，两人对骂起来，继而拔剑相向。拉努乔尽管比卡拉瓦乔小十岁，却因躲避攻击失足倒下。卡拉瓦乔踩着他，一剑刺在他的生殖器上，故意羞辱他。此招数太阴损了！拉努乔的哥哥见状向卡拉瓦乔发起进攻，剑锋深深刺中他的头部和颈部。卡拉瓦乔流了很多血，捡了条命逃掉了，拉努乔被抬回去没多久就死在家中。

然后又是逃亡。逃往南方的三年亡命生涯里，卡拉瓦乔辗转多地，每到一处，他都声名鹊起。手艺好、天分高是没办法的事情。画得又快又好，钱也不少挣。在墨西拿他完成了《拉撒路的复活》与《牧羊人的崇拜》两幅大作，后者的酬金是一千个银币，是他收到的最高昂的报酬，这在当时是多么大的一笔巨款！然后不画了，声色犬马，杀人买官，没多久又花个精光。

1606年3月，卡拉瓦乔以列娜为模特创作了第二幅画作。4月，画作被挂上圣彼得大教堂，但月底被摘了下来。圣母画得太性感了，把主教老汉看得面红耳赤的，命人把他的画摘下来。后来又突发奇想扛回来一个溺死的妓女，以她为原型创作《圣母之死》，这张画自然又被人退回来了。

卡拉瓦乔在艺术上达到非常高的高度。也许有人会说他活得更长久一些，不那么狂暴的话，也许会画得更好。但人家不那么想，他就像一个拥有无数财富的孩童，不知道该怎么挥霍才好。人类的天才也是这样，如同一树好花，当开就一下子开了，开完了就开完了，不藏着掖着，不为下一季着想。我在天柱山三祖祠的大殿前曾看过一树杜鹃，花期时开得连大殿的粉墙也映红了，地上的花瓣落了厚厚一层，丝毫不知道吝惜。而且时当春末，游人稀少，不知道这花开给谁看。天才就如同一树好花。他管你呢！要开就开了，谢就谢了。卡拉瓦乔这朵花太大了，开在文艺复兴的末期，连半边天都映红了。

巴黎还有好人

合肥老乡王亚樵曾说过一句话，很有意思。他说："大丈夫不可一日无权，小丈夫不可一日无钱。"这句话也真说得地道，古今中外亦然。没钱在哪里也不好混。巴黎在十九世纪初到二十世纪末是所有艺术家向往的天堂，被人封为"艺术之都"和"花都"，但面包房的老板和租房的房东对此有不同的看法，艺术之都也不能让人白吃白喝啊。他们发现混吃混喝混住的人太多，生意不好做了，尤其在左岸更不好做，因为那边碰头碰脸的都是艺术家，这些人死不要脸，欠账就不还。

左岸是指塞纳河的左边，是个拉丁区，有许多流亡的人住在那里，有艺术家、小说家、革命家、作奸犯科的，还有无所事事的人，整日逛来逛去，从一家咖啡馆喝到另一家咖啡馆。我在读海明威《不固定的圣节》时看到有这样一章：许多艺术家冬天穷得生不起炉子，于是就到咖啡馆蹭点热乎劲。好在拉丁区的商人做生意厚道，不大往外撵。海明威的许多小说就是在咖啡馆的桌子上写成的，写累了他就左右看看，活动活动粗脖子，间或有一二美女，于是就死盯着人家看。真是服了他老人家饿着肚子还能看美女。他们一直耗到咖啡馆打烊了，然后再踏着地上的薄雪一步一滑龟缩进某幢黑暗而寒冷的小屋里，第二天一早咖啡馆一开门就又钻进来了，挟着一身寒气。十九世纪末二十世纪初的年轻人都有点傻气，现在巴黎这样的人少了吧。

所以后来能熬出名的人身板都挺好的。海明威的身体多板扎啊，跟个拳击手似的。稍微弱一点就在巴黎“挂”了。很多有才气的人死在半道上了。有人是喝死的，有人是穷死的，有的人谈恋爱谈死了。

画家莫迪利亚尼穷得连雕塑的材料也买不起，夜里偷偷跑到铁路工地偷人家的枕木。枕木太重，莫迪利亚尼是个结核病患者，黄皮寡瘦，他也扛不动，只好坐在枕木上雕，挥一刀，咳几声，吐半口血。天亮了，筑路工人来了，莫迪利亚尼被惊跑了。筑路工人看着歪七扭八的枕木，心疼！看看还能用，也就将就着给埋在地下了。现在这枕木如果从地下起出来，该多值钱呀！

左岸每天都在上演着人间的悲喜剧。有的人混好了，被画廊接受了，也能挂单卖画了，于是收拾东西，请一班狐朋狗友吃一顿，洒泪而别。留下的人看看没什么希望了，卷铺盖回家了。有的看到成功的典范受到鼓励，又咬咬牙住了下来，继续受冻挨饿，继续做京华倦客；或者是悔肠子了，不干了，做个小买卖，混个仨瓜俩枣的，把年轻时的梦想踩得稀碎，连听别人提起来都会脸红，像听另外一个人的故事，自己也惊奇：当年真有这么二吗？

小说家找到愿意给自己出书的出版商了，先还肉店欠久了的肉账，面包房也得去一趟。反正到处都是账，所谓“酒债寻常处处有”，债多不愁，虱多不痒。巴黎伟大就伟大在这个地方——容易赊到账。如果要说巴黎有什么文化传统的话，那么赊账或可算一个。

马尔克斯年轻时供职于波哥大《观察家报》，1955 年，他因揭露海军走私而引火烧身，以至于不得不狼狈逃窜，亡命巴黎。海明威说，巴黎每天都是盛大的节日。这句话我想马尔克斯肯定不同意，因为在这种盛大节日背景下，还有一个饥肠辘辘的马尔克斯。巴黎变成了熬人的炼狱，他穷困落魄，举目无亲。多年以后，他是这样回忆的：“没有工作，一人不识，一文不名，更糟的是不懂法语，所以只好待在弗兰德旅馆的一个不是房间的房间里干着急。肚子饿得实在挨不过去了，就出去捡一些空酒瓶或旧报纸，以换取少量面包。”

这样的生活他过了整整两年。说真的，马尔克斯身体也好，长得跟海盗似的，不然他也要步许多先辈的后尘，羽化登仙了。总之他奇迹般地活了下来，全靠肉案上剔完肉不要的肉骨头。过后他才知道，许多拉丁美洲流亡者都有过类似的乞丐经历。他和他们不谋而合，都发现了这么一个秘密：骨头可以熬汤！

买一块牛排搭一大块骨头，牛排吃了，骨头不知要熬多少锅汤。即便如此，他仍诅咒过那些肉铺。在他看来，所有开肉铺、开面包店或旅馆的，都是可恶的小人。中国早年留法的艺术家在法国长得一胖二白的，因为我们的食谱比他们的广得多。肉骨头，这么好的东西，还要发现吗？因为我们从小就被教育：营养在汤里，在骨头里。

中国有个油画家叫常玉的，常常到肉案上弄点牛下水、猪下水回来烧着吃。他的法国邻居看他吃得津津有味无不瞠目结舌，视他为吃人的生番。后来徐悲鸿托人带信给他说，让他回来建设新中国。他不干，回信说他喜欢睡懒觉，怕做早操。听说国内早上要做早操，要政治学习，打死也不回来。后来他在法国煤气中毒死了。他画的女人体，很优美，像一株荷花。

前些年几个从北京去巴黎的艺术家凑在一块儿说想吃猪头了，但街上没卖的，其中一个人就骑车到屠宰场买了一个，路上先用报纸捆起来，不知道什么时候报纸被风吹走了。路上一个法国警察看到他后面载着一个血糊糊的猪头，差点吓得车开到电线杆上去。其实下水、猪头在我们的食谱里是美味。也不知道这个法国大菜怎么弄的，怎么会放弃下水呢？实在令人费解！

马尔克斯实在穷得可怕，仿佛下辈子也还不清长期拖欠的房租了，弗兰德旅馆的老板拉克鲁瓦夫妇也许是自认倒霉或命中该当如此，不但不催不逼，最后似乎还不得不由他徒托空言、一走了之。后来，马尔克斯时来运转，竟无可阻挡地发达起来。1967 年，《百年孤独》的出版更使他名满天下。

一天，春风得意、身处巴黎某五星级饭店的马尔克斯忽然想起了拉克鲁瓦夫妇，于是他悄悄来到拉丁区，寻找弗兰德旅馆。旅馆依然如故，只是物是人非，他再也见不到拉克鲁瓦先生了。好在老板娘尚健在，她一脸茫然，根本无法将眼前这位西装革履、彬彬有礼的绅士同十多年前的流浪汉联系在一起。为了让她相信眼前的和过去的事实并收下“欠款”，马尔克斯煞费了一番苦心。

再后来，马尔克斯获得了诺贝尔文学奖，拉克鲁瓦太太得知这一消息后惊喜万分。她在《世界报》刊登了一则寻人启事，诚挚地表示要把那一笔钱归还给他，也算是他们夫妇对世界文学的一点贡献。马尔克斯为此又专程前往巴黎看望老人家，而且陪同他前去的是拉克鲁瓦夫妇年轻时的偶像：嘉宝。马尔克斯诚恳地告诉拉克鲁瓦太太，她的贡献在于她的善良，她没让一个可怜的文学青年流落街头。他还说，她和拉克鲁瓦先生使他相信：巴黎还有好人，世界还有好人。

但这样的事情太少太少，更多的还是左岸的老板揪着艺术家的长头发找他要钱，或者是穿街走巷找这些不要脸的赖账者。左岸有多少巷子啊，这些巷子有多少支巷啊！像一个迷宫。

俱胝一指

杭州俱胝和尚初到金华山时，有个尼姑来踢场子。尼姑头上戴个笠子，也不知是草的还是竹的，手拿一根锡杖，围着和尚飞跑，跑了三圈后说："如果能说出来禅理，我就把笠子摘了。"问了三遍，俱胝和尚也答不上来。尼姑冷笑着就要走。俱胝和尚说："天不早了，山里还有豺狼虎豹的，不如就在小庙里歇了。我是个本分人，你不要怕。一个出家人有什么了不得的大事，歇一夜不好吗？"尼姑说："你能说出禅理来，我就在这里住。"俱胝讷讷。

尼姑走了，天黑下来，暮鼓敲起来，一声一声，像左右大嘴巴抽在俱胝脸上，乌鸦哇哇叫着归巢。和尚一人在禅房中垂泪曰：我虽处丈夫形，而无丈夫气。不如弃了这座禅林，上外面去学点知识。他哭得头昏脑涨的，不知不觉间就睡着了，心里记挂着尼姑的问题，不知道尼姑摸黑走出这荒山没有？梦中一个山神身披万道霞光，手中托一金杵而来，脑袋瓜后有一圈圆光，比圆规画的还要圆。山神说：你那鸟汉子好好听着！不要离开这里，明天肉身菩萨来为你说法。过了十数天，天龙和尚就来了。俱胝就一五一十跟天龙和尚说了，请他老人家帮着解解这个尼姑为什么围着他飞跑，为什么不摘下笠子，为什么不让他看见脸，唧唧哝哝说了半天。天龙和尚听了之后，略想一想，就竖起一根手指头。俱胝当下就开悟了，舞蹈扬尘而去。满山花发草长，伐木丁丁。

以后有来问法的人，俱胝就竖起一根手指头，有时是中指，有时是食指，有时是无名指，唯独不竖大拇指和小指。竖大拇指怕被别人误会为江湖老大，招致杀身之祸；小指也不能竖，会被人误会为是贬低来者的意思，招来无妄之灾。这些来问法的都不是好相与的，哪个腰里不带着家伙？富的挎着剑，穷的拴着刀，最不济的穷汉还拄着根打狗棍和烧火叉子，到时劈头给你来一下，如何是好？和尚头上也没有头发护着。学佛、学禅第一要义是学做人，与人为善。悟不悟的还看各人缘法，被打得鼻青脸肿的都不是好和尚。

俱胝弘法之余，还要常常出去化缘，化些银钱柴米，好让一寺老小过活。这个是正事，开不得玩笑的。俱胝不在家的时候，也有人来问法。那些来问法的人也是莽撞，以为人家天天有义务为他开悟似的。

这些人来了就东一个西一个睡在庙里走廊下，到了吃饭的时候各自从怀里掏出干粮吃，也有吃饼的，也有吃馕的，谁也不让谁一下，吃完后念经的念经，下棋的下棋，还有人低低地唱：“小小尼姑下山来，手敲木鱼上长街。”俱胝老也不回来，看看春三月了，山下随风传来采茶调的声音：“南山顶上一株茶，阳鸟未啼先发芽，今年姐妹双双采，明年姐妹摘谁家。”听到歌，大家心里慌得什么似的，合计这么等下去也不是事情，就跑到俱胝的禅房前闹：“你奶奶个熊！说好三五天就回来，这都三五个月了连个人毛也不见，我们都下山背了三回粮了，今天不给个说法我们大家伙儿把你们熊庙给拆了！”大家一发地闹起来。有几个本寺的监院和尚看到他们闹起来，都吐吐舌头，把门悄悄掩起来。

这时俱胝的禅房中走出个小童，穿一身灰色的直裰，手里托着一个茶盘，他斜着眼瞧众人道：“真不是我说你们，都是出家人，为什么动不动就讲打讲杀呢？不就是想开个悟吗？开悟就那么难？来这么些日子了，你们就知道混吃等死！”“呃。”“你们早来问我不就早结了！”说罢放下茶盘，盘腿坐下。大家看了肃然起敬，互相对视一眼，也跟着坐的坐，跪的跪，有的还把头给磕了，有的干脆趴在地上，支着腮等童子弘法。等了有一炷香的工夫，童子闭着眼把中指竖起来一举。又过了一刻钟，童子从地上爬起来，从腰间解下一块老粗布把屁股上的灰拍打拍打就进去了。门吱呀一声，关上了。

禅院中起了一阵风，桃花被一片一片吹下来，三三两两，像有人着意撒在地上一样。

大家愣了片刻，一个和尚跳起来有三丈高说：“我开悟了！”然后就去收拾铺盖。后面的人纷纷说：“悟了！悟了！”像哥萨克骑兵冲锋似的高喊着：“乌啦！乌啦！”冲下山去。山坡上腾起一道烟，和尚们越涧穿岩下山去也，踩倒了不少花草树木。童子把走廊收拾了，然后把一个还愣在那里瞅着中指呆看的笨货赶出去，说你到门外面去悟吧！为什么人家都悟了，偏你就不悟，我要关门了。童子把山门关上，顶门杠子插好，一边往回走，一边竖中指，心里叹服：“这招真好使！这有什么难的，我也会竖了！”他走几步竖一下中指，走几步竖一下中指。

俱胝到了初夏季节才回来，背了一口袋小麦面还有几个大竹笋。竹笋也不知道是从哪家毛竹园顺来的。他一边拍门一边喊："人都死光啦！也不来接一把。"小童子在里面一边答应着，一边来开门。俱胝道："现在真是末法世代了。缘越来越不好化了，从婺州都快走到宁波了，又打了个来回，才化得这一口袋小麦面，里面还有不少麸子。刚才回来从宋大爹的菜园子过，趁他不在园子里，踢了他家几头笋子，晚上做烤笋吃。快接过去，不要叫他看见了，看见又是一番吵闹。"

俱胝一边说一边往里走。他朝佛殿两边的走廊看了看问道："怎的，这一阵子一个来问禅的人也没有？"小童子哧哧地笑道："都让我给打发走了。师父也不早教给我，早教给我早清净了。"俱胝摸了一下直冒热汗的光头说："那你说说是怎么把他们打发走的？平常他们这些人是非见我不可的。"童子说："我就是照你那样把中指一竖，他们看了都快活死了，都说开悟了，然后人就走光了。"俱胝暗自啐道："你这个败家玩意儿。"但他佯作欢喜又问道："他们没有问你别的道理？"小童子说："给他们看一个中指，就把他们快活死了，还要怎的？"师徒两人边说边走，快到禅房门口的时候俱胝说："那个袋子里有两个米果子，你拿去吃吧。师父要歇一会儿，你很能干了。"

第二天早晨起来，小童子正在扫院子，俱胝背着手过来。山背后的云浮起来。

俱胝问道："如何是佛？"小童子把中指一竖，一道白光闪过去，觉得中指生痛——中指被俱胝一下子削了去，用的正是厨房里切笋的刀。小童子攥上手指就跑，他怕血一下子就流光了。他穿过大殿，从韦驮面前跑过去，从观音殿前跑过去，一直跑到如来佛祖的前面，他记得只有那个香炉里还有几把香炉灰。他伸手掏了一把香灰按在伤口上，然后又找了几卷破经幡把手缠了缠。一个黑影子从门口走进来。小童子转过身来，盯着门口越来越大的黑影，后背靠在香案上抖个不停。

俱胝问：如何是佛？

竖中指，一个大胡萝卜似的布团子。

开悟了！

（公案）《五灯会元》卷四曰："杭州天龙和尚法嗣婺州金华山俱胝和尚，初住庵时，有尼名实际来，戴笠子，执锡绕师三匝，曰：道得即下笠子。如是三问，师皆无对，尼便去。师曰：日势稍晚，何不且住？尼曰：道得即住。师父又无对。尼去后，师叹曰：我虽处丈夫形，而无丈夫气。不如弃庵往诸方，参寻知识去。其夜山神告曰：不须离此，将有肉身菩萨来为和尚说法。果天龙和尚到庵。师即迎礼，具陈前事。龙竖一指示之。师当下大悟。自此凡有学者参问，师唯举一指无别提唱。有一童子，每见人问事，亦竖指。人谓师曰：和尚，童子亦会佛法，凡有问，皆如和尚竖指。师一日潜袖刀子问童曰：闻汝会佛法，是否？童曰：是。师曰：如何是佛？童竖起指头。师以刀断其指。童叫唤走出。师召童子，童回首。师曰：如何是佛？童举手不见指头，豁然大悟。师将入寂，谓众曰：吾得天龙一指禅，一生用不尽。言讫示灭。"

海匪扛走了

妙玉

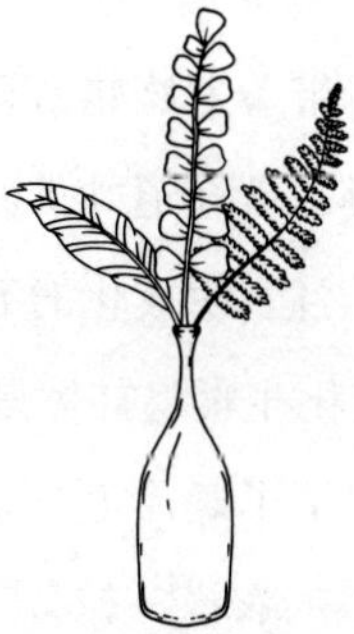

海匪扛走了妙玉

妙玉这个人什么都好，就是有一点不好——“酸”，说话酸酸的，行事也是酸酸的。贾母带着刘姥姥游至栊翠庵，看官在这个地方注意一下妙玉拿出的茶具，就知道妙玉原也是心细如发的人。贾母用的是成窑五彩小盖钟（注：明成化的五彩杯子，在当时就价格不菲，比如震动港九的明成化斗彩鸡缸杯是也），然后其他众人都是一色的官窑脱胎填白盖碗，下了好几等了。

那妙玉又把宝钗、黛玉的衣襟一拉，二人随她出去，宝玉悄悄地随后跟来。只见妙玉让她二人在耳房内，宝钗坐在榻上，黛玉便坐在妙玉的蒲团上。妙玉自向风炉上扇滚了水，另泡了一壶茶。宝玉便走了进来，笑道：“偏你们吃体己茶呢。”二人都笑道：“你又赶来蹭茶吃，这里并没有你吃的。”这时贾母等人已经回去了，道婆把茶具收进来，妙玉看到了就让把那个成窑的杯子单放，宝玉会意知道她嫌刘姥姥吃了，杯子脏了，不要了。

下文有两处，一处正色、一处冷笑。但在前面又有一段十分欢喜。为什么妙玉这么一惊一乍的呢？可见曹先生阅人之细。妙玉在此处故意冷淡贾宝玉，只要是宝玉说话她就必然把他驳回的，这叫假撇清，实际上是喜欢的，但不想被人看出端底，比如她正色地说："你这遭吃茶，是托他两个的福，独你来，我是不能给你吃的。"黛玉因问："这也是旧年的雨水？"妙玉冷笑道："你这么个人，竟是个大俗人，连水也尝不出来。这是五年前我在玄墓蟠香寺住着，收的梅花上的雪，统共得了那一鬼脸青花瓮一瓮，总舍不得吃，埋在地下，今年夏天才开。我只吃过一回，这是第二回了。你怎么尝不出来？隔年蠲的雨水，哪有这样清醇？如何吃得。"这一番话说得黛玉没法回，顺手把她也给敲打了。

以林黛玉那样心性也没法和她打个平手，不好说话，亦不好多坐，吃过茶，便约着宝钗走了。妙玉冷眼在旁边当然看到宝玉和黛玉的感情了，她这一手偏偏要在宝玉的面前出黛玉的丑，本来风雅是黛玉的强项啊。话里有话——"你这么个人，竟是个大俗人，连水也尝不出来。"这有点不厚道了，有点争风吃醋的味道了。

宝玉临走时把刘姥姥喝过的杯子要到了手，然后对妙玉说要叫小幺儿来担几桶水帮妙玉洗地，因为刚刚他们几个俗人站脏了妙玉的地。妙玉自然是心知肚明的，就越发顺坡下驴说："这更好了。只是你嘱咐他们，抬了水，只搁在山门外头墙根下，别进门来。"

老曹对妙玉这样的小资品性还是包容的，某种程度上还带有一种欣赏，再怎么写还下不了狠手，在他的笔下妙玉还自然地风雅着。到了第一百一十二回，高先生他不知道拿妙玉这个人物怎么办，而且他也不喜欢她。如果他能喜欢妙玉，那他就写得跟曹先生一样好了。高先生跟我一样是苦出身，窝头脑袋，对这路人没办法欣赏，所以来了一出“活冤孽妙尼遭大劫”，话音中有幸灾乐祸的劲头。

他让南海来的海匪先用闷香把妙玉麻翻，心里明白，只不能动。海匪又不杀她，“哪知那人把刀插在背后，腾出手来，将妙玉轻轻地抱起，轻薄了一会子，后来就把妙玉扛走了”。这个结尾编得有点不伦不类的，用这样几句话，就把妙玉这个人物给打发了。不知妙玉被劫后，是甘受污辱，还是不屈而死，不知下落，也难妄拟。

曹先生地下有知，看到高先生这样写，会一把揪住他要与他打笔墨官司的，反正两人现在都见了面了。你就是再怎么讨厌妙玉也不能给她安排这么个下场啊！把前面曹先生的功夫全白费了。不过做人要真像妙玉这么矫情，高先生就只能让她被海匪给扛跑了，因为他给她弄个什么下场都觉得不合适，想可能也想过的。就是现在我们在现实生活中有时看到这样矫情的女士也愤怒，也想用闷香先麻翻她，然后轻薄一番，扛走了事。如果让高老先生接着写，很可能把妙玉写成压寨夫人，圆翻怪眼，一刀一个，管杀不管埋的婆姨。

写书的人就有这么点好，如果不喜欢谁，就让他或她死得很难看。

王八拳考订

王八拳是一种古拳法，历经改朝换代、刀兵水火从没失传过。前些天在商之都门口看到两个男青年为停车打起来了，使的就是这路古拳法。我在百度上查了一下，这种拳法原没有师承，北不上少林，南不到武当，发乎于人伦天性，是人与生俱来的技击本领，不受场地、跑道、气象条件影响，随时可以起飞。这两个男青年都带了女朋友，在动物中属于求偶季节，容易暴怒和冲动，肾上腺素分泌特别旺盛，一言不合就打起来了。

王朔在小说《看上去很美》中曾说：这种拳一般流行于幼儿园中，打这种拳，讲究的是打拳的小朋友眼睛紧闭，双拳握紧，两条胳膊以肩为圆心，向前乱抡圆圈，远看就像乌龟爬坡爬不上去乱蹬的那个样子。这种拳一般不以击中目标为目的，主要是以一种盲目的抡拳动作在气势上威吓对你有攻击企图的小朋友。如果打拳者在使出这种拳法的时候伴以大声哭叫，更可以极大地增加威吓对方的力量。这个地方更正一下：乌龟在我们本地就叫乌龟，王八是指鳖。

但这两个水中的家伙是近亲，所以举止也差不多。

这两个男青年也是以“抡”字为要诀，辅之以腿法，腿韧带又不好，踢不高，上不能过腰，专取人家子孙根，击中的概率大概百分之七八之间。两个女的也打起来了，连打带骂，大都围绕男女性器官展开言论攻势。如果有小朋友在场，倒不失为一个学习生理卫生的好机会。女的打架也是采取的古法——王八拳兼挠。抓头发，撕嘴，把精心化在脸上的妆都打花了，眼影被揉成一团，口红也抓得对不上唇形了，樱桃小口被打成血盆狮子口。我在看王八拳实战时，发现此种拳法百密一疏的地方，就是在抡的间隙中门户大开。如果对方以直拳直捣胸口，则不免中其窝心锤。如果势大力沉，很可能一下子闭过气去。其实可以改成每抡十许下，以一个收势上护太阳穴，下护子孙根。

后来一个男的凌空踢出一脚后，被对方抱住。于是对方抱住他的大腿，一时又盘弄不倒他。被抱住腿的一方急于找平衡，单腿支地，前前后后乱蹦。他腾不出手来打对方，两只手在空中乱挥，如耍棍花，如扇叶，如流星，只是打不到人。两边看客喝彩：“端的好武功！”我查证了一下：说王八拳起源于一妻多妾制的中土大唐，大概是在公元五世纪，发源于黄河、长江、珠江三角洲一带，具有广泛的群众基础。王八拳吸取了家畜的技击特点，取猪、鸡、马、牛、羊之长，比如猪拱、鸡刨、马蹬、牛顶、羊跳；结合了形意拳的手法、手型、步型、步法、腿法、平衡、跳跃等动作，有神鬼莫测之妙；讲究的是：出手如风扇，挨打发哭声，在技击中包含有挠、掐、咬三种动作。如果是女的可以披散了头发，发出啸叫，一头撞过来，辅之以王八拳，则有万夫不当之勇。我粉拳还受得了，这路古拳法一见之下为之胆寒，所以在上学时每吃女生的亏。

我在农村见一个女的与街上一个闲汉单挑，纷争的内容是为了屋后的一棵树被闲汉挖走了。女的老公又在外面打工，没人帮她出头，闲汉就欺负上门了。他端了饭碗站在女方门口谩骂："就挖你家树了，你咬了我鸟去！"女的从门里走出来，疾步向前，先是两招"火轮转"王八拳击中其面部，然后以头撞其胸部。闲汉应声而倒，四脚朝天，一只鞋子被甩脱了，碗也被打个稀烂。鞋子被这个女的捡起来扔到刺丛中。胜方昂首掉臂而去，不置一顾。出手之快如电光石火，每每思之，为之壮怀激烈。这是我平生见过打得最痛快之王八拳。乡野之中常有高手，脂粉队里每多奇兵。叹为观止！！！

现在我们将镜头切换回现场，商之都门口。在他们打了三四分钟之后，商场附近的保安来把他们分开了。两人拳是不打了，但阵还是要骂的，是一蹦三丈高的古法骂阵。王朗就是这么被诸葛亮骂死的。《三国演义》里诸葛亮骂曰："皓首匹夫，苍髯老贼。"王朗听罢，气满胸膛，大叫一声，摔死于马下。这两人倒没这么文乎，大致语言如下："等会儿我弄死你！"那个蹦跳着说："你不弄我，你不是你妈养的。"然后是顺地找砖头。果皮倒是尽有的，可没有拿水果皮砸人的，那样显得娘娘气，这两人都是热血汉子。城市中心商圈找砖头还真难，这两人狼奔豖突找砖头。既然找不到，就站在马路旁边打电话约人，声音大到足以让女朋友听得一清二楚，让朋友带刀、枪、棍、棒、斧、钺、钩、叉、槊、棒、拐、流星锤。其实这仗是打不起来了，总不能放核弹炸对方吧？

互相说对方不义的时候，那就是在等别人来劝架了。真打的时候谁还能腾出嘴来说话？嘴也是武器之一，能咬人的，一口叼住，血淋淋撕下一块肉来。王八咬人也是很厉害的，这个不能学，下下乘武功，学了要被江湖人士耻笑的。被王八这玩意儿咬住了，它是不松口的。头剁下来它都不松口。有人说用草茎捅它鼻孔能奏效。如果不是王八贵了，哪天买只试试去。人咬人，用草茎捅鼻孔会不会松口？难说！

淡巴菰

今天在家找墨，翻到一本《汉语外来词词典》。这本书是一九八四年十二月出的第一版，后来好像没有再版过，上海辞书出版社出的。这是十年前在一家旧书店淘来的，一道淘来的还有中华书局出的《辞源》。《辞源》的字太小了，要拿放大镜才能看清楚。这一套全是硬面装，重得像砖头，平时查字用得很少。

《汉语外来词词典》比较轻，平常翻翻蛮好玩的。如果今天这些外来词不用，怕是连文章也写不了，说话也开不了腔，触目一看全是熟词，比如一个“dan”条目下，就有单纯、单位、单元、单行本，平常吃饭遇朋友开口便问：“你哪单位的？”原来还是个洋词。在这个条目下还有个“淡巴菰”，这个词现在不用了。淡巴菰就是烟草，清代有个烟鬼词人还写过一首咏淡巴菰的词，哪天找到添上去。

他们应该是抽水烟或者烟袋锅子。抽水烟我见过，抽的时候咕咕噜噜响，我在无锡云游的时候见过几个老头抽。那是一趟很愉快的行程，刚卖完画，口袋有俩钱，在那里闲逛了个把月。早晨吃过早饭，跑到寄畅园看闲书，给一角钱拎一瓶开水坐在凉亭里能耗到中午。有几个老头坐在旁边哼锡剧，他们抽水烟，慢条斯理的，一边抽一边用个签子拨弄，一口烟下去，久久不吐，半天才掀动嘴角放一丝烟出来，烟成一线徐徐上升。偶尔能听到池中红鲤泼剌的声音。园子里有一架大紫藤，数百年前物。据说这个园子是秦少游的私宅。

烟袋锅子我自己抽过，不好抽，辣！有一回单位附近工地上来民工挖土，许多中年人抽的就是烟袋锅子。我问他什么味道？他把烟嘴子抹一下，很热情地递到我手中请我抽。我抽了一口，烟像小蛇一样直往脑子里钻。后来我请他抽纸烟，几口给嘬完了，他说没劲，不过瘾！

还有一种抽法是装在毛竹管子里，整个脸趴在上面，运丹田气一吸，烟直冲面门，如当头打一闷棍，然后腿脚发软，走路都没法走成直线。报纸上说一支烟的尼古丁能弄死一匹马，信然！

淡巴菰的条目下是这样介绍的：淡巴菰，烟草，又作淡婆古、谈巴菰、担不归、子菰烟，源自西班牙群岛太诺语“tobaco”。淡巴菰明代中叶就传入中国，到了清代烟鬼就不少了。那时烟叶在中国有很大的种植面积，但其中烟鬼抽的大部分应该还是生烟丝。

我曾问过一个在烟厂工作的朋友，他说烟当中还要喷洒白酒，高档的烟，洒的酒也要好，而且烟叶要储存时间长，品质才好。他那儿有几个女同事抽烟相当厉害，有一回在他家吃饭，几个女的也抽烟，结果把我们都给熏出来了，烟味太大了。等我们在外面转了一圈回来，几个女的还在抽呢。这个淡巴菰害处大家伙都知道，不说了。

也有反潮流说它益处的。比如吸烟可以在夏天驱蚊子，睡前一支烟，蚊子少十只，这能有益于睡眠，睡得好能大大增强身体免疫力，这是所有医学专家达成共识的。吃饭吃死的人大大多于抽烟抽死的人，但人又为什么不戒饭呢？还有抽得久的人喜咳嗽，夜里能防贼。

我们老家有一阵子也种过烟叶，老年人大部分抽手卷烟。烟叶烤好后，切成丝，有个木床子，一推一根。许多小孩放学回来，书包一放就帮着家里推烟。星期天挎着篮子走乡串户卖香烟，也没什么包装，就用白纸或者黄纸一包，有五分的也有一角的。超过这个价钱就没有竞争力了，“佛子岭”才四毛九分钱一包。

我也跟着许多小伙伴出去卖过烟，那是很快乐的时光。路上看到香瓜摸香瓜吃，有时顺水走就让一个人看着篮了，其他人下水乱拱一气，我就是这么学会游泳的。从我家所住的这个村到河对岸，一般是拉船过去，船两头系绳子。出去卖烟的孩子有船不坐，就顶着篮子踩水过去。有次我跟我叔家的大春过河，他也学我踩水过河，回来以后被我叔叔用打牛的鞭子抽得一蹦多高，那真是一鞭一条痕，一掴一掌血。

夏秋之交到山里卖烟也好，麻地两边是虫子的叫声，秋天山涧里水浅了，露出圆圆的白石头。一路走一路吃山里红或者青枣，走累了找个草坡躺倒，扑鼻的青草气。一人一支烟仰躺在地上，先是学吐圈，看谁的圈圈多和圆。静静蓝天之下，一会儿一个圆圈冉冉升起。后来就学会抽烟了，在学校不敢抽，怕老师说。在家里无妨，可以明目张胆地抽，因为烟是家里出品的，大人知道抽烟也不说什么，所以晚饭后常看到十几岁的儿子跟爹互相让烟，交换点火的场景。

且将新火试新茶

熙宁九年暮春，苏轼登超然台写了一首词《望江南》："休对故人思故国，且将新火试新茶，诗酒趁年华。"可能有看官会奇怪柴火还有什么新旧之说，实际上这首词正好写在寒食节后。古代人很重视寒食节，寒食节依照风俗需断热食一日，全家不举火。第二天要起火了，新起的火就自然是新火了。宫中太监率先取得火的人，可得皇上赏赐的金帛。

宋朝人的喝茶方式与我们现在很不一样，倒是跟今天日本人的茶道比较相近。宋朝人喝茶喝的是茶饼碾碎的茶叶末子，喝的时候以斗茶、赌茶为雅事。斗茶赌的是茶末煮后在茶盏中形成的花色。宋朝人喝茶的盏像个斗笠，敞口，外撇。文人墨客在一起拿着茶碗互相传观，彼此较量以为乐事。北宋末苏汉臣曾画过一张《斗茶图》可为佐证。还有斗、点、拂的手法。后来这一套传到日本去了，现在的日本茶道是在中国斗茶基础上发展起来的。

今天我们喝茶比较简单，讲究的人会喝盖碗茶，用茶盏盖轻轻拂开水面浮叶，然后啜一口清茶；不讲究的，早晨起来抓一把粗茶梗子扔大茶壶里，一喝一整天；还有那图省事的，烧一大壶开水放在电脑桌边凉起来，然后大水漫灌一天。北方人讲究喝花茶，南方人对这种口味不敢赞一词，茶叶中加入花香气，无论如何都觉得怪怪的。

我喜欢皖南的一种茶，茶有板栗香气。但这种茶每年产量有限。种茶的地方海拔很高，化肥农药都上不去。一年也就几百斤的产量，让几个朋友包圆儿了。他们买回来后，我去洗劫十来斤，一年的茶也就够了，多喝也无益。二〇〇〇年我到皖南深渡去，车行山谷间，觉得花气拂拂，问司机，说这里山区广种茉莉以做花茶。有些县城和乡镇干部，天天手里捧着不锈钢小真空杯，似乎茶水随时接济不上就会出人命。

陆游诗："世味年来薄似纱，谁令骑马客京华？小楼一夜听春雨，深巷明朝卖杏花。矮纸斜行闲作草，晴窗细乳戏分茶。素衣莫起风尘叹，犹及清明可到家。"点茶是将茶粉放在盏里，慢慢点入沸水，用茶筅或茶匙搅动至盏面上出现白色的浮沫。陆游诗中的"细乳"指的就是这层浮沫。到了明洪武年间，宫中下诏停止了团茶和茶饼的进贡。朱元璋是个要饭的，对这劳什子才不感兴趣，平时喝茶也就三字诀"浓、热、满"就行了。慢慢地，这种高雅的喝茶玩茶方式就从社会上消失了，取而代之的是更简便的喝茶方式。现在找一个能把宋朝点茶、分茶说明白的人都很难。

周作人说："茶道的意思，用平凡的话来说，可以称作忙里偷闲，苦中作乐，在不完全现实中享受一点美与和谐，在刹那间体会永久。”日本的茶道用意不在于喝茶，周先生这几句端的说得好！把茶道的精髓说完了。虽然日本的茶道有很多门派，以清、静、和、寂为宗，但我觉得他们那种形式感太烦琐，让人无从学起。在我自己来说，能喝个盖碗茶就觉得很满意了。

茶道中也有不清不静的，比如“浓茶”派。和歌大师良宽有一次参加“浓茶”派的聚会，一只大茶碗十几个人转着喝，每人限三口半，传到良宽手里时，一时不慎就喝“冒”了，把下面一个人的三口半喝到嘴里去。良宽急中生智，把喝到嘴里的茶漱漱又吐到茶碗里去，恭而敬之地把茶碗传到下一位手里。接碗的这位按照茶道的规矩，不能不喝，只好苦着脸、皱着眉把良宽吐出来的三口半残茶又喝下去了。

这真不是一个好茶派，想想都觉得恶心。良宽又是出名的不喜欢刷牙，一嘴东倒西歪的牙齿，黄黑参半。谷崎润一郎说他最不喜欢西洋人的牙齿，长得那么整齐，像厕所里的白瓷砖。他说哪有我们大和民族的龅牙好看啊！这种审美趣味简直让人没有道理可讲。但如果一个可爱的女孩子，正当妙龄，面相又生得好，牙有那么几分哨（合肥俗语，指龅牙）和不整齐，倒觉得比不哨不龅可爱得多。因为正是这几分缺点衬得优点格外地显眼，恨不能捧着脸庞就着大龅牙打个啵儿。

江南贡院

对于科举考试我一直比较有兴趣，曾经专门到南京的江南贡院看过，在那里也看了不少资料。其中还有陈独秀先生的考试卷子，上面批得朱笔纵横的。考官的意思是说他胡扯八道。

陈独秀先生是有反骨的，早看出科考的荒唐。他爷爷骂他是无父无君的东西，要打杀他。他专门搜集了一些古奥的冷僻字，这东西在《说文解字》和字书上不难找，他考试时一一填上去。在安庆考试时，阅卷考官不敢说看不懂，硬着头皮给了个高分，结果高中榜首。安庆独秀山附近的大户士绅争着把女儿嫁给陈家，认为陈独秀先生早晚要显达。安庆这一场考完，就要坐船到南京参加府试，独秀先生还来这么一出，被考官识破，名落孙山了。陈独秀先生从此与八股道别，再也没参加过科举考试。

江南贡院有许多珍贵的文物，有一本专供作弊的四书五经，不知道从哪个倒霉蛋那里抄出来的，火柴盒大小，可以塞在鞋后跟里，字比蚊蚁还小，眼睛不好绝看不了。古人作点弊也真不容易，下的全是死功夫，而且被抄出来就有性命危险，不仅将原有的功名革去，还要脱光打屁股，弄不好还要流放东北宁古塔。

但科考为什么有那么大的魅力呢？明清两代可以说是举国若狂，科考成了读书人的终极梦想。读书人很少想过通过其他办法来谋生和发展，也没这种可能。大清的国策是“片板不许下海”，没人去航海、做生意、做发明，或者写一点有意义的书。皓首穷经弄八股，认为这才是正途，其他的都属于扯淡。后来清末取消八股，许多读书人疯掉了，支撑的精神支柱没了。许多乡镇都可以看到个把读书人疯掉了，每天抱着书在街上且吟且唱。最近我在看齐如山先生的《中国的科名》，这本书解答了不少我对于科举的困惑。

有科举那会儿，中了举有功名了，就全家光荣了，比今天考清华北大风头劲多了。但这只是有了功名，还是虚的。要想生活奔小康，非得有实缺才行，那就得当官。当了官就能上下其手弄钱。只是有功名也能在乡里包揽一点词讼，动用自己的一点影响力，生活也能过得不错，每年还能沾点“灯油钱”。处于漕运要冲的穷读书人，还能参加官员的分肥，而且可以见官不跪了，可以平等地对话了，拿今天的话来说算是有了“话语权”了，不然县官一瞪眼，拖下去一五一十打一顿，连说话的机会也没有。有功名的读书人，属于“候补官员”，平时也有人孝敬，倘若不小心居了要职呢？当时一般老百姓把科举考试看得比天都高。乾隆时候有个考生一百多岁还去考试，扶着曾孙子，手里拿着灯笼看考场。皇上被他的精神感动了，怕了他了，给他赐了个功名，算是正途出身了。左宗棠有一次闹待遇，在征伊犁的路上，忽然给皇上呈一表，说要回去参加秋闱。

皇上没办法，给他一个赐同进士出身。这个事情后来被一班正途出身的人差点没挖苦死。

但也有人弄了一辈子，学也没进一个，这样的人太多了，如恒河沙数，那就剩下一途——开馆授徒，月薪一两银子。主人家对读书人还心存敬意的话，那日子还好一点，一年能吃上几回白面。碰上那吝啬不怜贫的，就倒了血霉了。我看齐如山先生写的《中国的科名》里面记了一段北方小戏，说一个土财主给儿子请老师，先定下规矩如下：下雨天先生要背学生；学馆设在一破庙中，初一、十五带敲磬；吃饭只有糠窝和稀饭，但大便须稠，每日须有大便三筐。这些刻薄的条件这先生也答应了，真是百无一用是书生。

还有一家老给吃冬瓜，先生气不过，站在窗子前面不动窝，主人问他在干什么？他说在看戏。主人不解："离戏台几十里地也能看见？"先生说："能，吃冬瓜明目，眼睛好！"

《儒林外史》中周进没取得功名时就是个童生，连秀才也没有中，那就更伤心了。有秀才到他学馆里坐地吃饭，鸡鸭骨头吐了一地，根本不招呼他，而周进还要等他走了后，头昏脑涨地扫一番。到外面吃席又被人羞辱了一番。受辱的关键就在于没有功名。后来跟人做生意到了江南贡院，一见考场就一口血吐出来，因为他不甘心啊！

现在还有人相信这样的昏话，说什么半部《论语》治天下，明清两代这班读书人，谁的四书五经不是滚瓜烂熟呢？但也没见他们把天下治得怎么整齐过。

穿越

还是晚上，热。天老不下雨，冬旱连着春旱。菜价又贵了！

老婆问我："哎，你说如果能穿越的话，你喜欢哪个朝代？"因为前一阵子她老看穿越小说，落下这点病根。我放下手中的《资治通鉴》叹了一口气说："你就不能看点正经东西！"她说："哪来那么多废话，就说喜欢哪个朝代，说！"我说："宋代吧！不行的话，盛唐也行！"

她说你到宋代最想见谁，只许一个选择。我本来想说李师师的，转念一想，不妥！这样说等于兔子敲门——送肉来啦！我说："苏东坡。"她又问我："见到他老人家最想说什么？"我说我最想说的是："苏大爷，您字纸篓里有不要的废纸，我给您拎出去烧化了！"然后苏大爷挥挥手，我就给拎出来了，怎么也能捡出半口袋字纸，说不定里面就有几张《黄州寒食诗帖》一样的东西。

等我穿越回来，掖几张在后腰眼，藏几张在胳肢窝里。不过这个话我没跟她说。我说："这东西都是国宝，搁世界上哪家博物馆也是镇馆之宝。我们一年卖一张，就吃不愁喝不愁了。没事就上什么巴黎、瑞士买衣服。一年三季，什么春装秀、夏装秀、秋装秀全去看。""夏天人家度假去了，没有秀！冬天在国内陪我爸我妈过春节。"老婆插嘴说。"好！只要喜欢就买，不要心疼钱！喜欢海，没事，你把桌子上那个废纸翻过来，画个式样，然后让建筑师打个样，我们让人盖，盖在海边上。冬天不能下海，我们就养条狗顺着海边散步，听听海猫子（海鸥）叫也是好的。你说可好？"她听了大点其头，口水挂三尺多长，就跟眼见一样。我又用手在空中抓了一把，吹了口仙气说："嫌城市人多，不爱住？好办！咱有钱，夏天上南极跟企鹅玩耍，冬天上北极和狗熊摔跤。那地方人少，碰巧能看到因纽特人在叉海豹，叉上来现割现吃，我们也称几斤，红烧也行，清炖也行，都由着你！"

她说："白要人家苏东坡的字该多不合适，给他老人家带点东西吧！"我说到安徽大市场买台风扇你说怎么样？苏东坡一定喜欢，他胖，又喜欢喝几杯，夏天想必不好过，带这个东西实惠。她把嘴撇得跟二五八万似的说："你知道我为什么瞧不上你吧！什么事情都不过脑子。宋代有电吗？没电把风扇供祖宗板上啊！再者说了，人家对咱这么大恩德，怎么说也得给苏大人拎台笔记本电脑，电还要充得满满的，还得买一包备用电池，把后来世界上发生的大事小情都装在里面让苏大人看看。"

我想了一会儿，弹动脚指头说："我想了，不如到城隍庙批一箱打火机，然后批点小镜子，也费不了多少钱。宋朝人打点火费老劲了，拿火镰砍一上午，还不见得砍出火星子。你说老苏那么有童心的人，送他一大盒子打火机，那他不知道显摆成什么样子。见到黄庭坚、秦观他们还不把二郎腿架起来，一边说些诗词歌赋，一边‘啪’地打一下，打一个大火苗出来，把黄庭坚吓得跟什么似的，忙不迭地往几案下拱。他如果想要，我送他一打。但有条件，他得帮我写一个《花气袭人帖》，比台北故宫那个还大、还长，我放枕头旁边，想什么时候看什么时候看。”

她又问小镜子做什么用。我说在苏、黄两家拿了这么些东西，他家里亲亲眷眷的，你好意思一点东西不送呀！古代女的，有钱人家还有个铜镜，穷的只能蹲在河边临水照镜，才知道自己的美丑。就说那个铜镜，几天不磨，就是满镜的铜绿，蛤蟆背似的，照出来的人曲里拐弯的。他家里无分大小，一人一个小镜子，岂不快活死！她说朝云人好，送她一个大点的。城隍庙批发的，又不贵。我说嗯嗯，这个不消说的！我说如果穿越过去不巧的话，朝云在惠州已经“挂了”，可怎生是好？不行的话，我把镜子跟苏东坡写的《惠州荐朝云疏》一块儿给埋了，也不枉我穿来穿去一番苦心。她说这个很使得的。

我问她如果你能穿越的话，你想穿越到哪个朝代去。她说：“宋代呀！”我问她到宋代最想见谁？她说：“当然是苏轼，苏东坡了！”我又问她见苏胡子干什么？她笑笑说，不告诉你！然后眼神迷离。我心想这要坏！我说你莫不是要发花痴啊！苏胖子身边可有朝云呀！

她嘤咛一笑说："我穿越过去的时候，朝云早就不在了，我要陪着苏大人渡海到海南岛去。我可以服侍大人，和大人谈诗说词，我要和大人凭海临风。我也背一大袋礼物。一袋打火机，镜子只有一个。我自个儿受用。"

然后，然后，然后就打起来，杀人了！家暴了！

睡觉

在睡觉这个问题上，大概没有谁比陈抟老祖更有名的了。陈抟，字图南，号扶摇子，赐号希夷先生，常被尊称为陈抟老祖、希夷祖。这人能睡，小睡个把月，大睡经年，还有说一睡三年的。不睡干什么呢？五代十国，那个乱劲。眼见天下人物走马灯似的你打来我打去，狼奔豕突，烽烟四起。陈抟从洞里爬出来瞅瞅，搔搔一头乱发。陈抟老祖的头发是卷的。他打了一个哈欠，伸伸懒腰，这没法办，还是睡吧！他睡睡醒醒，有时还骑着毛驴下山打听："哎！我说老哥，现在谁在坐江山了？""赵匡胤！"陈抟大笑着一头从驴子身上倒栽下来说："天下自此定矣！"别小看这一跤，摔出政治影响力了。睡是假睡，摔是假摔。

周世宗曾召陈抟入宫问策，陈抟倒头便睡，一觉就睡了个把来月，醒了就要走，临走的时候赋诗云："十年踪迹走红尘，回首青山入梦频。紫绶纵荣争及睡，朱门虽贵不如贫。愁闻剑戟扶危主，闷听笙歌聒醉人。携取旧书归旧隐，野花啼鸟一般春。"乱世的贵是不如贫的，全是大实话。陈抟大约看出周世宗还不像个坐江山的样子，帮扶他弄不好把自己给搭进去，不干！回山接着睡去。能吃能睡这两样，哪一样做到极致了，也能耸人听闻。

到了宋朝太宗赵光义召见时，陈抟老祖答得好："抟山野之人，于时无用，亦不知神仙黄白之术，吐纳养生之理，非有方术可传。假令白日冲天，亦何益于世？今圣上龙颜秀异，有天人之表，博达今古，深究治乱，真有道仁圣之主也。正是君臣协心同德、兴化致治之秋，勤行修炼，无出于此。"瞧瞧这话说得多么圆融啊！虚中带实，实中带虚，鸡毛掏耳朵。太宗更加敬重，十月下诏，赐号"希夷先生"，并令有司增葺华山云台观，数月后放其还山。

睡觉睡不好真是要人命的，会让人思想抑郁，觉得生不如死。有资料统计，现在城市居民普遍缺觉。早班挤公交车和地铁的人流中，大部分人睡眼惺忪，哈欠连天，有的干脆黑着眼圈，状如泥雕木偶似的随人进退，这都是觉没睡好导致的。觉睡不好，就会悲观，想打架，想咬人，想跳墙，一会儿嗒然若丧，一会儿沸反盈天。乡下有句俗谚叫："一夜吃头猪，不如一觉呼。"很能说明睡觉的重要性。我很羡慕能睡觉擅睡觉的人。有的人在跟你说话的空当也能睡一会儿，说着说着没声音了，一看，原来睡着了，嘴里挂下来亮晶晶一条涎水。

古代有两个瞌睡虫不知道因为什么原因要见一面。一个瞌睡虫到另一个瞌睡虫家里，见主人不在，就伏在桌子上睡起来。主人回来以后，一看客人睡了，不忍打搅，也不敢打搅，就伏在旁边和客人头对头睡下了。客人睡了半晌，起来看看主人尚在酣睡中，又伏下头来便睡。两人就这么起起伏伏，睡到日头偏西。主客不交一语，各自走散。齐白石有一首词作得好：网干酒罢，洗脚上床，哪管他窗外有斜阳！

睡觉想睡得好，要一事不萦于心。躺在床上，鼻观口，眼观心，头一歪就过去了。如果想赵公元帅，想月底要交的银行按揭，想股市被套牢的血汗钱，就睡不好。最近股市暴跌了，好多人睡得都不好。有个笑话说两个炒股的人见面，一个问另一个说："最近睡眠怎么样？"被问的人回答说："像婴儿般睡眠。"另一个人叹服："不愧是高手，看得开！是儿不死，是财不散，亏成这样还能睡得着！"另一个带着哭腔说："半夜经常醒来，哭一会儿再睡。"

我睡得最香美的觉是在大别山里。那次我和李老大住在一个大队书记家里。书记家在山坡上，朝阳的地方种了不少南瓜和紫扁豆。我们去的前一天，书记刚遭人打了，眼睛被打肿了。他老婆正拿东西给他敷眼。他家的后面是竹林，用一根毛竹从山涧里引水，水通过剖了一半的毛竹管直接流到厨房里。

我们住三楼，房间非常干净整洁。木地板，床巨大，是他自己家打的。最主要的是安静，静得能听到耳鼓里血流过的声音。吃完晚饭，就嘴张得老大，一边打哈欠一边往楼上去。一边走我一边问李老大："怎么这么犯困！"他说他也是。回到房间里，我往床上一钻，只记得拉好被子就睡着了，一枕黑甜，早晨被外面繁多的鸟叫吵醒。书记家里的在灶间开始烧早饭，有很好闻的松柴的味道。早饭一人一大碗粥，坐在门口的竹椅上，缩颈而食之。远处的山还睡着，第一抹阳光刚落到坡顶上，照得松林闪闪发光。

在城里我从来没有这么利索就睡着的。一般晚上总要看看这样，看看那样。临到入睡前，还携七八本书到枕头上翻看，一定得弄到十二点、一点多才睡得着觉。昨天早晨正准备睡懒觉，迷糊之间，鼓乐齐鸣：你要是嫁人，不要嫁给别人，一定要嫁给我！然后鞭炮大作，只听得韩红高亢的嗓子唱起了《青藏高原》。婆娘那么大瘾的瞌睡虫也被惊醒了，一脸倦容地说："出殡吧！"我说："哪有出殡奏这个的？"她又说兴许是冥婚呢！就这么一直弄到十点多，才消停下来，也不知是结婚还是出殡。在城里想睡一好觉，难！

味觉

味觉是一种天赋，有的人有，有的人就没有。比如一个臭豆腐，人家能吃出十七八个层次，说是舌尖上能尝到一种瑞士奶酪的细密。金圣叹死的时候传给儿子一个秘诀说是臭豆腐与花生米同食，能吃出火腿的味道。我试过，怎么也不像火腿，就是臭香混合，把两种东西都弄坏了。我在想是不是金圣叹在向儿子传达一种人生经验，说不出口，只好采取这种隐晦的方式。

有一回坐火车，火车从南京出发。我的鼻子里闻到一种奇怪的味道，像死尸的味道，猜想会不会有人扛一具死尸落叶归根。旁边有一个老哥哥慢悠悠地说："是谁带了臭豆腐上车了？这一路够瞧的了！"我心下暗惊，金陵的臭豆腐，那是出名的恶臭。我吃过一回后，走到哪里总有几只苍蝇围着嘴上下翻飞。我想如果一个人吃足了臭豆腐跟亲爱的她打个啵，哪怕你就是富如李嘉诚帅似约翰尼·德普，人家也是要跟你散伙的。回来的路上，我跟几个沉默的兄弟姐妹不时把鼻子从车窗缝里伸出去，呼吸一点冷冽而清新的空气，不这样简直没办法活着回来。因为实在找不到臭源，不知道它在什么地方悄悄绽放着恶臭。

臭豆腐如果不考虑别人的嗅觉，吃起来还真不错。吃这东西早晨挤车能占便宜，比如早晨一碗白粥，半块臭豆腐卤，一根煎得焦黄的油条，是一顿很好的早餐，上公交车男女老幼纷纷走避之。我承认我的味觉很贱，想高雅也高雅不起来。我姐有一次请我吃西餐，我愣是说服大师傅给我炒了一大盘蛋炒饭。我站在外面指导他炒广式蛋炒饭。他炒好后，尝一口，对我竖了一下大拇指，意思是我也是个练家子。我把这一大盘蛋炒饭吃完后，已经撑得两眼望天了，什么也吃不下去了。我姐用叉子按着牛排，一手执刀，努力切肉，不时用眼角的余光看我。那意思是说我天生贫贱相，不可救药了。

职业美食家不仅得味觉好，还要有天分，另外还要加上一点敬业精神，不好的东西坚决不吃。如果一个人光吃不敬业，也成不了一个好的美食家，顶多做到“大胃王”的份上。因为一个人天天吃好的东西也是受罪，所谓厚味伤舌苔，最后吃什么都是一个味。所以请人吃饭，主人看到客人光临了要说：“谢谢赏光！”碰到不好的饭局，客人等于把舌头又交给你谋害了一次。

一个人不难于一天吃饭店，难的是一辈子吃饭店，绝不吃家常菜。其实在菜当中家常菜最难烧，我认识个老厨师，姓王，叫王秋生。他过去在芜湖一个大资本家家里做菜，这个老板原在芜湖做生意。合肥过去好的饭店全是从芜湖、安庆、上海迁过来的，合肥本地就只有个土菜，比如臭咸菜水蒸豆腐、腊肉、腊鸭之类。这个你看张爱玲《半生缘》中说到六安，常用一句话叫“苦寒”。她说除了茶叶，没什么拿得出手的好东西。合肥跟六安很近，饮食习惯也差不多，都是重咸，能下饭就行了。吃菜口味重，就谈不上细微的味觉了。王秋生当厨子的这家老板在吃上有怪癖：做菜不能放味素，一放味素吃出来马上倒掉重新做，接着厨子就可以到账房结当月的工钱卷铺盖滚蛋了。

所以在他的公馆里能干长的厨子真是不多，他家的厨子换得像走马灯似的。我小的时候应该是个很傻的孩子，就呆问他："你被炒掉了吗？"他横我一眼说："只有我在他家干住了，一干干到解放初。老板跑路了，跑到台湾去了。所以我不就到这个地方烧菜给你们吃了吗？！"中午食堂肉片烧莴苣，还有一个青菜豆腐汤。我小口小口喝着，感到分外珍惜。这汤，啧啧啧，原来是烧给大老板喝的呢。我有点顾盼自雄。

但那天中午老头儿做的汤里还是放了味精，要不然哪得这么鲜呢？但我也无权让他下午到账房领钱滚蛋，他已是公家人了。老头说做斋菜难，唱戏的腔，厨子的汤。做素菜最难是吊汤。他给我说过斋菜要用黄豆芽和菇子煨汤，煨的时候把砂罐放在最小的火头上，保持一息之火，似有似无地炖上一两天。他显过一回手艺，做过一道素鱼，紫菜做的鱼皮，确实鲜嫩无比。但他有个怪脾气，不将就。在家里从来不烧菜，连过年也不例外。齐如山先生说过去讲究的大馆子，厨子要知道客人坐的位置，然后以此来判定每道菜的火头大小。荣乐园的厨子再好的手艺，如果在外面跑滩几年回来后还想进荣乐园，得先从烧火吊汤做起，回回火，怕你忘了本味。舌头精细到这样真是令人咋舌。怪不得一帮泥腿子要坐江山，撵你们滚蛋呢。

然后他们来吃好东西，重新从味觉上培养起来。

另外，美食家还要和酒绝缘，酒会伤害他的判断力。常常可以看到饭店的大厨钻在灶屋间，用一点辣酱蘸着蒜瓣就酒或者是自己做一个酸辣白菜下饭，寒俭得很。这倒不是老板不给他吃，而是不给别人吃，但他能挡住厨子尝菜吗？厨子不偷，五谷不收。他一天这个尝一点那个尝一点就饱了。我觉得你要恨一个人的话，就让他天天到饭店吃大餐，早晚就能把他吃颓，最后整个味觉系统崩溃掉了。这样打个比方大家就能明白做一个职业美食家该是一个多么艰巨的挑战了，吃在很多时候也会成为一个负担的。

无聊才读书

鲁迅先生曾写过一首诗："廿年居上海，每日见中华：有病不求药，无聊才读书。一阔脸就变，所砍头渐多。忽而又下野，南无阿弥陀。""有病不求约"大概是真的有病，"无聊才读书"估计十有八九的人都是如此。我自己就因为是无聊才看看书，如果有人要说出去玩，登山涉水、喝酒打牌，马上就手倦抛书，跳跃而去。其实读书也要有一种机缘，小的时候如果机缘好，一下子读进一本与自己性情相符的书，会养成一种口味。也不要太多太滥，一两本就好了。因为这个时候读书像庙里哑和尚撞钟，一杵是一杵，声音受用一生。

上小学四年级时邻居一个老太太死了，家里人哭成一团。她的大女儿一边哭一边吟唱，比如从此以后我到哪里去看你呀？中秋我回家见不到我的亲妈！重阳节我买了衣服往哪里送？端午节我包了粽子谁来吃？女儿有了心事说给谁听？哀哀低诉，低回婉转，未成曲调先有情，听的人莫不下泪，心里暗暗把好词好句记下了。众人夸哭得好！心里佩服，脸上又不好带出来，只好硬苦着一张脸。其实老太太跟这女儿关系不好。女儿在家里，她们常常相打相骂。老太太骂女儿很难听，张嘴就是生殖器官。老太太活着的时候，早晨等老头子上班后就在走廊上煎鸡蛋吃。她长得白胖，非常白。老头子在一家木器店做会计，黑瘦而沉默。有一次他听说我写毛笔字，很高兴，特为我买了几支小楷笔送给我。

老太太死了，早上没人在走廊上煎鸡蛋吃了，就是耸着鼻子也闻不到空气中的油香味。我很慌！这么胖大的一个人就没了。为什么不来煎鸡蛋了？走廊上再没有她趿着拖鞋的声音了；没有她一边煎鸡蛋烙饼吃，一边指桑骂槐嘀嘀咕咕地唠叨了；门口的铁丝上也不晒衣服了，空了一大截；瓦盆里的小葱都枯黄了，瓦盆里的小葱是马老太太种的，天天浇尿在里面，烙饼时没葱，随手在盆里捋几根。现在马老太太不回来了！这个事情给我的震惊太大了。本来我以为人活着就不会死了，那样一个活蹦乱跳，能打、能吃、能骂、能生事的马老太太说没了就没了，令我百思不得其解。这时我想到自己会老也会死，这个事情可把我愁坏了，像被人当头一棍打翻了，又不好问家里大人，只好暗自伤心，一个暑假因此都无精打采的。有些人说儿童世界是彩色的，其实也有灰色的时候，只不过小孩子不说罢了。躺在床上，看到窗外天上一朵云，也是孤独寂寞，云就停在窗外不动，看着看着，就在原地消散了，状如一个人的死亡。这时没来由地怕死，把毛巾毯子拉到自己下巴的地方，眼睛四下看，身上汗如浆。中午外面的蝉叫成一片，叫累了歇下来，静得能听到家里座钟一格一格地走针。

后来我找到一本书，这本书洗刷掉不少我对死亡的恐惧。这本书名叫《追太阳》，说是一个土老肥，他很怕死，就去找一个方士问如何可以不死。历史上多的是这种江湖术士，并不难找。一个人怀揣着找骗子的理想，总能找到一个的。这个骗子就告诉土老肥说你须找到世上最大的珍珠，找到了，你就永生了。土老肥就揣了干粮出去找，到处问人。有人指着太阳说那是世上最大的珍珠，你去找它吧。他就从东走到西，一日一日地找。这是个很绝望的故事，让人很同情这个土老肥。找太阳很累，累得他躺在长满马齿苋的地里直喘气，眼泪顺着黑乎乎的脸往下淌，他呻吟地问道："大珍珠呀！你在哪儿呀？"后来有个人说你到南海去找吧！他又坐上采珠人的船到南海去采珠。后来终于采了一颗大珍珠，他一把抓过来哑声问："这便永生了吗？"珠子立时在他手里化成了一滴泪。这珠子原是死在南海的采珠人精魂所聚，只是见不得日光。

这本书把我看得累死了。原来求生这么麻烦，还不如死了拉倒！从此洗刷了对死亡的恐惧，打架时也能冲锋在前。后来我问过几个朋友说你们小时有对死亡的恐惧吗？他们说也有，但各有各的解脱法。有的人根本记不住了。还有一个朋友说他想做许多伟大的事，让世上都记住自己，这样便永生了！现在的他不过是个开茶叶店的，秃了半边头，傍晚的时候像个螃蟹似的坐在店门口的躺椅上，跟人吹前天晚上打麻将的得失。这样的东西也配称伟大？啊呸！人生就是如此悲催呀。五十步笑百步。

书这东西尝过滋味后，就想再尝。实际上好看值得看的书不多。一个人如果到图书馆去看看，是根本不想写书的。那里是书的国，一座迷宫，是文字的火葬场。坐拥书城，会把真实的人生丧尽。真正值得读的书就是那么多，一本也不多，一本也不少。很多人年轻时喜欢读书，随着年龄大了，慢慢就不读了，一个是读书把眼睛弄坏了，另一个是慢慢对书的兴趣寡淡了，他需要喝更浓的酒了。

我认识的一个读书人，年老之后常常在门口跟人打小麻将，绝口不提年轻时候读书的事情。家里的书慢慢让他儿子卖的卖、送人的送人，弄了个干净。他有个口头禅：没有悟性的人读死书，不如不读，误人误己！他父亲是一个大学教授，给他留了一屋子书，结果害了他一辈子。他是文不能测字，武不能揪屎，在一家小工厂里跑供销，一辈子看人眼色做牛马走。较真认死理，读书人的毛病他一样不落全有。一辈子住在几间破屋里弄他的那些书，别人在他家门口开饭店，鼓风机对着他家吹，他也息事宁人不敢高声。后来还是他最蛮悍的儿子（二劳人员，也是他最不喜欢的儿子）知道了，从外面领了一帮体工队练摔跤的人，砸了饭店，打得老板抱头鼠窜，才把他的破书房保了下来。在此之前他不知道写了多少状子，环保局、市里领导、区里领导，屁用没有。他戴了老花镜，一笔一笔拿小楷写状子。后来那个老板拎了酒和补品来赔礼，说是竖个烟囱，再不祸害他了，请他儿子收兵吧！他忽然爆了一句粗口："你不×他妈，他不喊你大（爸）。"从此以后不大相信知识的力量了。

汉字有一种天生的美感，比如李白的诗："江城五月落梅花。"意象很美，没有什么理由的；还有宋诗当中"白萍吹尽秋江秋"，还有"谁家玉笛暗飞声，散入东风满洛城"，只可意会不能言传。顾随先生在北大说诗词的时候常常说很好！很妙！像吃了脆沙瓤的西瓜，像听了杨小楼的戏。因为有些感受没办法解给你听，苏东坡就此曾写过一首诗："若言声在指头上，何不于君指上听。"佛家说禅宗公案也是如此，不落形迹。文字的感受不可能是揉开了，像屎橛子一样跟人细数。好的文字是浑成的，没办法去分析它，比如李后主的劈空一句："春花秋月何时了，往事知多少？"动也动不得。"砌下落梅如雪乱，拂了一身还满。"明知道还要落，为什么还要拂？此便是人世。

有一本书对我影响很大，它就是《千家诗》，破了再补，补了再破，现在仍然时时读。后来也买了不少其他版本的，但对于这本最亲。这本书是沈阳古籍书店出的，我父亲的一个战友送的。他从部队转业后在地方当警察，好像是一个中队长什么的。有天晚上他不知在哪里喝个烂醉，在我们楼下狂叫。我父亲低低地说酒疯子来了，让我们坚壁清野，把家里触目可见的酒瓶、酒杯收起来，然后才开门。门开了，他在外面大喊一声：敬礼！我爸小声说这都几点了，在哪儿喝成这个熊样？他哧哧地笑。你不知道过去三排那几个养的！从怀远出差到这儿来，说请我喝酒，一人一瓶对吹，喝死业熊，我怕他们？！我把几个小子全放倒了。没喝好，到老首长这儿要酒喝来了。我爸说我这里哪有酒，改天请你喝好吗？小伟泡茶来给你秦叔叔喝。小伟是我姐。我姐怯怯地端着一杯茶来。他左右摇晃着。我爸把茶接过来，扶他到椅子上坐下来，然后让我们赶紧睡觉，明天还要上学，这话也连带说给酒疯子听的。他歪斜着眼睛看着我大吼一声："儿子！过来。看叔给你带了书来了。"从口袋里掏出这本《千家诗》递给我，说这是好书，好好念，里面还有画！他摇着手指头点点。我看着他觉得好笑，把书接过来说谢谢秦叔叔。他一拍扶手说我也滚蛋了！你爸不喜欢我。立起身就走了，然后是扑通，扑通通下楼了。

这本《千家诗》我倒真是好好读了，一直读到能背。晚自习的时候，我把它夹在数学书里看，拿薄纸蒙在绣像上描。我不知道老秦叔为什么会买这本书，因为书上还有他的题字，是写的他的名字，字很潇洒。我爸说他是个有才的人，一辈子不得志，后来还让人清理出公安队伍，原因就是嗜酒。有一次喝多了，拿把枪追着大队长打，吓得大队长直哭，跑到天台钻到一堆烂家具中才逃得一条性命。他被清理出来后，去了一家企业，效益又不好，酒喝得更多了。两个儿子后来都开长途车，一个比一个长得板扎，他也打不到了。家人常常把他酒壶给扔了，他自己到外面捡回来，重新打了酒，找个地方再喝。好在酒壶是铜的，摔不烂，他就存着这么个宝物。战友也嫌他是个酒疯子，不大和他走动。他也很自尊，人家不理他，他亦不理人。前几年到我父亲那儿还遇见他，说是戒酒了，没说几句话就睡着了，口水从嘴角挂下来，睡了一会儿又醒了，吸口气，挂下来的口水又缩上去，然后接着说。我父亲劝他要健身，没事出去走走，别老在家窝着。他还犟嘴说早晨能吃两大碗蛋炒饭，然后拿手比画一下。我爸又说他吃得太多了，对身体不好。

后来就听说他死了。其实这人远不像看上去那么粗俗，他的书法和古诗词都是很好的，小时还上过私塾，大约还是读了几本书，一肚子不合时宜淤在那里，借酒装疯，发散发散。读书真是无聊的事情！什么“千钟粟，颜如玉”，在哪儿呀？孔子说得好：富贵如不可求，从吾所好。不在读书上附加什么意义，就是读书的所有意义。书店里写发财术的书全是穷鬼写的。读书就是一种爱好，像抽烟喝酒叉麻将。爱好有什么办法呢？只好愿赌服输，只求不要满盘皆输就好了。

金不换

萧红在《回忆鲁迅先生》一文中写到鲁迅先生的写字桌："铺了一张蓝格子的油漆布，四角都用图钉按着。桌子上有小砚台一方，墨一块，毛笔站在笔架上，笔架是烧瓷的，在我看来不很细致，是一个龟，龟背上带着好几个洞，笔就插在那洞里。鲁迅先生多半是用毛笔的，钢笔也不是没有，是放在抽屉里。桌上有一个方大的白瓷的烟灰盒，还有一个茶杯，杯子上戴着盖。"

从萧红的回忆中可见鲁迅先生并不讲究书房用具，毛笔插在龟背上，以方便使用。瓷龟的肚子里有水，有水汽濡着，笔头不会胶着。以前文具店里有卖铜笔套，写完字把笔往里面一插就行了。旧文人写字，笔不是全发开的，只开一半，这样笔头有支撑，写起来很得力。董其昌写小行楷的笔就不全发开。写大字有专用的大笔，过春节请出来，写完了洗干净，第二年再写。大笔在日常生活中使用率并不高，也没有人觉得字写得大，有什么了不起的。开当铺或者酱园的门口倒是有个一两人高的"当"和"酱"字，这个字是请人缚了麻丝写的，没有那么大的毛笔。现在早上在公园里常见到有老头，缚了海绵在竹竿上蘸水在水泥地上写毛主席诗词，“山，快马加鞭未下鞍”或者写“冻死苍蝇未足奇”，写一气出一头汗，然后收拾起挂在枝头的鸟笼子，吃早点去了。

现在也有号称书法家的人这么干。请四五个女的，衣服都穿得少，作胡旋舞，说是效公孙大娘舞剑，跳得两只奶上下乱窜，众看客被看得两个眼珠子上下左右蹿动，久久归不了原位。说时迟，那时快，大师发功了，把拖把那么巨大的毛笔在墨里蘸了，然后东一拧，西一拧，笔走龙蛇，叱咤声加上喊威声，顷刻间成一个“龙”，或者“风云”，或者“厚德载物”。缺你妈的德吧！笔到之处，众人如避鬼神，怕被溅了一身墨。

鲁迅先生很少写大字。我买过全套的鲁迅书信集，还有他一些影印的手稿的集子。鲁迅先生的小楷有点晋人风韵，扁扁的，用笔的速度很快，很少涂改，也可能他还有个初稿。有的句子写好了，第二遍，想想又改了。如果你默念一下，会觉得这么一改，语气和味道是比先前那句好。我在枕边就放有他几册书信集，他用的信笺有的很好看，可以当画看。纸上印着淡红色或者赭石色的水墨画，然后用“金不换”笔密密地写。他给熟朋友写的信比较草，因为彼此都熟悉，用笔的习惯也了解。这些信中有的地方还有牵丝，行中夹草。他给母亲写的信就工整得很，起头“母亲大人，膝下敬禀者”。上海张恨水的新书一出来，他就买了，托了人带到北京给母亲看。鲁迅的母亲是认得字的，喜欢看话本和张恨水的小说。他不谈自己在写什么，怕母亲担心，只是说说上海的物价，和海婴的身体长多高了。

这些稿子和信都是用“金不换”笔写的。鲁迅先生在给朋友的信中说:“我并无大刀,只有一支笔,名曰‘金不换’。”“金不换”是一种水笔，过去账房先生记账用的。我托朋友到上海“周虎臣”问过，说找不到了。原来“周虎臣”笔庄在河南路那边，现在不知道迁到什么地方去了。“周虎臣”过去有这种笔卖的，又叫“乌龙水”或者“奏本”，笔毫染成绿色。之所以把它叫作“水笔”，是因为这种笔的柱心含麻，蓄水量大，可以耐久。许多人写信或者店伙计记账都用它，销量很大，是一种最常见的毛笔。鲁迅说五分钱一支。

我问过本地一个做毛笔的人，他说他也不知道这种水笔怎么个做法了。他是浙江湖州人，开了个前店后坊的笔庄，要我给一个配方，他说有配方还是能做出来的。鲁迅用的这种“金不换”毛笔，是绍兴城一个叫卜鹤汀的笔庄出的低档笔，原来叫“本京水”，笔头用黄鼠狼尾巴上的毛，然后杂以芙蓉花皮，取黄鼠狼毛细软耐损，又有弹性，芙蓉花皮则能含蓄水分。他三弟周建人在《略讲关于鲁迅的事情》一书中说:“这种笔，鲁迅先生差不多用了一生，我记不起看见他用过别的笔。他病时，还叫我们托人去买这种笔，但买好寄到时，人已不在了。”

前不久我在爱知书店看到鲁迅全集，堆在地上，差不多有我一人高。这该叫著作等身吧！他就是用这种小破笔急急地写，记了二十五年的日记和写了五千余封书信，这里面散失的还不知道有多少。古话说什么“墨磨人，人磨墨”，笔也磨人啊。

图书在版编目（CIP）数据

世间的盐／高军著．—北京：北京联合出版公司，2018.3

ISBN 978-7-5596-1587-9

Ⅰ．①世…　Ⅱ．①高…　Ⅲ．①散文集—中国—当代　Ⅳ．① I267

中国版本图书馆 CIP 数据核字 (2018) 第 009648 号

世间的盐

作　　者　高　军
策划出品　青橙文化
监　　制　王二若雅
责任编辑　牛炜征
特约编辑　张小芋　王利飒
封面油画　袁　俐
装帧设计　人马艺术设计・储平

北京联合出版公司出版
（北京市西城区德外大街 83 号楼 9 层　100088）
北京嘉业印刷厂印刷　新华书店经销
字数 183 千字　880 毫米 ×1230 毫米　1/32　9.5 印张
2018 年 4 月第 1 版　2018 年 4 月第 1 次印刷
IBSN 978-7-5596-1587-9
定价：45.00 元

家有ATM機
我家無此類不肖
友直慶幸作畫

腔調
友直畫路上所見 辛卯三月

馬路金融
辛卯三月
時年九十

賣唱者

咸烤花生

難得見這等心態
友直還曾親見
辛卯四月時年九十

唱堂會
一九九六年十一月画

入鄉隨俗
友直畫

煤球店影計
己卯五月 友直畫

黄包车

私家包车